眩光

錢怡羊長篇小說創作

錢怡羊 著

O

傍晚八點剛過，任菲菲拖著若無靈魂的軀體走進酒吧，這安靜如死去的空間剛剛開始復活，像小木偶皮諾丘突然被賦予了生命。還沒有客人，但是音響裡播放的音樂已經開始自娛自樂了。這樣很好，可以任由她選擇一個能遮住自己悲傷的角落坐下來。酒吧裡的服務員都很年輕，可他們沒有笑容地忙著手中的事情，似乎都有著和這個放肆情緒的場所天壤之別的沉重。一個女服務員正往每一張高腳桌上擺放乾淨的煙灰缸並點燃桌上的蠟燭，那些蠟燭都很漂亮，紫色、粉色的蠟被注入在一個透明的圓形玻璃杯中，被點燃了之後，跳躍的火光好像很有希望的樣子；調酒師正用吸水毛巾擦拭著酒杯。任菲菲是最早的客人，可是沒有人特別注意她。

「服務員」，她喊了距離她最近的那個正在點燃蠟燭的女服務員，對方抬頭，向她走過來，沒有任何表情的變化。

「給我一瓶黑方和二瓶蘇打水。」

「好。」女服務員聽過，都沒有重複點單，就轉身離開，應該是很熟悉這些酒的名字了。

「還有冰塊。」她追著服務員的背影補充，但服務員並沒有轉身回答好或者不好。

上酒的速度很快。這個時候，吧台的調酒師才開始把目光轉向她這裡，酒吧開業這麼多年，還很少有這麼早就來喝烈酒的客人，而且還是個單身貌美的年輕女人。她的穿著並不時髦，或者說不像是專門為了來酒吧消遣而穿的裝扮，簡單的紅色風衣、白色印花T 恤和深藍色的鉛筆牛仔褲，一雙黑色的平底單鞋。她為自己的酒杯裡裝上冰塊，然後倒上半杯的黑方威士卡，再加入一些蘇打水，動作很熟練，喝得也很熟練。

客人在她喝酒倒酒之間，漸漸多了起來，一樓大部分的桌子已經被人填滿了，人聲、音樂聲混雜在一塊，她不明白，為什麼夜色會讓這麼多人嚮往，也許只有在黑暗中，或者不明不暗中，人們才敢沉淪。

她說她找不到能愛的人
所以寧願居無定所的過一生
從這個安靜的鎮　到下一個熱鬧的城
來去自由從來不等紅綠燈

酒吧裡頭喧嘩的音樂聲
讓她暫時忘了女人的身份
放肆搖動著靈魂　貼著每個耳朵問
到底哪裡才有夠好的男人

沒有愛情發生
她只好趁著酒意釋放青春

刻意凝視每個眼神　卻只看見自己也不夠誠懇
推開關了的門　在風中晾乾臉上的淚痕
然後在早春陌生的街頭狂奔
直到這世界忘了她這個人

酒吧中間的小舞台上，一個不算漂亮，但是聲音很有磁性的女歌手正抱著話筒唱著林憶蓮的《失蹤》，她已經聽過很多次，她記得這個聲音，讓歌詞嵌到她心裡的聲音！她已經喝得有些醉了，半趴在桌子上，閉著眼睛她也能辨別得出來這個聲音。

「對不起啊！」隔壁桌的一個年輕小夥子站起來的時候碰到她的桌子，使得她酒杯裡的酒灑到她握著酒杯的手上，於是跟她道歉。

她像沒聽見一樣，不用紙巾擦手上的酒，也不抬頭，只是繼續半趴著，嘴裡輕輕地跟著那個聲音唱著，那聲音輕得只有她自己能聽見。

小夥子覺得這個人怪，投去一個鄙夷的眼光，也就不理她了。

「美女，美女。」「小姐，小姐。」

她在這些稱謂的呼喊聲中醒過來，劇烈的頭痛，讓她有些睜不開眼睛，音樂聲顯然已經停了好一陣，舞台上唱歌的女歌手早已經不知所蹤，剛才撞過她桌子的年輕人也已消失，只剩一群依然沒有太多表情的服務員焦急地催她醒來。因為她不走，他們就沒法下班。

「陳姐，她醒了。」一個人朝酒吧二樓上的辦公室喊了一聲。

「美女，你總算醒了，我們都等著你下班呢！」應該是那個叫陳姐的人踩著高跟鞋，噔噔噔地從樓上下來，鞋跟和木頭敲擊在一起，那聲音很是強勁，還沒走到身邊，就先聽見聲音了。

「不好意思，我這就走。」她掙扎著要站起來。

「美女，你還沒結帳呢！」陳姐開口道。

「哦，我沒帶錢，」一般人被現場抓到喝霸王酒的時候，應該都是裝出一副責罵自己記性被狗吃了的懺悔狀，可是她一點也沒有這個意思，連假裝找錢包的動作都省略了，弄得周圍一圈的人很是詫異。

「這是你家呀？快給錢！」

「不要耍賴啦，醒醒，小姐，我們還等著下班呢！」

「快，快點把錢拿出來。」

服務員嘰嘰喳喳，一齊起哄。

「我真的沒帶錢。」任菲菲無奈地拍拍口袋。

「怕是碰到個女騙子，還點那麼高級的酒。」

「叫保安打電話報警算啦！」

「找趙旭給吧！老闆娘，你不記得我，但是趙旭你應該很熟吧？」看著在旁一直沒有開口的陳姐，任菲菲不緊不慢地給出了解決方案。她抬起頭的眼光，剛好落在舞台上，那個已經關了燈的舞台，黑漆漆的只剩下空空的架子鼓，有骨感，但是沒有靈魂。

「趙旭？」陳姐遲疑了一下，「哦，怪不得，我看你面熟，以前你常和趙旭一起來的，是趙公子的女朋友。」陳姐嘴角揚起了微笑，不過很職業化，「可是，我們的賬是當天結當天，不欠的，趙旭知道。要不，你給他打個電話，讓他把錢給你送過來。你們是不是鬧彆扭了？小倆口吵架麼，早上鬧，晚上好，沒事的。」陳姐到底是個明眼的生意人，不過單靠給一個名字就把人放走的事，她是不會傻到去那樣做的。

「那借我手機打一下，我沒帶手機。」她皺著眉頭說。

「小李，你把手機借她用一下。」陳姐轉過頭，讓身邊的一個服務員把手機借出來。

像那個磁性的歌聲一樣，趙旭的號碼在她的腦海裡同樣也是揮之不去，就算是在手機裡把他的名字刪了一遍又一遍，那串數字就像是身分證一樣，只要有機會，就會毫釐不差地躍然於腦海，她很快撥通了電話，等待著對方的接聽。

「喂。」還是那個熟悉的聲音。

「喂，是我。快過來給我買單，我喝了人家的酒，現在沒錢給他們。你要是……」

「喂，趙旭嗎？我是陳姐，你女朋友在這裡喝醉了，你趕緊來接她一下吧！」那個叫陳姐的人在關鍵時候，把就快從她軟弱無力的手中跌落的手機接了過去，然後對著電話那邊說道。

I

被一陣鼓脹的尿意憋醒，任菲菲掙扎著從床上爬起來，她虛著眼睛，確定這不是家，藉著窗外透進來微弱的光線，她找到廁所的門，按開了牆壁上燈的開關，她被對面站著的一個頭髮凌亂的裸體嚇了一跳，抽了一口冷氣，定神才發現，鏡子裡回饋的正是自己的模樣，她趕緊用手護住自己的胸部，慌張地尋找毛巾，將自己裹住，她坐到馬桶上，憋了很久的尿，再經過這麼一驚嚇，像是洪水傾瀉般從體內倒出。她清醒了，雖然頭還是很疼，她知道這是她熟悉的酒店裡的一個房間。她熟悉那些擺設，她熟悉裝修的風格，她清楚是誰把她帶到這裡。

反鎖上廁所的門，調了水溫，脫掉裹住自己的毛巾，站到了淋浴間的噴頭下，混著有力的水流，她的臉龐還有著滾燙的淚，她的低啜摻雜在水聲裡，合著廁所狹小空間的共鳴，在黑夜裡顯得格外低沉淒涼。不知道哭了多久，肺部的抽搐讓她的胸口，從裡到外都噴湧著疼痛。從浴室裡出來的時候，她裹著毛巾，捂著胸口，長髮濕透了，披在腦後，濃密的像是一塊黑幕垂在那裡。她挨著床沿坐下，靈魂從未如此脆弱和縹緲，深度的呼吸依然無法撫平不安。

「我幫你把頭髮吹乾吧？」

安靜的房間趙旭突然說話，她的背，因為驚嚇而輕微顫抖了一下，「不用。」

她回答完之後，緊接著聽到一聲歎氣，然後連串的腳步聲走到浴室，跟著抽屜被打開，然後被關上，腳步聲又漸漸靠近。

「我幫你吹乾，你剛酒醒，不吹乾，容易感冒。」說話的人把床頭燈打開，把插頭插到了離床最近的一個插座上，捋了捋電線，「嗡嗡嗡」，酒店裡的吹風機永遠都像沒有吃飽的蜜蜂一樣，翅膀扇動的頻率很低，動力不強。

「把燈關了，我不想看見亮光。」

燈滅，只留下魑魅般的人影。

趙旭跪在床上，撥弄她長髮的手指很輕盈，像是在撥弄著琴弦，要彈奏出美妙的音樂，只是撥的人要湊的是月兒高，而聽的人卻抖落著昭君出塞。這一曲不知彈了多少個來回，長髮依舊未乾，兩個人都在吹風機的響聲中沉默著。

她背對著他，能感覺到他的每一次呼吸，甚至每一次心跳，她閉上眼睛，眼淚又不爭氣地流下來，直到整個肩膀都開始劇烈地上下起伏。

「怎麼了？」趙旭停下手中的動作，但是沒有關掉的吹風機還在作響。

「你爸媽同意我們結婚啦？」

「沒……沒有啊！」趙旭對這樣的問題有些摸不著頭腦，他知道這並不是她想要表達的本意。

「那你把我帶到這裡幹什麼？」

趙旭沉默，沒有回答。

「不說話的意思是你還是要準備背叛自己的心，成全骯髒的交易？」任菲菲轉身逼視著趙旭，即使在黑暗中，趙旭也能感覺到那悲憤的眼光。

「你不要說得那麼難聽，不管和誰結婚，我心裡只有你。」

「哼，你不覺得你剛剛說出口的這句話，比你父母安排給你的婚姻交易還要骯髒千倍萬倍嗎？你滾，滾，你是一堆垃圾，讓我覺得又臭又髒！」

停頓了一下，趙旭還是將雙手扶在任菲菲的雙肩上。

「你滾，我真不想看見你。」任菲菲發自內心的怒吼讓趙旭有些措手不及。

「菲菲，我知道你恨我，但我是真的愛你，我以為我可以忘記的，但是當我昨天晚上看到爛醉的你，只是再一次確定了我對你的感情，沒有一絲欺騙。可現實就是這樣殘酷，我別無選擇。你讓我滾，我知道，很快我就會消失在你的視線裡，我只想把我和你最美好的回憶留在我永久的記憶裡。」趙旭跪在任菲菲的背後，額頭靠在她的背上。吹風機掉在一旁，被枕頭遮住了一半的出風口，聲音便不那麼大了，有點上氣不接下氣。

「王八蛋、垃圾，滾。我不想聽你這個世界上最自私最虛偽的人說的最噁心的話。」任菲菲突然站了起來，依然背對他，趙旭猝不及防，差點從床上摔倒在地。

高級酒店的窗簾，總是有極強的遮光性，趙旭只好再次扭開一盞床頭燈，尷尬地穿上自己的衣服。任菲菲依然緊裹著浴巾，背對著他，牆上倒映出她孤獨瘦弱的影子。

「菲菲，我跟我爸說了，他雖然調到L市，還是可以幫你在昆明找個好工作。」走到門口的時候，趙旭停下了腳步，他仍是惦記著任菲菲的。

「我不需要你家的任何施捨，我覺得噁心，你滾吧！」任菲菲緊緊捂住裹在胸口的毛巾，皺著眉頭，像是哽在胸口的鈍器，戳著她，無法呼吸。

「等等。」趙旭剛想再次邁開步子離開的時候，任菲菲叫住了他。

趙旭有些愕然，他轉過身。

「把開房的錢留下，還有，」任菲菲停頓了一下，「付我錢，就當你是個嫖客。」

任菲菲冷冷的話，讓趙旭從頭到腳不寒而慄，剛想浮出的笑容，馬上僵住。他掏出錢包，把裡面所有的一百塊都拿了出來，沒有數，全部放在了茶几上。「這是我身上全部的現金，應該有幾千塊，房費是我用信用卡付的，你不用管，把房卡交給櫃台就可以了。」趙旭的聲音很沙啞，讓人覺得有點可憐。

臨開門之前，他還是停了下來，回頭說了一句，「菲菲，別恨我，我希望你會幸福。」

我會幸福？哼，我真的會幸福嗎？

房間恢復死一般的寂靜，她用被子裹住有些寒意的身體，才有了些知覺，關了燈，漆黑一片。任菲菲屈膝坐在床上，陷入深深的回憶。

任菲菲雖然對趙旭很凶，但內心無法對他提起恨。趙旭和她是大學的同班同學，一直相戀到畢業，她知道，趙旭的父母一直反對他們在一起。趙旭曾幾次悄悄帶她去過他家的別墅，都是趁他父母外出旅遊不在的時候。畢業前，趙旭和家裡的矛盾公開化，家裡強行幫他定了婚事，據說，親家是趙家的朋友，女方和趙旭從小就認識。

「我沒辦法，菲菲，我們分手吧！」一個月黑風高的晚上，趙旭終於把決定告訴了任菲菲。

雖然大學的情侶，畢業後散夥的是絕大多數，何況班裡的同學，從來就沒看好他們，一些刻薄的女生早已挖苦過她：癩蛤蟆想吃天鵝肉！但任菲菲卻不甘心就此了結，她決定自己去趙旭家找他父母談談。

趙家豪華的客廳，高檔的紅木傢俱，空曠而又讓人覺得嚴苛冰冷。

「你是誰？」在趙家豪華的客廳裡，林淑靜沒讓她坐下，就冷冷地問。

「我叫任菲菲，是趙旭的女朋友。」

「哼，可能嗎？我都不認識你，也從沒聽說過。」她窩在沙發裡，面部神經發達得可以同時傳達不屑、嘲笑、蔑視各種不同的表情。

「阿姨，你聽我說，」對於這樣的對話者，任菲菲心裡發抖，聲音也微微顫了起來。

「你家是昆明郊區農民？」沒等任菲菲說完，林淑靜就打斷問。

「是。」

「我就說，你那口官渡腔，聽著就讓人不舒服，」林淑靜瞟了她一眼。

「阿姨，那我跟您說普通話。」任菲菲馬上改口。

「哎喲，別說了，更難聽，我心臟病都要發啦！」林淑靜提高聲音，緊蹙著眉頭，一副無法忍受的樣子。

面對莫名的侮辱，任菲菲強忍住就要奪眶而出的眼淚，「阿姨……」

「夠了，出去，出去，阿貴，把她趕出去！」林淑靜伸頭向門口，吩咐一個男人。

「阿姨，」一個面色凝重的中年男人走了過來，正要拉住任菲菲的胳膊，任菲菲向前幾步，一下子撲跪在林淑靜面前，淚流滿面，泣不成聲。

「這是幹什麼？」林淑靜也愣住了。

「我和趙旭，已經不是一般的男女朋友了，我們已經……請您和叔叔能……」

「不一般？什麼不一般！睡過了，是不是？和我家兒子睡過的女人多的是，你休想用這套威脅我。」林淑靜不等聽完，馬上站起來，用手指著任菲菲，怒吼道。

「阿姨，請你不要說得那麼難聽！我和趙旭是真心相愛的。」任菲菲萬萬沒有想到到趙旭的母親會是這樣的潑婦，但還是小心的哀求著。

「阿貴，還不把她攆出去。」林淑靜沒有回答任菲菲的請求，而是轉向站在一旁的男人，吼道。

「那總要對別人負責呀！阿姨，你也是個女人，難道你一點同情心都沒有嗎？」任菲菲仍苦苦哀求。

「你們勾引我兒子，自己犯賤，要我們負什麼責？都是些爛貨。什麼都要我們負責，我家豈不成了收破爛的？」林淑靜插腰站立，吐沫橫飛。

「你……」任菲菲氣得說不出話來，胸中騰起一團怒火，她站了起來，只覺得頭發昏，腳也發軟。

「別這樣了，姑娘，走吧！」阿貴趕緊把任菲菲扶住。

「等等。」林淑靜突然制止了阿貴，然後快步上樓。

「姑娘，」在林淑靜離開後，阿貴悄悄說，「你和她兒子的情況，他們清清楚楚，趙旭真的愛你，就是這個爛婆娘要死要活地反對。你求她沒用，你和趙旭去找他爸試一試，當然……」這時，傳來林淑靜下樓的腳步聲。

「走吧，賴著也沒用。」阿貴故意提高了聲音。林淑靜手裡拿著兩疊人民幣走向任菲菲，「拿去，我知道你家窮，你缺的不就是錢麼？」她很輕蔑地說。

任菲菲把錢砸到地上，看也沒看林淑靜一眼。她完全不記得自己是怎樣離開那個冰冷的客廳的。她邊哭邊走，全身不能自己地痙攣著，她痛恨自己的天真，居然能向這樣的人討饒，簡直是自取其辱。她唯一感到安慰的，是從阿貴的口中得知，趙旭是真的愛自己，他也努力爭取過，只是無能為力。

突然，任菲菲想起了什麼，中斷了回憶。她收拾了心情，穿好衣服，便匆匆離開酒店，她要趕去幫媽媽賣菜。

2

天接近大亮，城郊結合區，人頭攢動的農貿市場。剛剛被宰割的牛羊肉，混著血腥味；五顏六色的蔬菜瓜果，力圖顯示出誘人的新鮮；活蹦亂跳的魚蝦，證明品質健康優良；人們在討價還價，在這裡，總是能讓人感覺到最真實的生活，勞動人民的奔波辛苦。地上的汙泥漿混著菜葉、雞毛、豬血……覆蓋在不平整的路面上，進來買菜的人都不得不墊著腳尖，小心翼翼，生怕髒了鞋，而在市場裡做買賣的人，早已習慣，穿著樸素的球鞋或是水鞋，大步流星邁過去，生活照舊，生意照常。

「李哥，你的菜我已經給你裝好了，我搬出來給你吧？」任菲菲脫掉風衣，腰繫圍裙，更顯妖嬈身材。她勤快麻利，賣力地攬著生意，似乎昨天晚上什麼事都沒有發生。

「不用、不用，怎麼能讓美女幹這種粗重的活兒呢？我自己來搬。」說著，這個被叫做李哥的男人，就一腳跨進了菜攤，彎腰準備抱起地上的一大捆蔬菜，手忙腳亂的同時，眼睛還不時瞟向任菲菲。

「喲，李師，你可是很少來我這裡拿菜的啊！這段時間怎麼太陽從西邊出來了？」這個時候楊菊芬走進了菜攤。

「哎，楊姐，你說這個話就見外了。誰家菜好，我就上誰家拿菜啊！是吧，小妹？」這個李師一邊說一邊還是色眯眯地看著任菲菲。

「李師，你可好玩兒了，把我叫姐姐，把我女兒叫小妹，這個輩分也太亂了吧？」

「啊？她是你女兒？我還以為是你請的幫手呢！」姓李的壯漢驚訝地張大嘴巴，隱約還露出因為抽煙而滿布煙漬的黃牙，「你有這麼大的女兒？」

「不像？」

李師仔細看了看，是還蠻相像的。雖然眼前這個楊姐有點年紀，不過看得出年輕的時候絕對是個美人，生出這麼一個玲瓏標緻的女兒，也不奇怪。

「不是，我是覺得你太年輕，不該有這麼大的孩子啊！」雖然心裡覺得這女的顯老氣，李師還是不忘要假惺惺地油嘴滑舌一番，「唉，你這個當媽的也真是的，這麼水靈靈的一個姑娘，怎麼讓她跟著你賣菜呢？你不是糟蹋人嗎？太可惜了！」他邊說邊搖頭。

「我也不願意啊，但是沒辦法，大學畢業大半年了，還沒找到合適的工作，沒事就叫她來幫幫忙。是糟蹋可惜了，有什麼法，只怪我這個當媽的是個農民，沒有本事，幫不了她。」媽媽話醜理正，口氣裡滿是心疼和無奈。

「現在連北大的高材生找不到工作，都回家賣豬肉，我出來賣菜也沒什麼啊！再說，我從小就幫我媽賣菜，也習慣了。」任菲菲懂事地在一旁寬慰。

男人在這種時候最容易爆發出無限的同情心和保護弱小的強大感，「這樣，我回去看看，看看我們單位還進不進人。還有，你們家的菜，以後我都包了。」李師說得擲地有聲，就差把胸脯拍響了。

「當真啊，李哥？你能幫我們把菜全包了，我們就很感激了。」任菲菲媚笑，她當然知道一個採購員的能力有多少，對於找工作她根本不會抱任何希望，但是把菜全包了，絕對不是問題，而這已是很大的恩惠了。

李師被任菲菲這一笑，頓時神魂顛倒，「哎，都是自己人，不要客氣。」

「喲，儀式都沒有舉行嘛，就成自己人啦？」隔壁的菜攤主很不高興地就嘲笑起來，引得周圍的幾家菜攤主也湊過來議論紛紛。

「是啊，真是龍生龍鳳生鳳，老鼠的娃娃會打洞，媽是什麼人，生出來的也是一樣。」

「讀大學又咋個呢，還不是回來賣這個！」

「除了賣這個，還不知道賣其他什麼呢？」

從那堆人裡面冒出一團刺耳的冷笑。

「你幾個爛婆娘，閉上你們的屎口。」這種時候，當母親的自然挺身而出，保護女兒。

「媽，不要理她們，別跟她們一般見識。都是些什麼人啊？你跟她們說話還掉了我的價。」任菲菲吞下一肚子的氣，勸住楊菊芬。

「是啊，別理她們，白生氣。我走了。」李師知道事態不妙，付了錢，拿了菜，趕緊就趁亂溜了。

楊菊芬「哼」了一聲，不再說什麼，把圍腰一脫，捏成一團，狠狠地砸在地攤上，一屁股坐在旁邊的塑膠小凳上，雙手杵著膝蓋，頭撇朝一邊，眼裡的淚花已經在打轉了。

「來來來，新鮮的蔬菜，今天便宜賣了，千萬不要錯過。」任菲菲故意大聲吆喝起來，想要發洩內心無比的憤怒，也想要把流言蜚語都掩埋在自己的聲音之下。

每天早晨她們都像打仗一樣，想方設法都為儘早把菜推銷完。回家的時候，媽媽顯得很輕鬆，而任菲菲卻覺得很累。這種累，還不是身體上的疲憊，而是心靈上難以言表的倦意。

「喲，我家的大學生、大小姐，總算回來了。有本事就別回來了！」任菲菲騎著小三輪車從菜市場回來，遇到正在村口打麻將的父親。她沒打算理他，低著頭徑直朝前騎，卻還是被父親看見了。此刻，對一夜未歸的任菲菲，他沒有一絲來自父親的慈愛，似乎只有厭惡地嫌棄。任菲菲緊咬住嘴唇，瞪了父親一眼，算是回敬。

「你這個『任牌長』，真是生在福中不知福，姑娘又漂亮又是大學生，你將來可有大靠頭。」一夥牌友說。因為任洪斌經常跟鄉親們吹牛，說自己如不轉業留在部隊的話，早就當上排長啦，又因為他嗜麻將如命，所以落得了這個雅號。

「靠個屁喲！大學讀完了，好好的工作也找不著一個。去考公務員麼，我們這背景，咋可能跟別人去競爭？唉，別提啦，全當是養了個賠錢貨！我還是幹好我的『牌長』好了！」

身後的麻將桌上響起一陣哄笑。「賠錢貨」，像一把刀扎進她的心裡。

回家後，任菲菲越想越氣，蜷縮在床上，泣不成聲。

楊菊芬在屋外喊了幾聲，不見任菲菲應，就進屋一看，嚇了一跳，「怎麼啦？」

「他嫌我在家吃他的，喝他的，當著那麼多人羞辱我！媽，我也有張臉啊！」任菲菲哽咽著。

「你爹不是個東西，說不出人話。」

「別人瞧不起我，都無所謂，可是家裡人怎麼會這樣？」

任菲菲翻身起來，把放在椅子上的包打開，從裡面把趙旭給她的錢，扔在了床上，「喏，媽你把這些錢拿去給他，告訴他，他女兒就算去賣身，再也不會花他一分錢。」

看著任菲菲突然拿出這麼多錢，楊菊芬驚訝了，「哪裡來的錢？」

「別問了，你拿給他就是了。」任菲菲強忍住眼淚，帶著憤怒衝出家門。

楊菊芬沒有拉住她，她理解自己的女兒，讓她出去靜一靜也好。

任菲菲邊跑，淚水邊不停地從眼角飛出臉頰，其實，她清楚父親說的也不過就是眼下的事實，她也恨自己的無奈，但是，這個在大學裡倍受關注的班花，絕對不相信這就是自己最終的命運。可此刻內心的委屈，又能向誰訴說呢？

已入深秋，不自覺地，她又來到盤龍江邊，匯入與海鷗嬉戲的人群中。整整一個下午，她飼餵了多少塊麵包，自己都不清楚，直到身無分文，這才感到拋灑食物的手有些酸疼。

一次偶遇
註定烙下一生的眷戀
難憶相見何處
不曾寂寞是糾結的纏綿

懷念過去
醞釀著重逢的溫度
夢中決定出發
便已成全最艱難的旅途

天地無常
千里之外惹心疼仰望
不待拂去眩光
心中的遠方別來無恙

來回之間
可曾體會轉角存彷徨
低頭搖曳湖光
不敢揮手是離別感傷

這是任菲菲為昆明首屆海鷗節創作的詩，一氣呵成，似乎那些字句早已凝練於心中。《緣》是詩的名字，是她和海鷗有著非同一般的關係。

一九八五年冬天，紅嘴海鷗第一次降臨昆明，牠們像上帝派來的小天使，聚集在滇池之濱、盤龍江畔、大觀樓和翠湖公園等灘塗水岸，如潔白柔軟的雪花漫天飛舞在春城的上空，把驚喜和美好帶給這座城市的千家萬戶。

就在這一年，北郊城鄉結合部的農村，任洪斌和楊菊芬夫婦生下一個女兒，因那海鷗翩翩舞姿，而給這個女兒取名飛飛。上小學時，老師認為「飛飛」於女孩不雅，便順其諧音，正式改名為任菲菲。無論名字如何，這緣分使任菲菲從小就很喜愛紅嘴鷗。隨著這些來自西伯利亞海鷗的秋來春去，任菲菲長大成人，與這些小精靈們更有了深深的情感依戀。

不記得從何時開始，尤其上大學後，每當遇到高興或者鬱悶的事，任菲菲總愛到這些海鷗聚集的地方默默地坐一坐看一看，或分享快樂，或消散愁緒，這似乎也成了她度過冬天的一種習慣。

「美女，你太靚了！剛才有好多人都在圍觀你餵海鷗的樣子。」一個小夥子將一張照片遞到她面前。照片中，任菲菲著一襲紅色風衣，青春的笑臉和舞動的右手，迎對著空中盤旋爭食的海鷗，而其中一隻敏捷地叼住了她拋向空中的麵包。看起來，此刻的她只有快樂，沒有憂愁，整個人似乎在向海鷗飛去，飄飄欲仙。接著，攝影師又將相機裡的照片，一張張翻給她看。婀娜多姿的紅衣少女在千萬隻雪白鷗群的襯托下，真的很美，連任菲菲都被自己的風采感動了。她接過相機反復地看了又看。

「印一張十塊錢，選幾張？」小夥子說道。

「謝謝，我以前照過很多了。」任菲菲知道這是專為遊客搞快照服務的，她把相機還給了小夥子。

「那就把這張送你，留作紀念。這是我照得最好的照片之一，不是我吹牛，美女，這可以拿去作藝術展覽，標題我都取好了，叫『愛，在飛翔！』。」

「那……不好意思啦！」任菲菲猶豫了一下，感覺有點無地自容。其實，她也捨不得這些照片，可惜自己那僅有的十多元錢已經買麵包餵海鷗了。真是一分錢難倒英雄漢，她又一次遇到了沒有錢的尷尬。

夕陽西下，海鷗喧騰的一天結束了。一群群小天使先後離去，據說，牠們都要飛回滇池深處的家裡。

任菲菲坐在江畔的一塊石頭上，看著照片，任隨時光流淌。

突然，一隻海鷗竟從她的眼前一劃而過，迎著晚霞，拍打著翅膀騰空而去。任菲菲眯著眼睛，看著那個孤獨的黑影越飛越遠，漸漸變成一個點消失。為什麼會有一隻落單的海鷗突然在這時出現？牠那麼孤獨，那麼惶恐，又會在哪裡落腳過夜？能獨自回到那溫暖的家嗎？

3

任菲菲回到家中的時候，已是黃昏，父親打牌還沒有回來。

楊菊芬正在院子裡洗著衣服，粗糙的雙手顯得比年齡蒼老許多，浸泡在冷水裡久了，手指頭都起了白白的褶皺。

「媽，我來吧！」任菲菲心疼母親。

「你回來啦，我知道你委屈！我擔心了一整天，怕你不回這個家呀！」說著說著她眼淚就出來了。

「媽，不會的，別哭。」任菲菲蹲下幫媽洗衣服。

「一個小姑娘，要保養好一點，不要給人家看不起，但願以後找個好點的人家，不要像我這麼苦。」楊菊芬捨不得讓女兒受凍，趕緊把她的手推開。

任菲菲還是堅持要替媽媽洗衣，楊菊芬拗不過，只好坐到一旁，和女兒嘮起家常：「你考上大學，家裡總算是有個有出息的人，我也有點盼頭了。工作慢慢找，總會有的，我們一家都是農民，沒有關係，沒有背景，也幫不了你什麼忙，只希望你不要怨我們。女人啊，一輩子除了要有文化，還有就是要嫁得好。你大了，媽媽也該跟你說說這些。你從小也看見了，你這個爹是根本靠不住的，整天除了吃喝，就是賭，不會關心人。所以你以後找對象，一定要找個對你好，會關心你的，我就放心了，有沒有本事，有沒有錢都是其次，不然一個女人一輩子太苦了。一定要記得啊，這個是你媽一輩子的教訓，你不能重複我的路啊！」

母親對父親任洪斌的抱怨，任菲菲不止聽過一次，她似乎已經有了一種麻木的條件反射，她同情可憐，她厭惡嫌棄，都只是徒勞。關於媽媽說的將來，她沒有過多地想過，離開學校之後的生活，她憧憬過，可是卻那麼的模糊，她不知道怎樣的藍圖是在她手中可以描繪和把握的，這個窄窄的院子，是她擁有過最大的世界，這個疲憊憔悴的母親，是她最熟悉不過的女性形象。

「媽媽，你沒想過離婚嗎？」任菲菲不知道哪裡來的勇氣，突然問出這句話，話裡也有一絲因為對父親不滿而產生的質疑。

「哼，」楊菊芬歎了口氣，「你爸當年也是有模有樣的，中學畢業去當兵，農民出生，但在邊境自衛作戰中立過功，復原回家後被招聘到農機廠當臨時工，雖說是看守工廠大門，但每月拿國家工資，比幹農活強多了。我可是當年村裡的一枝花，他才看上我的。誰知道後來工廠破產倒閉，他也找不到別的工作，無所事事，就變成這樣。你媽我就是個命苦的人，嫁誰都一樣，還是不折騰了。」

任菲菲對於這樣的一句似是而非的回答，感到一陣酸楚，母親曾經也是一個美麗的女子，肯定也有過深邃甜美的一簾幽夢，而殘酷的現實，不得不讓她本該輕舞飛揚的心層層纏繞上難以剝離的厚繭。

在這個家裡，只有母親能給她安慰和寬容，她蹲在母親身旁，像是依偎在一把能勉強遮風擋雨的破油紙傘下。

「媽，爸爸說我是賠錢貨，真沒錯，讀大學真沒意思，像我這樣，找不到工作。還讓家裡欠一身的債，我心裡很愧疚。」

「傻瓜，讀書怎麼會沒有用，我們那個時候想讀還讀不起呢！借的債可以慢慢還，可是知識是借不來的。」沒多少文化的媽媽，絕不會相信這個已在社會上幾乎當成真理的共識有什麼問題。

「菲菲，小鳥不勞動，都有天養著的福分，你這麼一個有手有腳的漂亮姑娘，我就不相信你會過不好，連小鳥都不如？」楊菊芬伸手捋了捋任菲菲垂在額頭的頭髮。

「媽你說得對，你相信女兒一定會讓你們過上好的生活。」她的語氣裡雖帶著自信，眼裡卻含著淚花。

「媽知道你心裡很著急，但是這種事不是著急就能解決的。你靜下心來，想想有什麼辦法。找你同學幫幫忙，別怕丟臉。對了，你那個叫趙旭的同學，他爸不是副市長嗎？看看能不能請他幫幫忙？人有的時候就是得厚著臉皮求求人，自尊心難道比生存還值錢嗎？再說，他不是挺喜歡你的？」

「媽，別提他了。我死都不會去求他家的，我跟他已經沒有任何關係了。」任菲菲聽到「趙旭」這兩個字就沒法控制自己的情緒。

「怎麼了？那年他來我們家吃飯的時候還好好的呢？」楊菊芬很是驚訝。看到女兒一臉不快地走進房間，心情就像小孩突然失去了手中的氣球那樣，失望難受，但也只能眼睜睜地看著它飄向遙遠的天空。她還無比清楚地記得任菲菲帶趙旭來家裡吃飯的那天，她特地穿上一套新套裝，那是她唯一一套還算穿得出檯面的衣服。她也把任洪斌單位裡幾年前合唱團發的西裝燙了一遍又一遍，以保證袖口和領口足夠挺括，把他的皮鞋也是擦了又擦，覺得不夠亮，還真是悄悄地抹了些豬油上去，為的就是讓任菲菲在趙旭面前有些面子。雖然這些努力，實際上能起到的效果相當微薄。但是她能做的，也只有這些。

送趙旭走的時候，楊菊芬把自己做得最拿手的鹹菜提了兩罐給趙旭，她本覺得禮輕了，但是又想，既然你趙旭喜歡我們家女兒，就得接受我們家這個現實，我能送的就是些鹹菜乳腐，全是心意，你接受了，代表你懂事，你不接受，代表你不誠心。於是也就把鹹菜遞到了趙旭手上，趙旭也算懂規矩，推辭了一番，就收下了，放到了他本田雅哥的後車箱裡。她心裡美滋滋地想著女兒總算是交好運了，得讓她好好把握機會，可畢業半年多工作沒動靜，讓她心裡犯起了嘀咕，今天被女兒這麼一證實，她心裡更是覺得透心的涼。

「天咋就黑透了哦？」楊菊芬起身看了看天，起身去晾衣服了。

一清早，就聽見母親在罵罵咧咧，任菲菲仔細一聽，是在數落任洪斌不管家、不管孩子。一旦母親說到弟弟任方方的事，父親就不敢再吭氣了，似乎是個死穴，原來任方方昨晚一夜未歸。

任菲菲知道，今天的早市又得靠她自己了，父母親一定又是滿大街地找這個不懂事的弟弟。她起了床，在院子裡遇到父親，她頭都沒抬，更沒有打招呼的意思，她背過身子，把準備好的蔬菜搬到小三輪車上。她感覺到父親從背後看她的眼光似乎有些溫和，她猜得出緣由，但心裡卻更加怨恨。

中午，母親楊菊芬把在遊樂場裡閒遊浪蕩一夜的弟弟任方方，好容易找了回來，馬上面臨高考的他，還一副事不關己的樣子。任菲菲自然著急，恨鐵不成鋼地說了他幾句。

任方方抱著手，滿臉不屑，一隻腳還故意輕微地抖動，冷笑地看著任菲菲。

「你讀書是為我們啊？還不是為了你自己的前途。」任菲菲一看他那副滿不在乎的德行，氣得大聲罵道。

「前途？你看看你自己嘛，上了大學又怎麼樣？家裡花了那麼多錢，畢業了還不是要靠家裡養著，前途在哪裡？」任方方也提高了聲音

任方方這句頂嘴的話，再一次赤裸裸地揭開了任菲菲的傷疤，她控制不住扇了任方方一個耳光。

「你憑什麼打我？」任方方血氣方剛，一抬手，想還擊。母親楊菊芬及時攔在了中間，重重地把任方方推開。

「你還敢打你姐了？你這麼不懂事，她說你、打你，難道不對嗎？」楊菊芬怒不可遏，推搡了任方方。

「這話又不是我說的，是我爸說的，他說姐姐讀大學，就是白讀，不如在家賣菜，還省錢，就是個賠錢貨。」

「你還要犟嘴！你咋這樣不懂事喲？我的祖宗啊！」楊菊芬氣得直咬牙。

「你們都不要再說了。」任菲菲沒有眼淚，只有一腔憤怒，她衝進房間，撥通了電話。

小院裡突然安靜了！

不知道過了多長時間，「阿姨。」一個高大健壯的帥氣小夥兒走進了院子，打破了幾乎凝固的空氣，手裡還拿著一個黑色的頭盔。他是任菲菲的小學同學，初中畢業就上了汽校，學汽車修理，現在在一家汽車專賣店當修理工。

「秦川，你怎麼來了？」楊菊芬問，口氣不是很歡迎。

「哦，菲菲叫我來幫她拿些東西。」秦川有些緊張，人類是一種敏感的高級動物，雖然沒有觸角，但是探測不友好氣氛的能力卻是相當準確。

「今天不用上班嗎？」楊菊芬接著問。

「上班，中午這會兒休息，趕過來的。」越回答，秦川越心虛，聲音也就越弱。

「你來了？站著幹什麼，進來幫忙。」任菲菲從房間裡探了個頭出來喊道。

「哦哦哦。」秦川像是聽到營救的聲音，小跑著鑽進了任菲菲的房間。

不一會兒，秦川從房間裡搬出來一個大箱子，楊菊芬一看，那是任菲菲考上大學的時候，因為要住校，家裡專門給她買的，為了好裝被子床單什麼的。這個時候她拿這麼個大箱子想幹什麼？

「菲菲，你幹嘛呢？」楊菊芬忙問。

「媽，我要搬走，秦川那裡有空房間，我去跟他住。」跟著秦川後面，任菲菲又背了一個旅行包出來。

「你瘋了？有家你不住，你到外面去？你工作都沒有，收入都沒有，你付得起房租嗎？」

「阿姨，房租我給得起，不怕。」秦川顫巍巍地說。

「你別說話，你那鼻屎多點工資，連自己都養不活。」秦川不合時宜的回答，遭到楊菊芬狠狠地惡罵。

秦川只好乖乖呆站原地，低下頭，不敢再說一句。

「媽，我已經決定了，反正我在家就是礙眼，討人嫌，還不如出去，不吃家裡的，不用家裡一分錢，你們也不用心煩。」任菲菲也很堅決。

「你沒工作，哪裡來錢生活？再說一個姑娘家，出去跟他住，是要吃虧的。我當媽的都不嫌棄你，你爸爸弟弟也就是說些氣話，你那麼當真幹什麼？」聽出女兒的堅決，楊菊芬有些害怕，語氣柔和了一些。

「媽媽，怎麼說我也是家裡的第一個大學生，現在沒有給弟弟做出個榜樣，讓你和我爹在親戚那裡還不了錢，抬不起頭，我已經很自責，很沒有自尊了，你就讓我出去吧！」任菲菲的眼睛裡只有堅定，沒有妥協，她看著母親，心裡有萬般的疼痛，但是已經沒有淚水。

楊菊芬愣愣地站在那裡，她不知道該說什麼了。看著秦川騎著電動車，把行李和任菲菲一起帶走的時候，她的眼淚才緩緩流下來。在這個女兒身上，楊菊芬曾寄予過多少的希望，當她埋怨自己婚姻不幸的時候，看見有這麼一個乖巧漂亮的女兒，心裡頓時就會充滿了生機，又掙扎著堅持下去。如今女兒隨著電動車無力的轟鳴聲，就這樣離去了，楊菊芬全身充斥著無法名狀的無助，突然覺得天旋地轉就要昏倒，她趕緊雙手扶住門框。

4

秦川把任菲菲送到自己住的地方就趕著去上班了。

任菲菲一個人待在秦川租的這套房子裡。這裡本來是他和一個同事，一起合租的兩房一廳，那個同事找到女朋友之後，準備結婚，就搬走了。空著的房間還留著他們住過的痕跡，任菲菲打開窗戶，試圖用外面的空氣把別人的氣味交換出去。

這是個單位的老小區，樓房和樓房之間很密，就算是五樓，陽光依然很有限地照進屋來，開了窗子，換進來的氣味也不過是另一家人的味道。這都不重要了，重要的是開著窗，能讓自己的呼吸延伸出去，讓自己的心能徹底地鬆弛下來。

整個下午，她是在收拾房間和打掃衛生中度過。中途她給自己泡了杯咖啡，聞著咖啡的味道，想起自己第一次喝咖啡，是趙旭帶自己去的，心底跟著舌尖泛起苦澀，於是她把咖啡倒了，只喝了一杯白開水。她隨手打開電視，沒有機上盒，只能收到有限的幾個台，圖像還相當模糊，倒是旁邊放著一個DVD的播放機，旁邊還有一些碟片，都是正流行的韓劇，任菲菲猜想估計是秦川同事留下的，因為秦川是來不及看這些慢吞吞的無聊戲碼的。

她隨手拿了一片《我的名字叫金三順》，放進播放機裡，只一看開頭，就可以猜到結局，既不漂亮又沒身材的醜小鴨女主角，最終會和高大英俊的男主角終成眷屬，美麗溫柔的富家女身邊有著不錯的護花使者，卻始終愛慕著已經變了心的男主角。吸引年輕女孩看的電視劇無外乎這些套路，換一批演員，換一個場景，又繼續紅紅火火。哪個少女不懷春，不期待從小妹變成公主，遇到自己的王子，可是這世上有多少個王子？自己又怎會變成公主？任菲菲曾經以為自己遇到了王子，可是她削破了雙腳也沒有辦法穿上那雙水晶鞋。她猜得到電視劇的結局，卻猜不透自己的命運。

「這對兒好看嗎？」包小妮正在卡地亞的店裡興高采烈地挑選著訂婚對戒，每試戴一次，就要翹著帶上戒指的手，撒嬌地問問趙旭。

明眼的人都看得出來，趙旭意興闌珊，他沒有試戴任何一隻戒指，而是讓包小妮自己拿主意，因為任何一對戒指在他眼裡，只不過就是束縛住他感情神經的一個枷鎖，他當然不願意去觸碰，雖然他並不討厭眼前的這個包小妮，但是她的確也不是他想要共度一生的人。

「就這對了，老公，買單啦！」包小妮終於消停了下來。從趙旭和包小妮進入這家店開始，門口就掛上了「暫停營業」的牌子，所有的營業員都圍到他們身邊，像李蓮英伺候老佛爺那樣，低頭哈腰，拍馬奉承。包小妮是這家店的常客，從店長到新進的營業員沒有不認識她的，今天這個煤礦老闆的大小姐來挑訂婚戒，怎麼也不會下十萬八萬，還有接下來的結婚戒，肯定也不會是小數，自然大家要小心伺候。

「趙先生，包小姐，慢走。歡迎下次光臨。」一群營業員在店長的帶領下，畢恭畢敬地把趙旭和包小妮送出店外，每個人臉上都粘貼著「您二位是上帝」般諂媚的微笑。

這家購物中心停車場指揮來往車輛的，都是穿著黑色的馬褲、黑色的靴子、紅色的襯衫，戴著牛仔帽，身材不錯的女生。包小妮的奧迪TT正好和這些小姐穿的襯衫一樣，紅得鮮豔。

「趙旭，你這是什麼意思？」剛關上車門，包小妮本來帶著微笑的臉，馬上轉了臉色。

原本以為自己掩飾得很好的趙旭有些詫異，本能地回答了一句「什麼什麼意思啊？」他儘量讓自己的口吻趨於直線。

「你當我是傻子啊？再蠢的人都看得出來，你剛才有多麼不情願，連試都不願意試一下，你什麼意思？這婚是我一個人結啊？」包小妮邊罵，邊惱怒地拍打著方向盤。

「當然不是，只是挑戒指這種小事，你這麼認真幹嘛？我又無所謂，最主要是你喜歡就行了。」趙旭不想讓事情變得複雜，因為他知道包小妮是個神經敏感的大小姐，如果讓她扯些以前的舊賬出來，最終認輸的還得是自己，於是在語氣上先討好了。

但事實上，只要女人覺得不爽的時候，翻舊帳就是難免的，特別是一個在心智上都不太成熟，又衣食無憂的女人。

「我知道，你娶我，是委屈你了。你還念念不忘你以前的女朋友，要不是因為你父母的壓力，你才不想跟我結婚呢！我就不明白了，她有什麼好？你覺得漂亮，你媽媽跟我說了，也就是『土老冒』，她找你也是有目的的，只可惜她動錯腦筋了，自己沒搞清楚自己的身份，一個農民，還想攀高枝。你還陷那麼深，我真的是看錯你的高度了。」包小妮的確是大小姐，發脾氣的同時絕對不會忘記掏心挖肺地貶低別人。

「夠了，你現在說這些有意思嗎？你要是覺得不爽，那你還哭著鬧著要和我結婚幹嘛？我現在再跟你說一遍，你以後不准在我面前再提這些事兒，我不管你是想貶低別人或者想嘲笑我。如果你以後再提，我絕對要翻臉的。」趙旭臉色鐵青，他用從來沒有過的嚴肅對包小妮發威，他真的惱火了。

「不提就不提。」包小妮顯然是被趙旭兇狠的語氣嚇到了，嘴裡嘟囔了一句，這才發動了車。

「好好的日子不過，就愛找事，真是吃錯藥了！」趙旭的怒火未盡，最後又罵了一句。

車裡剩下兩個不說話的人，只有不合氣氛的音樂在為透明的空氣製造著動靜。

女人在自己愛的人面前總會有些示弱，因此會患得患失。表現得順從，怕得罪，但是忍無可忍，衝動地發完脾氣之後，又不知該如何收場，只好沉默，忍住心裡所有的委屈。

5

任菲菲住在秦川這裡，大門不出，二門不邁。每天貫穿著品質不高的睡眠，起來就是打掃房間、聽音樂、看書、看碟，傍晚做飯，等秦川回來。她知道，冰箱裡的菜，都是母親隔三差五交到秦川手上的。一次，楊菊芬還用信封裝了一千塊錢，讓秦川轉交給她。收到這些東西，任菲菲心裡總是更加愧疚，她嘴上不說什麼，但是秦川也看得出來，因為一直沒找到工作，心中無助難耐的火焰，總是在她胸中熊熊地燃燒著。

「菲菲，我說一句話，你別不高興。」看著悶悶不樂的任菲菲，秦川還是忍不住開口了。

「說吧！已經夠不高興的了，應該沒有什麼能讓我更不高興了。」任菲菲的口氣裡總是透著一種自暴自棄。

「你現在既然這麼不高興，為什麼不找趙旭讓他幫你找一份工作？你就當利用他也好，或者當他補償你也好。你這裡扮清高，誰看得見，何必那麼辛苦呢？」

突然，任菲菲甩下筷子，「你是不是也嫌我？現在怎麼都這樣，沒工作、沒錢，連自己最親的人也不認啦？」任菲菲神經質的大叫起來。

「對不起，對不起，是我錯了！」秦川趕緊道歉，「我知錯了，罪該萬死。」秦川半跪在她面前，左哄右哄，好容易才平息了這場怒火。

「哼，秦川，別人說這句話我不奇怪，你說這句話，難道你會不理解我？」任菲菲冷笑道，「寧可他負我，負我一輩子，我也絕不向他低頭。我要讓他知道，我任菲菲不是真的要靠他才能過得好的。別他媽太把自己當回事兒。」

秦川低下頭扒著飯，再不敢接她的話。

任菲菲越是倔強，越是敏感，秦川心裡越感到悲涼，他想，只有心中還存有對趙旭的不捨，她才會任憑自己去鑽牛角尖。

「對了，我同學打電話來說，後天在展覽館那裡有一個招聘會，我想去看看。病急亂投醫，只管去碰碰運氣。」一天，任菲菲跟秦川說。

「那我明天去調休一下，後天爭取陪你一起去。」

任菲菲點點頭。對於秦川的關懷和體貼，她已經很習慣了。當他們還是孩子時就這樣，那時，他們都生活在這個城市和農村結合部的郊區，秦川的父母是翻胎廠普普通通的工人，他是家裡的獨兒子，生活比靠賣菜為生的任菲菲家強多了。

在任菲菲的記憶裡，天還沒有亮，自家的小院裡已經亮起的昏黃燈光，像一個忠於職守的老人，安靜低沉地照亮她們。母親早已起身準備好到市場裡賣的菜。

早年，這裡的菜市場，還不像現在這麼正規，就是鄉場上的一塊空壩子。賣菜的多是周邊農村人，自產自銷，沒有批發；買菜的，也就是周圍的廠礦職工。市場趕得早，散得也早，一般早上十點就沒人了。因為工人要趕著上班，農民還要回家種地。楊菊芬總是最先把菜賣完的人，除了她的菜新鮮乾淨外，當然，她的年輕漂亮，也會吸引更多的男性主顧。後來，這裡建起一個個居民社區，菜市場被圍了起來，泥土地也變成了水泥地板，工商、稅務也加強了管理，賣菜固定攤位，註冊納稅。這樣，自家來賣菜的就減少了許多，楊菊芬不僅堅持下來，還代銷村子裡幾家親戚的蔬菜。每天早晨，他們把蔬菜拉到楊菊芬的攤位上，集中由她銷售。楊菊芬家地裡的活也就包給其他人幹了。

然而，在任菲菲的記憶裡，難以磨滅的仍然是幼小心裡母親的背影。她經常是早早就跟著母親出門了。母親在前面挑著扁擔走，兩頭掛著的竹筐裡，裝滿了各種蔬菜，任菲菲身上也背著一個小些的竹筐在後面跟著，竹筐裡面裝著塑膠袋、廢報紙、草帽、兩個可樂瓶裝的自來水、塑膠小凳，還有自己的書包。

母女倆到菜市場的時候，天才剛剛擦亮，但是那裡已經人來人往，嘈雜不堪了，任菲菲熟練地幫母親支起賣菜的攤子，等待著第一位光臨的客人。母親總會在這個時候，塞給她一塊錢，讓她去其他小攤買點吃的。她也邊吃邊幫媽媽照看生意。

菜場離學校不算遠，時候一到，任菲菲就會背起書包，告別母親，獨自走向學校。到學校的時候，任菲菲的球鞋和褲腳上經常會濺滿了泥漿，同學們都偷偷地笑她，班主任也說過她幾次。但是她再怎麼小心，也避免不了，於是漸漸地，她被老師和同學邊緣化了。

一天傍晚，在任菲菲的記憶裡，天色已經黑得看不清周圍了，學校裡空無一人，只有自己還在含著眼淚到處尋找自己的語文書。沒有書就不能做作業，交不出作業，跟著的就是老師對自己毫不信任的責備，當時幼小的任菲菲對於老師的批評是有著很深的恐懼。正在她覺得眼前一片昏天黑地，就要暈厥過去的時候，秦川出現了，她不記得他是怎麼出現的，就像天使一樣帶著翅膀和光環，他把自己的語文書借給了她。

第二天，秦川和包小志被罰站在老師辦公室門口，都是一副衣冠不整的樣子，各自把頭扭朝一邊，微胖的包小志明顯有流過鼻血的痕跡，眼角還有淡淡的淤青。秦川沒有傷，但褲腿滿是灰塵，臉上還有一種滿不在乎的表情。任菲菲記得秦川看見自己的時候，嘴角閃過一絲微笑，像是在宣告著勝利和得意。任菲菲低著頭，很快從秦川面前走過，不敢有過多的回應。從那以後，秦川默默地成了任菲菲在學校裡唯一的朋友。

直到很久以後，秦川才告訴任菲菲，是那個可惡的包小志和同學打賭，搞的惡作劇，故意把她的語文書藏了起來。秦川知道以後，氣憤地打了包小志一頓。雙方的家長也被請來了，秦川自然是逃不了父親的一頓暴打。而包小志，因為父親包發富是煤礦動力廠的老闆，學校或多或少地從廠裡得過些資助，老師對他恭敬幾分，沒有批評，反倒是因為包小志是被打的一方，秦川的父親還向包廠長道了歉。

一個星期天的早晨，任菲菲幫母親在菜場裡賣菜的時候，秦川和媽媽又來光顧她們的菜攤，到現在任菲菲還一直懷疑是秦川故意帶他媽媽來的。眼尖的任菲菲看見人群中一隻黑手伸進了秦川媽媽的皮包，她一聲尖叫：「阿姨，有小偷！」隨即兩個小娃娃一齊撲向竊賊，他們的大喊大叫，馬上引來大家圍觀。在市場保安的審問下，在地上找到了錢包，挽救了秦川媽媽剛發的一個月工資。任菲菲和秦川因此而更加親密，雖然在學校裡並不多說話，但是相視一笑，任菲菲已經沒有那麼孤獨了。他們不知道什麼是兩小無猜、青梅竹馬，但他們像互相依靠的兩棵小樹，盤根錯節地一起長大。

招聘會的那天，任菲菲只是略施粉黛，就已經很出眾，秦川像個保鏢一樣，得意地陪在她身邊。

「你在外面等我。」說完，任菲菲就隨著人潮直接進了招聘大廳，不等秦川反應，人已經消失了。

對秦川的態度，任菲菲總是沒那麼多的客套，與其說是兩人常年的熟絡，不如說是秦川對任菲菲不計回報的寵愛所致。在秦川面前，她可以很醜地大哭、可以暴躁地發脾氣，可以不顧形象地大笑、可以說自己的心事。她越真實地表露自己，秦川就越寵愛著她，雖然她跟他說心事的時候，他的心是那麼疼痛，他還是沒有離開過，他願意在任菲菲心裡最安全的地方堅守著，哪怕他知道任菲菲不願意把愛分給自己。

「嘿，走吧！」秦川還在走神的時候，任菲菲突然蹦蹦跳跳地出現在他面前，心情看起來很不錯。

「有戲了？」秦川問。

「但願吧！」任菲菲神秘地笑了笑。

「什麼工作？」秦川有些迫不及待。

「現在不好說，先不告訴你，等定了再說。」任菲菲眉毛一揚，「我請你吃頓好的去。」

「我請你，看你這麼高興，應該有七八成的把握，我先替你慶祝。」秦川一把摟過任菲菲的肩膀。

「也好，不過，大街上，男女授受不親。」任菲菲身子一扭，把秦川搭在她肩膀上的手甩開了。

高原的天氣，只要是晴朗的，天空都會顯得特別透明，詩人用清澈高遠來形容它，人的眼睛在陽光下只能夠勉強地睜開，眯眯的眼睛，清澈的天空，和相愛的人在一起，是不是就很誘人呢？這個人會是秦川嗎？她低歎一聲，輕輕地搖了搖頭。一群海鷗從他們的頭頂上飛過，飛得很低，幾乎可以聽見它們劃過空氣的聲音，像是去趕某處的熱鬧一樣，整齊而高亢。

任菲菲揚著高傲的頭帶秦川走進了市區內唯一的一家必勝客餐廳，她跟服務員說要靠窗的雅座。秦川這個普通工人家庭的兒子，小時雖然沒吃過什麼苦，但家境也不闊綽，特別是爸媽的工廠被人承包後，雙雙下了崗，生活已是王小二過年。看到菜單，他心裡不免倒抽了口冷氣。隨便一個披薩都是七八十塊。他看著菜單，不敢抬頭，感覺手心裡都要滴出汗珠來了。

「要一個十二吋的超級至尊，不要青椒和橄欖，加一份芝士，一份意式肉醬面，一份酥皮奶油蛤蜊湯，兩杯可樂。」任菲菲已經爽快地把菜點好。

「先生小姐，披薩的製作過程大概需要十五分鐘的時間，請你們耐心等待。」服務員小姐點完單之後，禮貌地提醒了一句，然後微笑離開。

秦川看著身著統一制服的服務員離開，半晌沒說話，只是尷尬又緊張地看了看任菲菲。

「幹嘛這副表情？是不是嫌貴，不想請我了？」任菲菲用指頭玩捏著桌上的刀叉，表情有些不屑。

「難得你高興，難得我們出來吃一次好的，肯定不嫌貴。再說這是幫你提前慶祝，而且你看兆頭多好，『必勝客』，你找工作，一定必勝。」秦川轉念一想，似乎豁然開朗了起來，又開起了玩笑。

「算你會說話，哄得我高興。我就告訴你我找的工作吧！售樓小姐。」

「售樓小姐？」秦川顯然是被嚇到了，這並不是一個很穩當的職業，眼睛於是睜得又圓又大。

「你這是高興還是詫異啊？現在滿大街都是大學生，好的單位都只進博士，碩士，好的工作都還得靠關係，像我這樣普通的本科生，又沒關係，找到一份工作做再說吧！」

「可是，這樣的話，你的工作是和業績掛鉤，壓力會很大的。」秦川還是很擔心。

「我又不怕壓力，現在我是愁沒有舞台讓我施展，其他就管不了那麼多了，我相信，只要給我一個舞台，我會把自己變成最燦爛的那顆明星的。你明白嗎？別這樣愁眉苦臉的，再說我從小就跟著我媽賣過菜，我還怕什麼？真要是不行，不還有你嗎？難道你會見死不救？」任菲菲嬉皮笑臉地伸手摸了秦川的臉一下。

「是，有我一口飯吃，就絕不會讓你餓著。」

任菲菲笑了，她知道秦川是個她離不開的人，秦川關心著她，但秦川沒法瞭解自己，也不能給自己想要的。但是，在這樣孤絕的處境裡，有這樣一個人陪在自己身邊，應該是惜福和溫暖的了。藉著上廁所的時候，任菲菲把單買了，用的是媽媽給的錢，她知道，其實也是趙旭那天在酒店留給她的錢。點的菜也是趙旭第一次帶她來這裡吃飯點的菜色。

6

正如任菲菲自己預測的那樣，本科學歷、相貌出眾、面試的時候對答如流，公司沒有理由拒絕自己，很快她就被通知去上班了。像是準備築新巢的小鳥那樣，早早來到公司，她就開始快樂地忙碌起來，翻閱著人事經理給她準備的樓盤資料，把洽談區的沙發椅子擺放整齊，再仔細研究樓盤地圖。

「你是新來的嗎？」一個溫柔的女聲從背後傳來。

任菲菲轉過身，一個身材微胖，和自己年齡相仿的女孩正在看著自己，不是很漂亮，也沒有微笑，但是也並非不友善。

「是的，我是新來的，我叫任菲菲。你呢？」任菲菲主動微笑著走過去，跟那個女孩握手。

女孩也伸出了手，並且露出了微笑，一排整齊的牙齒，叫人喜歡，「我叫馮霞。和你一樣，做銷售的。」

「那以後請你多多關照了。」任菲菲笑著說。

「哼，等你熟了之後，恐怕就不會這麼說了。」馮霞冷笑，但是可以感覺，那些話不是針對任菲菲。

第一天，任菲菲跟著其他的銷售小姐邊學習，邊熟悉樓盤的情況。中午是馮霞主動約任菲菲一起吃的午飯。任菲菲感覺得出馮霞並不是很喜歡目前這份工作。馮霞也是個大學生，學的是旅遊管理，雖然可以走導遊這條路，但她覺得當愛好變成職業的時候就很辛苦，別人旅遊是愉快輕鬆，而自己是工作，她不喜歡這樣，於是來到房屋銷售這個行當，本來覺得是個有趣的工作，可還是得看人臉色，最糟糕的是，好幾單生意，因為自己的疏忽，被同事搶了去。馮霞沒有說是因為怎樣的疏忽，但是看著馮霞無奈的表情，任菲菲也有了一絲擔憂。

一個月後，任菲菲被叫到老闆的辦公室，「任菲菲，感覺怎麼樣？」

問話的人是金超，這個房地產銷售公司的老總，年紀很輕，富二代，老爸是房地產商，他就搞了個銷售公司。第一單生意就是賣他老爸開發的樓盤。喜氣洋洋地賺了自己所謂的第一桶金。他很得意。全身的名牌，菲拉格慕的鞋子擦得可以照亮整間辦公室，傑尼亞的襯衫西裝，讓他青澀的年紀看起來，還有些許的份量。

「都快一個月，感覺還不錯，應該可以獨立應付了。」任菲菲的話說得留有一點餘地，但是神情自信極了，因為在她看來，大部分銷售小姐的能力，絕對在她之下，如何把東西賣出去，似乎是天生在她血液裡面的能力，不用冥思苦想，有些打動人的話就會從嘴裡流淌出來。

「那太好了，明天你就開始正式接待來看房的人吧！」老闆很滿意任菲菲的自信，「我們這裡業績好的員工，平均年薪十五萬，最高有二十萬的。好好表現，我看好你。」

金超很會鼓動人，他只不過大任菲菲三歲，也算是同齡的，但是金超的家庭讓他從出生開始就有著比別人更廣闊的天空和更豐富的生活。他和任菲菲是截然不同的兩個世界的人。

金超從美國帶回來的黑莓手機響了，他看了一眼來電顯示，右手接了電話，左手一揮，示意任菲菲可以出去了。任菲菲點了點頭，轉身走向門口。

「好啊，我馬上到，你們點好菜等著我，叫小志把他八二年的拉菲拿出來喝，別小氣，我買單。」

金超的聲音隨著門被關在了房間內，任菲菲從金超的辦公室出來，她在心裡默默地對自己說，要做就做最好的銷售小姐。之前埋在她心裡的陰霾頓時去了一大半，在這個平均工資兩三千塊的二線城市，能拿到十五萬的年薪，那種誘惑力非比尋常。

「哎喲，王哥，好長時間你也不過來看看我啊？」任菲菲嗲聲嗲氣，笑臉相迎地朝一個剛進售樓部大廳的男人走去，那個男的旁邊還跟著另外一個年齡更大些的男人，不過從穿戴和氣勢上看，應該是個司機。

「哎呀，沒時間啊！一直都出差，這不是昨天剛回來，今天就過來了嗎？」那個被叫做王哥的人表情略微嚴肅，不過也很受用任菲菲的這一套，馬上展開了笑容。

「來來來，要喝茶還是咖啡啊？」任菲菲說著就過去親切地挽著王哥的胳膊了。

「你泡的我都喝！」王哥倒也不介意任菲菲挽著自己，一改嚴肅，反而輕佻了起來。

「那，還是喝茶吧，你剛剛出差回來，肯定累了，喝綠茶解乏！」任菲菲笑意盈盈地拉著王哥在休息區的沙發上坐下，任菲菲搖曳著婀娜的背影混合著淡雅的香水味，轉身去泡茶了。

抬著茶杯回來的任菲菲，那一對會說話的大眼睛一直笑眯眯地看著坐在沙發上的王哥，王哥也很會意地與她四目相接。

「今天想看些什麼，你喝了茶，我好好給你介紹。」任菲菲把茶杯奉上，手指不經意地劃過王哥的手背，王哥也被這不經意震顫了一下，任菲菲低頷抬眼，臉上泛起紅暈，不好意思狀地朝王哥笑了笑。

王哥也懂事地笑了笑，「這次我回了趟老家，我的好多個老鄉都準備到這裡來投資買房，到時候，可夠你忙了。我把他們都介紹給你。」王哥喝了口茶。

「真的嗎？你把你們的溫州老鄉都介紹給我，那我不是要開心地暈過去？不過，在我暈之前，我向你鄭重聲明，你們真的很有投資眼光，這裡的房價在全國範圍看，的確屬於中等偏低水準，上漲的空間還很大，而且這裡是著名的旅遊城市，有很好的氣候環境和生態環境，很適宜居住。而這個樓盤，整個配套設施完善不說，政府已經計畫5年內，在那片區域重新投資建大樓，然後把目前我們省最大的醫院搬到那裡，以後小學、中學都會陸續建成，區域的人口將會達到十五萬人，成為老城區的一個衛星小鎮。這個投資真的是很值得。」任菲菲的眼睛裡除了嬌媚還閃爍著光芒。

「這個我相信你。我過來就是看看整個樓盤的規模，還有設計理念。」王哥一邊任由任菲菲挽著自己的手，一邊仔細看著整個規劃沙盤。

「王哥，你可以看一下，這家開發商是我們省有名的地產公司，已經在我們省很多地方開發了很多成功的樓盤。現在這個樓盤最大的特點就是特地邀請了新加坡的設計師來，戶型結構更加優化，環境設計更加現代合理，綠地面積占到了百分之五十，有羽毛球場、籃球場和兒童樂園，還有專門的燒烤區，朋友聚會的時候可以用。」

「燒烤區？這有些不太實際，我們中國人也不太愛在家燒烤。」王哥邊聽邊思考。

「只是安排了燒烤區，增加了一項功能而已，而且不用增加物管費用，要是建個游泳池，那不是更不合適，沒幾個人會用，但是物管費還得交。」

「呵呵，那是。那幼稚園什麼的呢？」

「有的，在這個區域。」任菲菲用筆燈指了指位於社區中心的一棟小房子，「因為這個地盤是屬於中高端客戶居住的地方，設幼稚園的話一定會保證品質，地產商準備引進一些國外的幼稚園品牌入駐，但是目前還沒有談好是哪一家，但絕對是一流的品牌。」

王哥滿意地點了點頭。「好了，我看得差不多了，心裡有數了，過幾天我來簽購房合同，等我的那些朋友過來的時候，你記得要賞臉吃飯啊！」

「那是我的榮幸，一定去。」任菲菲的笑，嬌媚到連女生看了都會覺得心癢，「王哥肯叫我，那是往我臉上貼金了，哪還有不去的道理，是吧？到時候陪你們多喝幾杯。」

「張師傅，你去把車上的東西，拿來送給這位任小姐。」王哥轉過頭吩咐。

跟在王哥身後的像司機一樣的中年男人，「哎」了一聲就小跑著朝一輛黑色賓士ＭＬ３５０越野車的方向過去。

「這麼客氣，還帶禮物？」任菲菲更是嬌嗲地往王哥身上一靠，笑開了花。

「一點心意，沒什麼。你之前介紹我買的房子，已經升值了，這麼些小東西不值一提。」

張師從車上拿了一個精緻的紙袋子，又一路小跑著過來，遞給了王哥，王哥親手交到任菲菲手裡。

「謝謝，謝謝！」

「走了，改天見！」

「我送你到車那兒。」任菲菲一手提著紙袋，一手挽住王哥，往門外走去。

兩個女孩站在廁所裡休息，一個趁機對著鏡子補補妝，另一個則點燃了一支煙。

「別抽了，等會兒出去又是煙味，客戶又要投訴你了。」補妝的那個女孩說。

「哼，老娘才不怕投訴呢，所有的生意都讓那個任菲菲去幹好了，我們站那兒幹嘛！」抽煙的女孩不屑地吐了一口煙圈。

「哼，你說的對，才來了不到半年，仗著自己有幾分姿色，嗲功好，會搓男人，這兩個月的銷售排名都是第一。你看看她對那個王哥，之前明明是我先接待的他，我才生病一天，就被她挖牆腳挖走了，現在叫那個王哥，王哥的，多親熱啊，那股騷勁，我都要吐出來了。」補妝的女孩相當不滿意。

「我看她，人家要是肯從她手上買房子，讓她上床，她都願意呢！真是噁心。」抽煙的女孩又吐了一個煙圈。

「賣不過人家，就只能在廁所裡說些壞話，有意思嗎？」馮霞從其中一個廁所間裡出來。

兩個女孩愣了一下，「你業績最差，你還挺看得開嘛！」抽煙的女孩白了馮霞一眼。

「我是看得開，我不羨慕，也不嫉妒，更不會在背後說人壞話。」說完，馮霞就離開了。

馮霞依然每天中午和任菲菲一起吃午飯，並沒有告訴她，其他人對她的看法。馮霞多少知道任菲菲家裡並不富裕，還有個正在讀書的弟弟，任菲菲拼命掙錢，是為了償還自己讀大學時，父母欠下的債務。馮霞雖然不認同任菲菲對待客戶的方式，但是她能夠理解任菲菲，有時甚至她還在反省自己的保守是不是一種狹隘的落後？因為自己的家庭同樣也很困難，父母失業，每個月只有幾百塊錢的救濟金，一家人還擠在原來廠裡分的只有約五十平方公尺的小居室裡，可是無論她怎樣鼓動自己，她還是儲存不起任菲菲這樣的勇氣，在顧客面前撒嬌裝可憐，對著男顧客眉來眼去。

「菲菲，你記不記得那個時候我跟你說過，因為我的疏忽，我的業績總是很差？」

「記得，但是你當時沒說是什麼疏忽。」

「那你現在知道原因了嗎？」

任菲菲放下手中的筷子，直起身子，認真地看著馮霞，「馮霞，你跟別的女孩不一樣，你單純善良，這也是我願意跟你做好朋友的原因。但是社會很現實，工作也很現實，善良單純不能給你飯吃。」

「我明白，可是有些事我真的做不來。讓我去對著男人媚笑、發嗲，我不行，而且我長得也不漂亮，做這些恐怕更是惹人討厭。我和其他同事的關係不太融洽，也就是因為這個原因，當時我覺得她們這樣做很可笑，也許是因為文化素質不高的原因，我覺得很排斥和厭惡，但是坦白說，你來了之後，在你身上，我沒有覺得厭惡，我反而看到的是一種被生活所逼的無奈。只是你克服了自己心理這關，戰勝了自己，而我還沒有。」馮霞歎著氣。

「馮霞，我們都是普通人家出身，都像是討生活的螞蟻，隨時可以很容易地就被人踩死和捏死，但是螞蟻就沒有出路了嗎？螞蟻也可以躲在縫隙裡生活得很好。這就要看你自己怎麼想了，我就是在努力尋找這個縫隙。平坦的大道誰不想走？可是越平坦，越光明，我們這些螞蟻就越容易被發現，被踩死，只有在縫隙裡，才能安全地生存下去。這個世界多數時候是不美好的，你不要用你那顆美麗的心去想像它，那會讓你很失望。對不對？」任菲菲這番心裡話從未對人說過，不管馮霞聽不聽得進去，她並不責怪馮霞，她知道她是無心的，因為對自己信任，馮霞也才對自己說了那些心裡話。

7

依著和王哥的約定，任菲菲在週末當起了臨時導遊，陪著王哥和他從溫州來的老鄉逛起了昆明。

話說那個叫王哥的人，是做珠寶和玉石生意的，四十幾歲，沒有一般商人老奸巨猾的樣子，敦實的樣子看起來反倒有些憨厚，從浙江到雲南做生意已經有十多年的時間了，對昆明其實也很熟悉，但他還是要任菲菲來陪他的老鄉，目的自然要她與客人先溝通溝通感情。

任菲菲先帶他們去了金馬碧雞坊，跟他們講了金馬碧雞的故事。她說，每隔六十年，夕陽西下，金紅色的餘輝從西面披裹在碧雞坊上；月亮東升，銀灰色的光從東面覆蓋在金馬坊上，人們就能在地面上尋找到兩個牌坊影子交會的奇觀。

「真有這事?你見到過嗎?」王哥問。

「據說，屬馬和屬雞的人，才有可能見到。」任菲菲詭笑道。

「呵呵，還真巧了，我是屬雞的，來來來，菲菲，和我在碧雞坊一起留個影。」王哥聽到這個傳說，十分高興，「我來昆明這麼久，還真沒人跟我好好說過這段傳說，今天算是長知識了，這還得感謝你。」

其實，任菲菲是知道王哥的年齡，才故意杜撰了這麼個說法。

「王哥，那恭喜你了，你可是我們當中最幸運的了。」任菲菲還是笑著和王哥留下了第一張合影。

「對了，美女，聽說你們昆明的海鷗是很有名的，能帶我們去看看嗎？」其中一個老鄉問道。

「你們來的正是時候，當然要帶你們去。」

翠湖公園裡，這幾個溫州的朋友第一次看到那麼多海鷗和人嬉戲，興奮不已。任菲菲買來麵包，讓客人們餵餵海鷗。王哥和客人們歡呼雀躍，興奮得像個孩子。

突然，一隻海鷗不偏不倚地停在了王哥其中一個老鄉頭頂的帽子上，悠然自得，絲毫沒有懼怕的感覺。

大家一看，笑的前仰後倒，「果然是很有靈性！」王哥笑道。

只有頂著海鷗的那個老鄉不敢亂動，僵直著身體求救道：「這可怎麼辦？」

「頂著唄，看你多幸運，海鷗誰都不站，就站在你頭上了，說明你的頭是個金窩窩啊！」王哥開玩笑道，任菲菲忙著為他拍下這張難得的照片。

「這裡的海鷗還真不怕人啊！」大家感歎道。

直到晚餐的飯桌上，大家還傳看著照片，意猶未盡地回憶著海鷗給大家帶來的歡樂。

在等待上菜的空閒時，任菲菲又給大家講了一個老人與海鷗的故事：有一個老人姓吳，他原本是個大學生，不知為什麼被抓去「改造」，出來後被放到昆明化工廠當工人。一九八四年退休，他孑然一身，孤苦伶仃，生活得十分窩囊。自從來了海鷗，老人像變了個人，他把海鷗當成親人，從此有了難捨的牽掛。每月三〇八元的退休工資，自己捨不得吃，捨不得穿，一半以上都花在給海鷗買吃的上。在每年海鷗來昆明的半年時間裡，他風雨無阻每天徒步十來公里進城餵海鷗。老人捨不得花錢坐公車，但是四元五角一公斤的吉慶祥餅乾，他毫不吝嗇買給海鷗吃。後來他為了多做些食物，就買些雞蛋和麵粉，自己做蛋糕，據說那是海鷗最愛吃的。而他自己，最奢侈的就是抽一塊錢一包的金沙江煙。十多年來，他與海鷗建立了深厚的情誼，在成千上萬的海鷗中，他能辨別出一些特別的寶貝，比如只有一隻腳的「獨腳」，瞎了一隻眼的「獨眼」，他都一一給牠們取了名字。只要噘起嘴一呼喚，就能把牠們全叫到身邊，這已經成了老人一絕。」

「太神啦！」客人們道。

「『獨腳』和『獨眼』，是誰傷害了牠們？」客人問。

「據說是眩光。」

「什麼是眩光？」

「是這樣的，候鳥在遷徙中，白天休整覓食，夜晚飛行。盜獵者就在牠們經過的山頭，夜晚生起大火，這火光就是眩光。因為它能讓高空飛行的候鳥頭昏目眩，誤認為天亮了，該歇息了，就俯衝向光亮處。許多鳥兒就這樣冤死在盜獵者的網套和棍棒下，場景非常慘烈。也有一些鳥死裡逃生，僥倖逃脫了誘殺，但也是傷痕累累，甚至落下像『獨腳』、『獨眼』這樣的終身殘疾。」

「太可憐，太可憐了！」聽著任菲菲的講述，客人們一陣感歎。

「而當『獨眼』、『獨腳』受傷之初，居然還會受到其他海鷗的排斥，所以，老人就特別關照牠們，每天他都要先餵這幾隻特別的寶貝，幾年下來形成習慣。是老人用愛心，一點點幫牠們重新融入到鷗群中。」

「哦，那我們今天怎麼沒見到那位老人呢？」客人問。

「他早已去世了！」

「哦！」大家十分惋惜。

「老人走的那天晚上，自己已經知道不行了，」任菲菲繼續說：「他就把家裡的大門和窗子打開，第二天鄰居看見他家裡沒動靜，門又開著，進去一看，人已經僵直了。他死後家裡什麼值錢的東西都沒有，狹小的廚房灶台上還剩著老人準備給海鷗做蛋糕的幾個雞蛋。但是，人們卻在老人的枕頭下發現一本《聖經》，裡邊夾有幾張海鷗照片，那是「獨腳」和「獨眼」站在他頭上和手上的合影。在其中一張照片的背面，顫顫巍巍的字體寫著：你們是這世界上我唯一的親人，此刻，我好想你們，好想你們！我就要走了，不能再照顧你們了……

說著說著，任菲菲眼眶中的淚水就忍不住流了下來。

「難怪海鷗會每年都要回昆明！」客人們也十分感動。

任菲菲接著說：「是啊，這些海鷗太通人性了！老人去世以後，有人把他的遺像放成真人大小，立在翠湖公園，那些海鷗都會盤旋在照片的左右，有人看見「獨腳」和「獨眼」，接連幾天都撲棱著翅膀去親老人的臉頰，發出哀鳴，不久牠們也就不知去向，人們再也見不到牠們的身影。」

在場的客人更是驚歎不已，面面相覷。

「吳師傅死後獲得了人們的尊重，在翠湖裡邊為他塑了一座雕像。」

「感謝任小姐講的這段動人故事，昆明真是山美水美人更美，那各位老闆以後就買房子住在這裡呵！」王哥趁機轉移話題，也調節了有些凝重的氣氛。

「好啊，聽王總的！昆明真是個充滿愛的城市。」

「來來來，吃飯、吃飯吧！」任菲菲接過王哥遞給的餐巾紙，擦了眼淚，開始用晚餐。

「你們還不知道，我和這些海鷗也有一種緣分。」席間，任菲菲說。

「什麼緣分？」

「王哥，你猜猜？」

「猜準了，你喝酒。」王哥與菲菲打賭。

「沒問題。」

「你是在海鷗飛來那年，來到這個世界的。對不對？」

「王哥，你太厲害了！佩服，佩服！」

「是你有福氣，來，獎酒一杯！」

一桌人被任菲菲逗得很開心，紛紛表示要把半個家安在昆明。

也許這就是任菲菲過人的地方，她善於察言觀色，然後再一步一步，不急不躁地將顧客先變成朋友，最後變成忠實的客戶。而且這一過程，讓人覺得她的真誠是那麼自然，沒有因為想做成生意而假意投資的感情。

一天，下班的時候，任菲菲叫住馮霞，「這個給你。」任菲菲從王哥送她的那個精緻的紙袋裡拿出一只裝著玉手鐲的盒子遞給馮霞。

「不要不要，這麼貴重，你自己留著用吧！」馮霞推辭。

「你不是說你媽媽要過生日了嗎？這個你送給你媽媽吧，免得再去花錢。」任菲菲硬把玉鐲塞到了馮霞手上，「我走了，你路上小心。」任菲菲抬高了手臂跟馮霞揮別，白皙的手臂和修長的頸項，像是一隻嬌羞的天鵝，在夕陽背景的映襯下，顯得高貴優雅。

與馮霞分手後，她先去了好久沒去的「金馬碧雞坊」，但這一次她沒有長久地等待和尋找，她只是靜靜地抬頭望著日月正在交替的天空，這種空曠，能讓她感到寧靜，然後她微笑著直奔市中心的商場。

Levis專櫃裡模特身上的T恤和牛仔褲，秦川陪任菲菲逛街的時候去試過，合身也很時尚，秦川是個衣服架子，高大挺拔，不說是俊美，但也絕對稱得上帥氣，只是家境普通，加上父親身體不太好，他不敢亂花錢。夏天同樣的幾條破舊牛仔褲和T恤反復穿，他總說，男孩子沒什麼好講究的，自己又是幹技術活的，每天一身臭汗，不需要臭美，但任菲菲希望他打扮得帥氣，至少自己走在他旁邊的時候，人們都會投來對金童玉女的羨慕眼光。當時任菲菲吵著要秦川買下這衣服，而且很豪氣地說自己來買單。因為秦川的理智，硬是把她連拉帶拖地拽出了這家店。

和趙旭在一起之後，任菲菲體會到了她從來沒有經歷過的生活，變得有些浮華和虛榮。和趙旭分開之後，現實不允許她繼續這樣，可每當走在街上的時候，她就會不由自主地想起和趙旭一起的時光，她多希望自己身邊所有的事物都是那麼完美，從衣服到包，到鞋，到身邊的人。所以她有些不習慣秦川的寒酸。

「服務員，這套衣服給我加大號的，謝謝。」任菲菲指著櫥窗裡的模特兒說。

提著Levis的紙袋，任菲菲滿足地離開，這是她第一次花錢買所謂的有點品牌的衣服，比給自己買衣服還開心。

秦川回到家的時候，她在廚房裡準備著晚餐，像個小主婦一樣，用心地準備著每一道菜。看到任菲菲忙碌的背影，秦川突然有種想從後面抱住她的衝動，他遲疑了一下，但還是這麼做了。

「別鬧了，快去洗手，馬上就可以吃了。」手裡拿著鍋鏟的任菲菲沒用行動掙脫開，只是用語言催促了一下。

秦川沒有動，反而抱得更緊了，他把下巴壓在任菲菲的肩頭，閉上眼睛，用鼻子深深地呼吸，任菲菲的體味像是一種氧氣，讓秦川渾身發軟。

「菲菲，你要是我老婆就好了。」秦川說這話的時候，心裡其實充滿酸楚。

「唉，又開始胡言亂語了，快洗手吃飯。」任菲菲的語氣很淡定，彷彿這是一個回答過一百遍的問題了。

秦川大口地吃著任菲菲做的飯，毫無意外，除了表揚，他沒有多餘的話，吃得很香。任菲菲很滿意，高興地收拾了碗筷在廚房裡洗著。秦川安靜地坐在餐桌前，用吸盤式的眼神盯著任菲菲，幾秒鐘後，兩行熱淚毫無預告地流了出來，「菲菲啊，你知道你臉上的每個表情都讓我著迷，你說的每一句話都能讓我眩暈，可是為什麼你就是不讓我走進你的世界？」

「你看會兒電視，消化一下，然後洗個澡，我有東西送你。」任菲菲看見秦川還傻坐在那兒，於是催促。

抬頭的瞬間，任菲菲確實看見秦川臉上的淚光，但是她不得不假裝平靜地忽略過去，因為這麼多年來，她一直都不知道如何回應。她清楚自己對秦川的感情，多過朋友的喜歡，卻不到戀人的深愛。連任菲菲自己都不清楚，在對秦川的愛和喜歡之間，自己竟能夠劃分得如此清楚，她甚至有時候都鄙視和痛恨自己，對自己這麼好的一個人就在身邊，為什麼要給趙旭這樣傷害自己的機會。她別過頭，不敢再看秦川的眼睛。

從浴室出來，秦川穿著沙灘褲，上半身裸露著，頭髮上還滴著水滴。

「來，試試。」任菲菲一下子就把新買的白色T恤套在了秦川的頭上，「快穿上讓我看看。」任菲菲把牛仔褲也遞給了秦川。

「你買彩票中獎了，怎麼給我買這個？要一千多塊呢！」秦川有些驚訝。

「快，讓我看看好不好看？」任菲菲迴避了錢的問題，催促著秦川。

秦川拉了拉衣角，挺了挺健壯的胸脯。

「嗯，好看，帥。」任菲菲讚美地笑了。

被任菲菲這麼一誇，秦川反倒不好意思起來，低頭看了看自己的這身衣服，「我也覺得好看，就是太貴了，太奢侈了。你哪裡來這麼多錢？」

「問這麼多幹嘛？反正是正當所得。」任菲菲笑眯眯地說。

「你是女孩子，你給自己買東西就好了，花錢在我身上幹什麼呀？」

「我想給你買。」

秦川的表情突然嚴肅了起來，「菲菲，我作為一個男人，沒有能力給你好的生活，已經很自卑了，現在你還買東西送給我，真是……真是讓我無地自容。」

本來滿心歡喜的任菲菲，突然意識到自己觸碰到秦川內心深處藏著的悲哀，傷害了他的自尊心，作為一個男人的自尊心。

「你自己搶著要背那麼大的負擔幹嘛？你又不是我老公，我們是好朋友，好哥們兒，等你有錢的時候，你也給我買禮物不就扯平了。」任菲菲只好自己給自己解圍。

秦川轉身進了自己的房間，把門摔得很響。留下空蕩蕩的客廳和被嚇到的任菲菲。不知道什麼時候，隨著風混進來的蒼蠅在客廳中央大幅度地盤旋著，絲毫沒有顧及，還發出嗡嗡惹人厭煩的聲音，任菲菲站起身，隨手抓了當天的報紙，拼命地朝蒼蠅打去，可是使了吃奶的力氣，卻讓牠輕鬆地逃脫。牠感覺到了危險，於是開始上下求索著逃命的道路，卻始終只能在這個房間裡到處躲藏。任菲菲氣不打一處來，把手中的報紙一摔，也進了自己的房間。

如果是從外面看這間屋子，兩個亮著燈的房間，中間隔著黑暗的客廳，像是兩隻眼睛，親密地可以看到相同的風景，可是怎麼也無法靠近。

在金超的強力推薦下，任菲菲參加了當年的全市售樓小姐比賽。

「漂亮的臉龐，堅定的眼神是她在面試的時候給我的第一印象。然後她很認真地跟我說，她能幫她媽媽把蔬菜賣好，也一樣能幫我把房子賣好。我當時覺得她在跟我開玩笑，不過她的說法很有趣，於是我錄取了她。通過她的工作，我漸漸明白，賣房子和賣蔬菜真的是一樣的，房子和蔬菜都是剛性需求，市場上這麼多的供應商，如何能夠讓自己的產品在類似的產品中脫穎而出，需要新鮮的理念，而從任菲菲的身上，我看到了能發掘這些理念的能力。」這是金超的推薦詞。

而在比賽的現場，任菲菲的大幅照片，更是光彩壓群芳。這幅《愛，在飛翔！》的照片，正是那張盤龍江邊她餵食海鷗留影的放大。這大大吸引著人們的目光，引起了多少人的感慨、共鳴和讚美。

所以，當任菲菲上場的瞬間，就贏得一片喝彩。她不僅美麗，而且知識面廣，對評委的提問對答如流。臨場表現的自信、自豪，加上一年的銷售業績，任菲菲被評為全市今年十大售樓小姐之一。

一時間，全市的廣播、電視都報導了她的消息，那幅《愛，在飛翔》的照片也刊登在各媒體的顯著位置。

「菲菲，不錯，你沒讓我失望，我說過，我看好你的。」金超邊說著，邊給任菲菲倒了一杯咖啡，和第一次到金超辦公室不同的是，金超請任菲菲坐到沙發上，和自己近距離地面對面。

「謝謝金總，我只是做我該做的。」任菲菲可以和顧客打得火熱，卻不太習慣和老闆親近。

「我想讓你做客戶部經理和我的助理。」金超抬起咖啡杯，抿了一口。

「我想我可以勝任。」任菲菲沉默了幾秒後，自信地回答。

從金總辦公室出來，任菲菲碰到馮霞。

「菲菲，恭喜你，但是，」馮霞一邊為任菲菲高興，一邊又有些擔心，「其他的人，可能會因此排斥你，更加討厭你。」

「我知道她們肯定會的，但是我也不在乎，我只管做好自己份內的事。別擔心我，以後我接觸高端客戶的機會更多了，更能幫你。」任菲菲完全沒有把那些不相干的人放在眼裡，但是對朋友，她絕對是真心實意的。

「菲菲，我知道你對我好，上次溫州王哥的那些生意，要不是你幫我，帶我一起做，按我的業績，肯定已經被老闆炒魷魚了。」馮霞想到這些，心裡總是不免有些難過。

「好朋友之間，說這些幹嘛？」任菲菲很哥們兒地拍了拍馮霞的肩頭。

馮霞低頭不語。

8

本來陽光明媚，突然飄來一片烏雲，亮堂堂的天空被遮去了一半的光彩，銷售大廳裡的人都沒有注意到光線明暗交替的變化。抬著杯清茶的任菲菲站在辦公室的大窗子前，正出神地看著遠處，整座樓只有她注意到了這片烏雲，不過天氣看起來並沒有要下雨的意思，等風再吹一吹，很快這片天空又會恢復燦爛的。

遠處還有一群海鷗掠過天空，已經是春天了，這些海鷗很快就會告別這座城市去到遙遠的西伯利亞，等再見牠們的時候，便又該是入秋了。她心裡掠過一陣憂傷，便決定抽空約著秦川去滇池邊的長堤為牠們送送行。

「菲菲，到我辦公室來一下。」桌子上的電話忽然響了起來，是金超打來的。

金超辦公室的門敞開著，裡面有幾個人說話的聲音，任菲菲還是禮貌地敲了敲門，「金總，你找我？」

當房間裡所有的人因為她的到來而齊齊看向門口的時候，除了金超之外，其他的人都半張著嘴，看傻了的樣子。

「來來來，別傻愣在那裡，進來，我給你們介紹，這就是我剛剛跟你們說的那位頭牌售樓小姐，現在是總經理助理兼客戶經理—任菲菲。」金超走過去，禮貌性地把手扶在任菲菲的肩上，向坐著的客人介紹。

「菲菲，這位是趙旭先生，我們L市趙副市長的兒子，那位是我的朋友，包小志，礦老闆的公子，哦，準確地說，他現在自己也是礦老闆了。」金超接著介紹道。

「你們好。」任菲菲微笑著先向趙旭伸過手去。

「不認識啦，看到美女就傻了？」包小志拐了愣在那裡的趙旭一下，眼裡露出一絲驚訝。

趙旭這才反應過來：「你好。」起身跟任菲菲握了握手。

「我們倆是老相識了，真是女大十八變，越變越漂亮了。」包小志不等趙旭握完手，就搶著把任非菲的手拉了過來，自己握住。「網路上說得好，如今秘書天天攜帶，老婆偶爾出台。你小子，天天帶者個大美女，真是享福啊！」

「你就是張狗嘴，讓你去讀書看報，也沒見你的素質提高了。所以礦老闆沒文化的惡名，就是你搞出來的了。」

沒等金超說完，包小志又看著任菲菲：「老同學，沒想到成了仙……仙女啦！」

「不過你們也太巧了吧！居然是同學。」金超有些驚訝。

「我沒文化，唯讀了小學，所以我們倆是小學同學。他們，」

「是，他們是同學。」趙旭打斷包小志的話，並狠狠瞪了他一眼。

「嘖、嘖、嘖，你看你現在也越來越會打扮了，真的是太美了！」包小志油嘴滑舌改口道。

「再美的衣服，天天看也有看煩的一天，到那個時候，說明衣服已經過時，丟棄的時候也就到了。」任菲菲半開玩笑地說，眼神卻瞟向了另一邊。

「我看金超不會這麼沒長性吧？」包小志拍著金超的肩膀說。

「哦喲，世界真是小啊！轉來轉去就遇到熟人。」金超說。

「是啊，真小。」趙旭也附和了一句，臉上的表情，只有任菲菲一個人才看得懂。

「菲菲，你陪趙先生去看看我們現在手上的那幾個樓盤，好好給他介紹一下，他可是要買婚房呢！」金超把任菲菲拉到趙旭身邊，「趙先生，今天就讓我們的大美女親自給你介紹，有什麼想法，儘管跟她說。」

「請吧，趙先生。」任菲菲用她最燦爛的微笑迎接著趙旭。

趙旭很僵硬地站起來，「不，不用叫我趙先生，就叫趙旭不是挺好的？」趙旭明顯有些結巴。

「雖然叫趙旭比較親切，不過叫趙先生要尊重些。」任菲菲說。

「我也去。」包小志仿佛想起了什麼，硬要跟著去。

「你就別攙和了，陪我在這裡聊聊天嘛！」金超把包小志留下。

包小志一臉不樂意地看著趙旭和任菲菲兩人一前一後走出辦公室。任菲菲走在前面。她一反往常見人熟的熱情，變得冷冰冰的。

「你看起來還不錯。」趙旭跟在她背後輕聲說道。

「哼，謝謝！」任菲菲冷笑一聲的回答讓趙旭知道她並沒有要多說些什麼的意思。

任菲菲帶著趙旭看完了公司正在銷售的幾個樓盤，耐心細緻地介紹了每一個細節，一般顧客會問的問題，任菲菲都提前說清楚，讓趙旭無法再多說什麼，也無法挑剔什麼。

「對了，按照你的情況，可以讓你爸直接找開發商拿房子啊？為什麼要通過我們？」

「不通過你們，我怎麼會再遇上你呢？」趙旭的語氣和表情裡都帶著曖昧，也迴避了問題。

如果是以前，任菲菲聽了這樣的話，一定會渾身發熱，內心顫抖，但是經歷過那麼多事之後的任菲菲，有的是看破一切的從容，「趙先生，如果你覺得這句話說出來，讓你好受的話，我姑且一聽。」

「看完了嗎？」金超和包小志已經從辦公室裡出來了。一旁的包小志早是一副按捺不住的焦躁樣子。

「看完了。你們的任小姐到底是本市的售樓冠軍，說得頭頭是道，讓我簡直想每一套都買下來。怪不得包小志跟我說你的生意是越做越好，原來是有了這麼一個能人。」

「是啊，如今，伯樂難求，千里馬也難求啊！」

「謝謝各位帥哥誇獎，今天看來我回家的路都要找不到了。」任菲菲開玩笑地說。

「走吧，一起去吃飯。難得老同學，好朋友有緣千里來相會，大家聚一聚。」金超拉著趙旭就要走。

「我就不去了。」不用猜，任菲菲當然會推辭。

「是啊，我們也還有事，對吧，趙旭？」包小志積極阻攔的心溢於言表。

「沒呀，哪還有什麼事？我也難得和金總見面，既然今天來了，擇日不如撞日，走吧！」趙旭笑著摟著金超的肩膀，「你要有事，你可以先走。」他對包小志沒有留下一點情面。

「哎呀，你留下，我只能陪你啊！誰讓你地位高啊！」包小志無奈，只有妥協。

「就是，菲菲，今天有再大的事情，都得推了。我們今天這裡的可都是貴客呢！你這個客戶部經理怎麼能不在呢？」金超皺了皺眉頭看著任菲菲。

「就是，我們幾個大男人，乾皮潦草的，有什麼意思，有你這個美女在，我們才有胃口啊！」趙旭開了口。

「走吧！」金超朝她微微笑了笑。

「我……」

「不許『我』了，再『我』也得去。」金超有些不容辯解地打斷了任菲菲的話。

「既然都說到這個份上了，我恭敬不如從命了。」

「走吧！你們先上車，稍微等我們一下，我到地下室開車。」

任菲菲跟在金超的後面。

「包小志跟你聊了些什麼？」任菲菲問。

「就是些雜七雜八的事。」

「沒說別的？」以任菲菲的聰明，她當然知道包小志不可能不說些什麼的。

「別的？比如說？」金超也沒直接回答，反問了一句。

「不說算了。你是老闆，我也不該打聽你們的私事。」任菲菲耍了一點小脾氣。

「呵呵，脾氣還挺大的。他今天跟我聊天，其實挺心不在焉的。對了，你覺得趙旭跟我們買房子的可能性大不大？」

「說不準。按照他們家的情況應該不會……」

「我也是這麼想的，不過如果他真要在我們這裡買，我也會送他一套的。」金超顯然很信任任菲菲，否則不會這麼不顧及地說出這些，「不過，讓包小志他們家掏點錢也無所謂，他們又不在乎那百八十萬的。」

「什麼意思？」任菲菲糊塗了。

「趙旭要娶的老婆是包小志的妹妹包小妮。」

金超的這個回答讓任菲菲的心徹底涼透了，如果是別人，也許她還可以接受，但是包小志的妹妹，讓她怎麼也難把胸口的這氣理順了。那個從小就欺負她的人，那副臉嘴，到現在仍然歷歷在目。任菲菲坐在副駕駛的位置，失去了說話的興趣，但她心裡默默地萌生了一些念頭。

金超的車是白色的凌志ＩＳ２５０，在包小志的深棕色卡宴車前面帶路。選這款車，因為看起來年輕時尚但是又不缺乏穩重，雖然按照任菲菲的話「娘了一點。」但是金超很喜歡開著它上班和見客戶。

飯桌上鮑魚、魚翅、海參一樣沒少，任菲菲不吃魚翅，另叫了一份燕窩。

「都說老朋友之間吃飯，幹嘛還點得這麼隆重？」趙旭說。

「難道老朋友之間只能吃粗茶淡飯？」金超說著，在每個人的酒杯裡倒上了從自己車上帶來的法國進口紅酒。

「我來倒，我來倒。」任菲菲說著就站起身來，顯得若無其事。

「你負責喝就行。我今天來給你們大家做服務。」金超伸手就把任菲菲擋下了。

「難得老闆這麼勤快，看來，今天沒有人醉的話，就是你工作不到位了啊！」任菲菲大膽地開起金超的玩笑來。

「喝醉，那是必須的。」金超趕緊把每個人的酒杯加上酒。

紅色的液體在乾淨透明的水晶玻璃杯裡面晃動著，可惡的人類要擠乾葡萄的肉，喝乾它的血，可是它仍然晃動，彷彿要把沉澱了多少年的香氣全部奉獻出來，也許這樣的犧牲方式已經是葡萄的最高榮譽了，那些成千上萬爛在地裡的一串串葡萄，誰不夢想著有那麼一天成為滴滴成金的美酒？

「女人，吃燕窩好，保養皮膚。」趙旭看見任菲菲吃燕窩，姿態優美，心裡又泛起愉悅的波瀾，便找些無聊的話說。

句嘴。

「女人嘛，沒有男人疼的時候，總要自己心疼自己嘛！」任菲菲眯著眼睛，半嬌嗲半認真地回答。

「任菲菲，我可聽不下去了，你開玩笑的吧！這麼美的人，怎麼可能會沒人疼？」包小志插了句嘴。

「是啊，你不信啊！我本來也不信，可事實就是這樣，世上的好男人都死光了，盡剩下些沒心沒肺的。」任菲菲一邊說，眼睛忍不住瞟向趙旭。

「哦喲，你這話說的，可是要打翻一船人呢！你看我們趙旭，不就是個好男人嗎？今天親自來為自己心愛的太太挑選房子，多好啊！」任菲菲聽得出，這是包小志故意說來刺激她的。

金超看這飯局怎麼吃出火藥味兒來，額頭冒了些許冷汗，趕緊打圓場，「美女看男人都很挑剔，你們別往心裡去。」他心裡納悶，他認識的任菲菲可絕對不是個口不擇言的傢伙，還沒喝酒呢，就開始反常了。

「他是個好男人？你讓他手摸良心說說看，他算個好男人嗎？」任菲菲乾脆舉起酒杯，「他說他是個好男人，我就敬大家這一杯。」

金超詫異任菲菲說的話，愣了一下，金超伸腳在下面踢了任菲菲一下，示意她說得有點過火了。

「我們金總暗地裡踢了我一腳，看來我是說錯話了，我先自罰一杯。」說完，就把大半杯的紅酒一飲而盡，一些殘留的紅酒順著任菲菲的白皙的脖子一股淌下，任菲菲並沒有急著去擦拭，而是任它流淌，像是血液一樣，紅到趙旭的心裡。

「菲菲，真是士別三日當刮目相看了。」看到任菲菲如此，包小志忍不住鼓起掌來，「以前在班裡可是個不愛說話的小女孩，今天竟成了女中豪傑了。我給你滿上酒，今天我要跟你好好喝喝，敘敘舊。」包小志的話語裡明顯不懷好意，但是任菲菲也顯然已經打算豁出去了。

任菲菲一杯接著一杯地邀趙旭喝酒，根本不理睬其他人的存在。她不時靠近挑逗，不時又冷若冰霜，趙旭當然知道她心裡不痛快，雖然不好拒絕，但也不好迴避，只能無奈地奉陪。

「菲菲，你今天不錯啊！把我剛從法國買回來的酒都喝完了。你還要喝就只能拿你同學車上的拉菲酒了。」金超似乎感覺到一些異樣，於是故意說道。

「拿拿拿，今天難得我們菲菲高興，讓她喝個夠。」看到任菲菲這麼個喝法，包小志心裡著急，想趁機看看任菲菲到底要鬧到個什麼程度，也就大方起來。

「喝就喝，誰怕誰？」任菲菲身體已經明顯開始不聽使喚了，可還是要逞能地豪言壯語。

「菲菲，你這樣喝要出事的。」趙旭忍不住上前摟住了已經接近瘋癲的任菲菲的腰部，手中的溫度還像曾經那樣可以讓任菲菲感覺到一絲衝動。

「出事？會出什麼事？最糟糕的事都出了，我還怕什麼？啊？你說，我還怕什麼？」任菲菲吐著酒氣的紅唇幾乎要貼到了趙旭的臉上，也許已經貼上去了，趙旭輕輕地擦了一下臉頰。

金超見狀，趕緊把她拉開，「菲菲，你真的喝多了。別喝了，再喝就控制不住自己了。」

沒想到任菲菲一把就把金超甩開，「是你叫我來喝的，你現在看不能滿足我，就想算了啊？你們男人都這樣啊？當我是什麼？」任菲菲說這話的時候又向趙旭那邊靠了過去，眼睛狠狠地盯著趙旭，她知道她的身體已經灌滿了酒精，但是她的心沒法醉，那些傷痛在趙旭面前是那麼清楚，她只是想藉著酒勁把它們發洩出來。

「說什麼呀？我怎麼會扔下你不管？你這是喝醉了說胡話呢！」金超趕快把她拉了回來，又強行把她按到椅子上坐住。

包小志不知道什麼時候溜了出去，把自己車裡的二瓶紅酒拿了上來，嘴上還叼著一支煙，「來來來，我把酒拿來了。今天我高興，把我的拉菲拿來，大家喝個痛快。」

「你這個人只會添亂。」看著興致勃勃走進來的包小志，趙旭狠狠地瞪了他一眼。

坐在椅子上的任菲菲耷拉著腦袋，頭髮凌亂地粘在臉頰上，長而翹的睫毛弱弱地垂著，把她靈動的眼神完全遮蓋了起來，深紫色的直身裙，本來是顯得人富貴而成熟，可在這樣一個無辜的表情下，只是更襯托出任菲菲內心承擔著和她年齡不相符合的重量。任菲菲沒有鬧了，三個男人突然也不知道該說些什麼地沉默了，仿佛任菲菲就是他們的玩偶，玩偶壞了，他們就失去了樂趣，束手無策了。

「服務員，拿塊消毒過的熱毛巾來。」趙旭是在沉默中第一個做出反應的。

見服務員抬著毛巾進來，金超自然地站起身來，想接過毛巾，卻被趙旭先一手拿了過去，那種不由分說地動作，讓金超更多了疑慮。趙旭走到任菲菲的身邊，用手指輕輕地幫她整理了凌亂的頭髮，那動作，像是生怕吵醒一個睡夢中的嬰兒一樣，溫柔細緻。當他輕柔地用熱毛巾幫任菲菲擦拭著臉龐時，他可以清楚地感覺到任菲菲每一次沉重的呼吸，像是在歎氣一樣，一下一下錘打在他的心上，就在不經意間，他看到任菲菲的眼角在微微顫抖，一顆晶瑩剔透的東西就要湧動而出，趙旭趕緊用毛巾將它堵住。

他站起身，對金超說，「送她回家吧！」

「不用，我找人接我。」低著頭的任菲菲突然說話了，一邊還從身後的皮包裡掏出手機。那是一個LV的包，是任菲菲擔任客戶經理的時候，金超送給她的，為的是見客戶的時候有些撐檯面的東西。

「喂，我喝多了，你來接我。我在長新路上的金玉樓。」任菲菲對著電話那頭交待。

「不錯嘛，還有專職司機接送呢！」包小志酸溜溜的口氣，不知道是驚訝還是嘲諷。

任菲菲沒有再說什麼，強撐起自己的身體，想要再倒一杯酒，被趙旭攔住了，她瞟了他一眼，那種冷酷可以直達趙旭的心裡，她放下了酒杯，絕對不是因為順從，因為她把頭別向一邊，她單手支撐在桌子上，頭斜靠在上面，嘴裡哼著一些聽不出調調的歌曲。趙旭站在她旁邊，是一副尷尬的表情。

金超摸不著頭腦和包小志對視了一下。就這樣，局促又尷尬的氣氛一直延續到包間的門口傳來敲門的聲音。

「秦川？」包小志先喊了出來。

「菲菲喝醉了，是和你們一起喝的？」看到趴在桌子上的任菲菲，秦川很生氣地質問道，而就在他環視周圍的時候，那個在任菲菲ＱＱ空間照片上出現過無數次的男人，也真實地站在他面前了，他突然變得語塞。他恨不得過去給他和包小志幾個拳頭，但是他咬著牙忍住了，他以什麼身份去打他們呢？他氣衝衝地走到任菲菲身邊，像抱米袋一樣，一把就把任菲菲抱了起來。

在所有人驚異的目光中，秦川就這樣抱著任菲菲離開包間。秦川抱著任菲菲的手臂，肌肉的線條很明顯，任菲菲閉著眼睛，安靜地醉著。那背影，看起來就像是電影裡面英雄救美一樣，讓人感動。到了樓下，秦川一手托住任菲菲，一手從摩托車尾的箱子裡拿出頭盔，幫她戴好，然後又拿出一件登山服，幫任菲菲穿好，拉上拉鍊。

「我們回家！」秦川像放貨物一樣，把任菲菲放在後座上，生怕她往前倒，趕緊坐到前座上，好讓她靠在自己的背上。

任菲菲閉著眼睛點了點頭，又用雙手緊緊地扣住秦川的腰，整個人很放心地靠在秦川的後背上。

秦川把任菲菲扛進家，小心地把她放到床上，看著她昏迷不醒的樣子，他既心疼又惱火。包小志和趙旭的臉還在他眼前晃動，他覺得他們就像是兩個衣冠禽獸一樣，讓真正瞭解他們的人感到不安和厭惡。

任菲菲緊閉著眼睛，緊鎖著眉頭，不時還哼哼，她的確被酒精折磨得很不舒服，還鬧著要吐。

「別害怕啊，我只把你外面的衣服脫了，你都吐在身上了，我幫你擦擦，你再好好睡！」秦川是在跟任菲菲說話，也像在自言自語。

秦川一個大小夥子，哪兒懂得幫女孩子洗臉，熱毛巾一上去，任菲菲的睫毛膏就印在了眼睛周圍，黑黑的一圈，讓秦川又著急又好笑，他突然想起來，平時任菲菲都用類似棉花片一樣的東西在臉上擦來擦去，於是趕緊跑到任菲菲的化妝台前，慌手慌腳地找出那個叫做「化妝棉」的東西，蘸著溫水，一點一點地幫任菲菲把睫毛膏擦乾淨。任菲菲似乎沒感覺到秦川的動作，漸漸睡得比較沉穩了。秦川像著了迷一樣地盯著此刻如此安靜而美麗的臉龐，他血脈噴張的心臟告訴他，吻她一下吧，而他理智仗義的大腦又告訴他，這是趁人之危。

「為這些人喝這麼多酒值得嗎？」秦川五味雜陳地歎了口氣，站起身，離開了任菲菲的房間，抬著洗臉盆到廁所把任菲菲的髒衣服洗了。

9

「這個三明治好吃嗎？」

趙旭喝得也不少，晚上就在包小志家別墅過夜了。

「好吃。」

「愛心三明治啊！我妹妹親自給你送來的。你可是第一個享受我老妹親自下廚待遇的人啊！」包小志一早就來房間起哄。

「嘿！」趙旭笑了笑，「這個東西又不難，有什麼稀罕的？」

「喂，你老實跟我說，你對那個任豆花，是不是還有感情？」包小志把門虛掩了起來，神色緊張地問。

「你胡說什麼呀？哪個任豆花？」趙旭不解。

「我那個小學同學任菲菲。」

「你小聲點。我和她有什麼關係？」趙旭還在裝佯。

「任菲菲，以前你帶她來酒吧的時候，我就曾背後提醒過你不要跟這個女的來往，昨天我看那個樣子，小子你像是動了真情的喲！」

「啊？」趙旭想起好像幾年前有那麼回事，不過那時趙旭根本不把小混混包小志的話放在心上。當然，那時他和任菲菲也還只是同學關係。

「任豆花？你怎麼這麼叫她？」趙旭突然發問。

「你別打岔，你老實說。要是你們真還有什麼，你可趕快斷了念想，我就不跟我妹說，免得她傷心。」

「就你這嘴？你要是真為你妹妹好，最好就當瞎子啞巴。」趙旭不置可否，「你告訴我為什麼你們叫她任豆花？」

「這是我們小學同學給她起的外號。因為她那個風騷的媽，是在菜場裡面賣菜的，超級不要臉，經常故意讓那些男顧客，特別是採購員吃她的豆腐，讓人家摸手，摸臉，有時候還摟摟腰，然後她的菜就賣得特別快。聽說她後來還真的是跟一個大單位的採購員好上了，就專門賣給那一家單位的菜，都不太到菜場擺攤了。我本來給她起的外號是任豆渣，可是同學們說，好歹人家還是長得挺漂亮的，就叫任豆花好了。所以我們都叫她任豆花。」

「你們怎麼這麼損呀？」趙旭心裡不是很舒服。

「喂，我可先提醒你啊，這種人可不是省油的燈，她要是有機會，肯定是想攀你這個高枝，你可別看她漂亮，就上當啊！上樑不正下樑歪，有其母必有其女，肯定也是個小妖精、小騷貨。你可不准對不起我妹妹啊！」

「行了，看你說到她，吐沫星子都橫飛。人家又沒惹你，你有必要這麼討厭人家麼？還說得這麼難聽？再說了，我這麼大個人了，還用得著你來提醒我這種事啊？」趙旭由開始的不舒服變成了很反感。

「喲，還護起來了？小心我妹妹吃醋啊！」

「滾一邊去，誰護誰了，看你那沒素質的樣子。對了，來接走她的那個人也是你們小學同學？」

「你不是說我沒素質，我幹嘛告訴你？」包小志故意假裝生氣賣關子。

「愛說不說。」趙旭咬了一口三明治。

「好，看在你是我妹夫的份上，我就告訴你好了。那個人叫秦川，也是我們的小學同學，從小就喜歡任菲菲，為她在學校沒少跟人打架，差點記過呢！沒想到，這護花使者當到了現在，也夠癡情的了。」

「行了，別說了，我不想聽這些了，」趙旭突然很不耐煩地喊了停，「說說昨大的房子吧！」

「還不是你問我的，現在還不高興。說實話，那些房子都不錯，可是我看見那個任菲菲，我就……，反正不想在她那兒買。」

「你這人怎麼一點也不像你老爸，這麼沒出息，你是看房呢，還是看人呢？別感情用事。」趙旭的口氣聽起來是已經有了決定。

「小志，有人找你！小志！」樓下傳來媽媽的喊聲。

「誰呀？這麼早，有什麼事？」包小志很納悶，下樓的時候遇見妹妹包小妮就問。

「我怎麼知道，肯定是你的那些狐朋狗友。」她接下來小聲說，「我可提醒你，不准讓他們進家裡來啊！」

「知道了，囉嗦！」包小志白了妹妹一眼，就開門出去了，包小妮動作也快，立馬就把門給關上。

「你們找我有事？」包小志想不起這些人是誰。

「你就是包老闆？」

「啊……」

還未等包小志答完話，其中兩個人就將他反手扭起，只覺得頭上就重重地挨了一傢伙，他隨即就人喊：「救命啊，救命啊！殺人啦……」

等家裡人和趙旭開門沖出來的時候，那夥人已逃之夭夭，門口只有包小志抱著頭倒在血泊中，口裡還在大叫「救命」。

「這是咋個啦？小志，小志啊，你是得罪哪個啦？咋個把你打成這樣？小志啊，咋個辦哦？」小志的媽媽嚇得哭天喊地。

趙旭一邊吩咐小妮打電話叫救護車，一邊叫保姆去拿毛巾，他又抱起小志血糊糊的頭查看傷勢。

「奇怪，咋沒有傷口呢？」趙旭把包小志頭扭來扭去的翻找。

「哎喲，哎喲！流了這麼多血，會沒傷口，誰會相信？你耐心點嘛！哎喲……」包小志有氣無力地叫著。

正當大家亂作一團，救護車到了。醫護人員見狀，立即實施救治，先包紮傷口。找了半天，醫生也問：「傷哪兒了？」

「頭頂上。」

「沒傷口啊？」

「哎喲，哎喲……」包小志呻吟著。

「這血不對，好像不是你的血！」醫生突然發現了問題。

聽了這話，滿頭滿身滴著血的包小志，竟一骨碌爬起來，把大家都嚇了一跳。

「你，頭頭頭……」醫生看著他那血糊糊的樣子，都語無倫次。

「沒事，沒事！」包小志摸了摸自己的板寸頭說。

「門上貼了張東西！」這時，保姆叫起來。

大家一看，上面寫道：「這次讓你狗血淋頭，下次當心你的小命。」

人們在地上又找到一個破碎塑膠袋，這才搞清楚，包小志是被一袋狗血砸著頭了。

面對這場鬧劇，搞得大家哭笑不得。包小妮要報警，被哥哥堅決制止。雖然包小志表面上說他不知道到底是怎麼回事，其實他心裡應該是猜得到幾分的。

任菲菲硬著頭皮把自己酸痛的身體從床上拽了起來，手機在床頭櫃上一動不動，本來也就是個沒靈性的東西，只是因為它特殊的性能，能夠及時地連接起被需要的彼此，而變成了生活中的必需品，任菲菲看看時間，已經九點多了，她揉了揉沉重的頭，打開房門，看見秦川正在廚房忙碌著，嚇了一跳，

「你怎麼還沒去上班？」

「跟別人換班了，你醉成這樣，我不放心。」秦川頭也沒回繼續煎著雞蛋。

「可是你這樣臨時換班，不是會被扣工資的嗎？」

「錢重要，還是你重要？」

任菲菲沒回答，停頓了一下，然後徑直去了廁所，把門砰地一聲關上。

從廁所出來，餐桌上已經擺好了一個荷包蛋和一碗稀飯，還有楊菊芬自己做的油乳腐和蘿蔔乾，秦川用白色的小碟子盛著，乾淨而規矩，他沒有坐在餐桌旁等她，而是回到自己房間玩起網路遊戲。

「喂，你是偷懶不想上班，拿我當藉口啊？」任菲菲站在他的房門口，斜靠在門框上，問道。

「我沒你那麼瀟灑！我只是個靠體力吃飯的普通人，賺不了錢，養不起你，不像那些有錢的公子哥，有錢有地位，我只配在你喝醉的時候出現。」秦川的語氣裡顯然是不高興的。

「你別這樣，我昨天心裡不痛快，所以喝多了。你是我最信賴的人，我喝醉了，在這種時候，我不

找你，我找誰？」任菲菲帶著撒嬌的口氣走到秦川身邊，輕輕推了推他的肩膀。

「你不要覺得我傻，我知道你心裡還是想著那個趙旭。我知道你現在接觸的人，非富則貴，我和你的距離也是越拉越大，你也越來越看不起我。但是任菲菲，我喜歡你，我不求什麼，我只希望你自己能夠看得起你自己，不要自己作踐自己。」秦川推開電腦鍵盤，然後很認真地說道，那種眼光，彷彿要插到任菲菲的胸口。

任菲菲低下了頭，沉默了半晌，「你說得沒錯，我的確是還沒完全放下。我現在需要努力活得有尊嚴些。但是，秦川，你是我心目中最重要和最信賴的朋友，這一點，不管是我遇到多少有錢有權的人，都沒有任何影響。我知道你喜歡我，對我沒話說，我也喜歡你這個朋友，但是我還沒準備好要和你走到愛情的那個地步。我也知道，可能等我轉身想抓住你的時候，我已經錯過你了，但是我現在真的不敢給你任何承諾。」

「也有可能你一輩子都不想轉身抓住我。」

任菲菲聽到這句話，突然心酸地想落淚。

「秦川，我搬走了。謝謝你一直以來的照顧，所有的感激我都放在心裡。沒有我的打擾，相信你會更好。菲」

一張白色的便簽紙安穩地躺在客廳的茶几上，紙那麼輕，烙在上面的字，如此娟秀，卻如此沉重，空曠的房間頓時裝不下秦川整顆心的哀愁。終於，秦川像個孩子般撲倒在任菲菲睡過的那張單人床上，他把頭埋在還留有任菲菲餘香的枕頭上，淚水奔流著湧出眼眶，他曾經傻傻地以為，可以和任菲菲這樣一直在一起，他願意無限制地付出，只要她在這裡。他當然知道，任菲菲不是這樣順服命運的女人，他腦海裡毫無疑問地閃過有一天她會離開的念頭，但是他不允許自己這樣想，其實是不敢讓自己這樣想，他害怕面對，可是越怕面對的，來的就越快越猛，越難以承受。他使勁拍打著床沿，整個房間安靜得只有上帝能體會他此刻的悲傷。

IO

「媽，這些錢，你拿回去，趕快把欠親戚家的錢還了。」

楊菊芬在圍腰上用力地抹了抹有點潮濕的雙手，接過任菲菲手中的一疊錢，小心地放進手提包的夾層裡。她的臉上有一種難以突破的笑容。

「菲菲，看到你現在這樣，我心裡又高興，又擔心。」楊菊芬環視了一下這個一室一廳的房間，不自覺地在話語的末了加了一聲歎息。

「媽，我都這麼大了，可以讓你們享福了，你就別操心了。」任菲菲從後面摟了摟楊菊芬，那個瘦弱的肩膀依然讓人覺得淒涼。

「趕快吃飯吧！你已經有好久沒有吃我做的飯了。」楊菊芬拍了拍女兒放在自己肩膀上的手，深吸一口氣，擠出微笑。

「這個還不夠，租的房子始終不屬於自己，給我些時間，我以後肯定會買大房子，把你們都接過來和我一起住。」

「你不生你爸你弟弟的氣就好。」

「我不生他們的氣，我當時是氣自己沒用。」任菲菲說這話的時候，眼神閃過一絲憂傷，「已經過去了，現在已經雨過天晴了。等弟弟考完了，叫他們爺倆一起來吃飯。」

楊菊芬點點頭。

任菲菲咀嚼著久違了母親做的晚餐，心裡有淡淡的幸福。

自從離開秦川後，任菲菲如果下班沒事，就有意無意來金馬碧雞坊逛逛。她想起初中時，秦川第一次帶她來這裡看金馬碧雞坊。關於那個傳說，也是秦川講給她聽的。記得那天因為自己一定要看看金馬碧雞的影子能不能交會在一起，而耽誤了回家時間，結果，兩人都遭到家裡的痛罵。

還有一次，任菲菲剛考上大學，秦川牽著任菲菲的手站在兩個牌坊的中間。

「你說你想要看到這個雙影交會的奇觀，因為那會得到幸運，你記不記得？」秦川問。

任菲菲點點頭。

「我不知道你想要的幸運是什麼樣，這麼多年，我們一起等待過那麼多次日落，也依然沒有看到過那樣的奇觀。其實，我從來不曾期望看到那個交會，我來，是因為你想要看到那樣的奇觀，所以我陪你。我不需要得到幸運，因為你就是我的幸運。如果以後你找到了你想要的幸福，我會遠遠地看著你，作你的騎士，不讓我的公主被人欺負。」秦川淡淡地說。

任菲菲內心波瀾起伏，說不出話，唯有緊緊握住秦川的手。

也許是排解離開秦川後的孤獨，也許想找回童年的純真，也許只因這裡離她的住所很近，黃昏時分，任菲菲總愛來這裡逗留。

豪華餐廳，二樓私密的包間，高級的紅酒和菜品，依然是唯唯諾諾但卻周到的服務員。這已經是任菲菲單獨和王哥第五次吃飯了，兩人之間的情感上已經有了微妙的變化，說話也沒那麼拘謹了。

「有人說好幾次天快黑的時候，在金馬坊那裡看見你一個人傻傻地看著地上，像在找什麼東西。」王總終於忍不住問。

「呵呵，這是我的秘密，不告訴你。」

「那再讓我猜猜。」王總笑道。

「你不用猜。我先考考你，知道金馬碧雞的故事嗎？」

「這難不著我，上次你帶我老鄉參觀時，就講過的嘛？我們還合了張影，忘啦？」任菲菲竟忘了這件事。

「既然這樣，我就告訴你，我想碰碰運氣，能否尋找到金馬碧雞那個交會的霎那。」

「美美閃閃，你也太單純了，那只是一個傳說。不過，你越犯傻，我越喜歡。」王總捏了捏任菲菲的鼻子。

王哥突然冒出的那句「美美閃閃」的昆明土話，把任菲菲逗得笑彎了腰。

王哥也笑了，他端起了酒杯向任菲菲敬酒。

任菲菲也抬起酒杯，和王哥的酒杯輕碰了一下，然後她輕輕晃動，讓紅酒和空氣充分融合後抿了一口。

喝了點酒的任菲菲，臉上馬上漾起了紅暈，她笑了，彎彎的眼角翹起的是朦朧的迷人眼神。

「每次你請我吃飯，都帶我來這麼高級的餐廳，今天更高級，其實我明白。」

「你明白？」王哥假裝反問。

「沒有一個男人是傻瓜。而我也不笨，我是個有血有肉的女人，那個血，應該有這紅酒這麼紅，應該也比它貴，因為獨一無二，那個肉，應該也比這鮑魚好吃。但是我不是紅酒和鮑魚，可以被人用來消費而沒有任何感覺。」任菲菲藉著酒勁，說話也大膽了起來。

王哥沒有接話，任菲菲又喝了一口紅酒，接著說。

「血和肉都不重要，重要的是，我是個女人。雖然是我主動跟你示好，但是我知道我是玩兒不起的，我怕跟了你，到頭來的兩種結果我都接受不了。」

「哪兩種結果？」

「愛上你或者恨你。」

王哥笑了，那副嚴肅的面容，換成笑容的時候，是可愛的。他沒有想過任菲菲會這樣說，這沒有使他緊張，反倒讓他心裡更加興奮了起來，「怎麼說？」

在面對一個讓自己有欲望的女人面前，再正經的男人估計也不會考慮到1年後的事，甚至1天後的事，他們只在乎1小時候後，那女人是否在他的床上，所以聽到這樣的話，王哥略有些驚訝。

「再理性的女人，骨子裡還是感性的，日子久了，怕在你糖衣炮彈的攻勢下，感情會氾濫萌芽，到最後，我會希望和你白頭偕老，希望替你生兒育女；也有可能在你濫施淫威的時候，恨不得用鐮刀把你的命根子割掉。」

聽到這，王哥心裡陡然涼了一下，下身好像也疼了一下。

「愛上你，坐不了正房，我覺得委屈；恨你，想殺了你，我下不了手。所以兩種結果我都接受不了。」

「哈哈，我喜歡你，任菲菲，你真的太可愛了。來，喝一杯。但是我有另外的見解，」王哥和任菲菲碰了杯之後，喝了好大一口酒，「我也追求美好純真炙熱的愛情。但是當時的情況不同，我的家庭背景不好，甚至可以說是個窮光蛋，我被我最愛的人拒絕了，她們家的人還把我打了出來。後來，我娶了我現在的老婆，她在我最落魄的時候跟我在一起，坦白講，我不愛她，但是我對她滿懷感激，所以我不能丟了對她的這份責任。我活到這個年紀，做了那麼多年生意，什麼樣的人沒見過？倒楣也好，輝煌也罷，人生就短短幾十年，眨眼就過了，讓自己活得快樂，享受人生才最重要。」

「那你還要採野花？你老婆願意在你最倒楣的時候跟你在一起，肯定很愛你，我要是你老婆，知道你這樣，真要難過死了。」

「不是你先對我下手的麼？」王哥笑著，想繞開問題。

「是我先，可是我那是要……」被拆穿了，任菲菲有些不好意思。

「要做成我的生意。是吧？我知道。」王哥笑著，用手摸了摸任菲菲的臉頰，「既然你是個坦率的人，我也跟你直來直去。我對你的確有好感，而且我也觀察了你一段時間，我知道你骨子裡不是個隨便的女孩，你的事情我也大概瞭解，你初戀男朋友是官二代，你們沒好成，和你的家庭不無關係吧？」

「我……」

王哥用粗糙的手擋住了正想開口的任菲菲。

「姓包的仗勢欺人，從小欺負你，現在他妹妹還要跟你初戀男友結婚了，」男人頓了頓，「你當然很委屈，想盡辦法要證明給他們看，靠你自己，照樣能過得很好；另外，你有個辛苦了一輩子的母親，和不爭氣的爸爸，你想給家裡帶來變化，所以你比同齡的女孩子，更努力、更勤奮、更有事業心、更有追求，我很欣賞，所以我更想和你在一起。」

「我的事情你怎麼這麼清楚？」任菲菲驚訝。

「呵呵，不掌握可靠情報，我怎麼做生意呢？」王哥有些得意。

「呵呵，你靠情報取勝，我打鐵靠本身硬，我在現在的公司裡，也會有很好的發展。」任菲菲言語中也透著自信。

「現在的公司，你雖然幹得還不錯，但畢竟是小公司，老闆沒有遠見又很刻薄，連你拿了銷售冠軍，照理應該給你一筆獎金的，也沒有兌現。按照你現在的路走下去，多久才能證明給大家看？你的父母已經不年輕了，你愛的人又要和仇人的妹妹結婚了，你不難受嗎？女孩子嘛，何必這麼辛苦自己？長得漂亮就是你的資本，只要稍加利用就可以事半功倍，我可以幫你證明你想證明的一切。況且，以你的聰明，你可以把我們之間的關係，處理得比夫妻關係，甚至戀愛關係都單純和實際。」

「單純？這哪裡單純？世上沒有免費的午餐，我還是要賣身給你啊！」

「我不勉強你，到你願意的時候再說。我老是老了點，但是我還等得起。況且我的身價可比姓金的多很多。」王哥笑眯眯地說，一點也不像在說些苟且之事。

「你不老，都說男人四十一枝花，你正是鮮花燦爛的時候。我只是怕傷害無辜的人。」

這本來就是一場遊戲，一場交易，可是在男人看似慈眉善目的臉上絲毫看不出骯髒，任菲菲有點心虛甚至害怕！在男人面前，她的過去、現在，她的任何一絲想法就像是赤裸在外一樣，逃不過這個男人的眼睛，他清楚她在乎什麼，害怕什麼，擔心什麼，他的每一句話，仿佛都敲在她心上，讓她無處可逃。

「無論做怎樣的選擇，都不可能不傷害別人。」

「你不是也追求過真愛嗎？那你應該知道，我也想追求真愛啊！」任菲菲還在垂死掙扎地反駁。

「真愛就一定是金童玉女，郎才女貌嗎？你和我不會有真愛嗎？」男人不直接回答她的話，任菲菲就像一隻玉兔，雖然有奔跑的能力，可還是常常被獵人捉住。

「你有家有室，不管最後愛沒愛上你，都註定是有人會受到傷害的。」

「拜託，小姐，你清醒一點，中國現在有多少夫妻是名存實亡的？很簡單，舉個例子，你覺得你的父母算是真正意義上的相敬如賓、恩恩愛愛的夫妻嗎？」

任菲菲皺了皺眉頭，「可他們沒離婚。你沒離婚，你就是受法律約束的別人的丈夫。」

「我沒離婚，因為我還需要照顧贍養我的妻子，因為她沒有工作。這說明我是負責任的男人。」

「怎麼什麼都有你說的道理？」

「我是個講道理的人。我也是個尊重自己感覺的人，喜歡了，我總要試一下。你們現在年輕人不是說什麼愛就要讓對方知道。」

「可是，你這樣不是很自私嗎？根本不考慮我的感受，而且你就是明擺了養情人，養小蜜，這不僅傷害了我，也傷害了你太太和孩子。」

「我知道是委屈你了，所以我會對你很好……你怎麼不戴上？」突然，王哥拉著任菲菲的左手，摩挲著問。

「沒戴什麼？」她迅速地抽回手。

「我送給你的玉鐲。」

「我送人啦。」菲菲淡淡地說。

「你不會說你丟垃圾堆了吧？那可是真東西，幾萬塊錢拿不下來。」

任菲菲的心咯噔一下，她萬萬沒有想到，沒見幾次面，王哥就會送她那麼貴重的禮物！

「真的？」任菲菲有些不相信。

「我做的就是玉石生意，幾十萬的玉鐲都可以送你，那算什麼？」

這之後，任菲菲的心裡就一直為那玉鐲糾結著，當時還真以為那是不值錢的假玩意，才送給馮霞，做個順水人情。唉，現在……懊悔至極，為了平復自己的心情，她去了趟洗手間。算了，「捨財免災！捨財免災！」她對著鏡子裡的自己，反復念叨安慰。

再次回到包間後，王哥說些什麼，她也很少接話，男人的那點花花腸子，她不是不清楚，隨便應付應付。只是眼前的這個男人還的確是有他可愛的地方，至少他說的這些話，沒有太多虛偽的地方，很真實。而且，他和她已經認識這麼久，對她的確是不錯的，至少能滿足一些她的虛榮心。

洗漱完，任菲菲躺在床上，她順手拿過一本已經被翻舊的《我們不是天使》，大學的時候，喜歡讀亦舒的書，這本書的扉頁上，還留著當年買書的時候留下的筆記，落款的時間是二〇〇五年，那年，她才二十一歲，一晃已經三年過去了，曾經在一起的人，已經分隔天涯了，但是書中的氣息還是依然熟悉。她隨意翻開一頁，「生命從來不是公平的，得到多少，便要靠那個多少做到最好，努力的生活下去。」她合上書，閉了眼睛，她的包裡有一把嶄新的車鑰匙，和一套豪華公寓的房門鑰匙，都是王哥從他粗糙的手上遞給她的。

生命是不公平的，給了她這樣一個家庭，讓她無法和趙旭在一起，而現在，這個叫做王哥的溫州男人出現在她面前，他能給她想要的一切，卻無法給她一個家。她的心深深地呼吸著，她也曾用高傲的靈魂接受過純潔的愛情，抵抗過世俗的打擾，但是最終她失敗了，高傲的靈魂因此失去了依託而變得似有似無，銀行存款簿上不斷增長的阿拉伯數字似乎更有說服力和安全感。

「如果有人用鈔票扔你，跪下來，一張張拾起，不要緊，與你溫飽有關的時候，一點點自尊不算什麼。」、「我要很多很多的愛。如果沒有愛，那麼就很多很多的錢。」《喜寶》裡的話像怪獸一樣，不停地跳出腦海。

「我到底要追求什麼？我想要什麼？我每天那麼努力在工作，討好客戶，是為了什麼？」任菲菲不停地問自己。

II

「菲菲，我們這個樓盤的樓王已經賣掉了。」金超一早就告訴任菲菲。

「是嗎？樓王不是說要留著的嗎？」任菲菲早就知道，卻故作訝異。

「趙旭買下了。他開口想要，還有不給的道理嗎？」金超笑了笑，「給我泡杯茶吧，昨天晚上吃得太油膩了。」

任菲菲起身，坐到金超辦公室的茶台前，一邊燒上熱水，一邊從一塊熟茶餅上用針撬了幾塊普洱茶下來，她小心地把茶葉放到茶壺裡，然後把金超專用的古董茶杯拿了出來，茶台上還有些古玩，都是金超從各個地方淘來的，泡茶的時候就用茶水養著，據說這些個古董茶壺啊、蟾蜍啊，被茶水澆灌過後，會越來越亮，越來越有靈氣。

任菲菲動作嫻熟，宛如在訴說一首柔美的詩歌。

「他買了當婚房嗎？」任菲菲問，不過話音剛落，她就後悔自己的不理智，「我太八卦了。」她苦笑，是不是他的婚房，又與她何干呢？

「呵呵，難得你八卦，」金超點燃一支煙，抽了一口，走到任菲菲的身邊，「菲菲，這世上很多事情，都是命中註定的。想要得到的東西，得之你幸，不得你命。就像你泡的這杯茶，只有懂它的人，才會在口腔中體會它的甘甜珍貴，不懂的人，一飲而盡，頓時與腹中的食物裹雜在一起，毫無清新暢快之意。」

「喝茶吧！」任菲菲沒有回應金超的這番話，而是把斟滿茶水的杯子遞給了金超。

金超一飲而盡。

「我就是屬於那種，把萬事混進肚裡的俗人一個。希望你也是，這樣我們都會很快樂。」金超舉著喝完的空杯，對任菲菲說。

「對了，金總，你好像說過，如果我得了獎，公司會給我獎金，你是不是把這事給忘了？」任菲菲想起王總的話，便想探探這家公司是否真的小而刻薄。

「獎金？不是當場就兌現了嗎？」聽到任菲菲這麼問，金超有些不安，想假裝掩飾，但他顯然假裝得有些拙劣。

「我說的不是那個。你說過的，如果我得獎了，而且我的銷售業績好的話，公司會另外發獎金給我。」任菲菲顯然不滿金超的推脫，說話的語氣沒有那麼禮貌。

「這個，應該是要總公司那邊定，我再問問，對了菲菲，趙旭和包小妮的房子已經裝修好，準備搬進去了，請朋友幾個去熱鬧熱鬧，你和我一起去吧！」金超眼看敷衍不過去，只好轉移話題。

「不用了吧，他們邀請你，又沒邀請我，我去不合適。」任菲菲當然有些不舒服。

「有什麼不合適的，都是朋友。打扮漂亮些，讓那個包小志流流口水。」

金超顯然話中有話，任菲菲也就心領神會地答應了。

阿瑪尼的黑色緊身晚禮裙，愛馬仕的彩色圍巾，繆繆最新款的包，精心打理過的頭髮，大大的波浪捲，風情萬種地披在肩頭。任菲菲顯然成為新房裡最受矚目的女人，縱使包小妮再使出渾身解數想要把焦點集中到自己這裡，也很困難。一股無名火在胸中醞釀，當哥哥的自然看在眼裡，他把金超拉到一旁。

「哥們兒，你今天幹嘛呢？你去說說任菲菲，她也太高調了吧，這可是在我妹妹、妹夫家，怎麼還變成她是主人一樣了呢？實在不行，你帶她先走吧！別弄得他們小倆口搬進來第一天就不高興。」

「這麼高檔的房子，你讓人家穿得很寒酸，合適嗎？人家也沒有怎樣嘛，天生麗質，沒辦法啊！」聽包小志這麼一說，讓金超頓生反感，立刻護起任菲菲來，他把手中的紅酒杯輕輕碰了包小志的杯子一下，一口乾了，說道：「你包總也是見過大場面的，不會這麼小心眼，大驚小怪的吧！」

包小志見金超不退讓，心裡有火，但又不好發作。

「聽說你被人狗血淋頭了，怎麼回事？」金超湊近包小志耳朵故意悄悄問，「做事也太不小心了吧！」

包小志又驚又怒，覺得輸陣了，只好辯解：「哼，賤女人，老子睡她一下，就想和老子結婚，媽的，整不成就找人來威脅我。我問她要走白道還是黑道，我全奉陪，不要陰著出招，她聽了之後就慫了，最後花了萬把塊錢擺平。」

「你們倆躲在陽台上幹嘛？進來吃點東西。」趙旭過來招呼，手裡抬著一盤烤好的雞翅。

包小志只好打住，悶聲進了客廳，徑直走到檯球桌的旁邊，「去去去，讓老子打一盤。」

金超則悠哉地拿了一塊雞翅，邊吃邊坐在客廳的沙發上和趙旭聊了起來。

「你這房子買值了，現在價格又漲了百分之十。」

「是的，中華小學也要搬過來，估計還有漲價空間。只不過我們是拿來住的，倒也不存在賺多少錢的想法。」趙旭說。

「對了，最近我朋友給我從國外帶了一套BenHogan的高爾夫球杆回來，下個星期看你有空，過來試試。」

「好啊，上次他們給我帶的是Dunlop的，不是很順我的手。」

「說什麼哪？來吃點水果。」任菲菲抬著一盤切好的的水果拼盤走了過來，將腰一扭，上身微微前傾，很優雅地把水果盤子放到了茶几上，溫柔地把水果叉遞到了金超和趙旭的面前。

「你是客人，怎麼還要你端茶送水的，太不好意思了呀！」趙旭有些慌張，紅著臉說道，「吳阿姨，吳阿姨。」

「不用叫了，今天這麼多人來，吳阿姨一個人怎麼忙得過來，我不就是順便幫幫忙，你就別喊她了。」任菲菲挨著金超的旁邊，坐在了沙發的扶手上，這是一套從義大利直接進口來的真皮沙發，全白色，只有支架是金屬色，設計感很強，趙旭有一個做設計的朋友，準確的說，是他爸的「朋友」。這套房子全由這個「朋友」一手設計，傢俱也全套從義大利進口。任菲菲看了看這滿屋子的人，雖說都是年輕人，幾乎都是非富即貴的人，她心裡暗暗噓著寒氣。

「老公，上來一下。」包小妮嬌滴滴地從樓上喊。

「來了。」趙旭應著就往樓上走。

任菲菲的眼神也不自覺地跟著趙旭的背影移到了樓上。

「其實一開始，我還想撮合你和趙旭，我覺他好像挺喜歡你，你們倆也挺般配，但是……」金超欲言又止。

任菲菲轉過頭盯著金超的眼睛，她相信他此刻的真誠，雖然金超身邊的女人換了一個又一個，但他畢竟受過良好的教育，和自己的關係始終沒有越界，也就沒有傷害，反倒是金超的細心和體貼，讓任菲菲常常感動。

「我向來命不好。」任菲菲苦笑。

「今天你很漂亮。」金超邊說邊笑眯眯地看向還在氣頭上的包小志。

「怎麼了？」任菲菲順眼看去，假裝沒聽懂。

「哼，沒文化的暴發戶！」金超冷笑一聲，臉上充滿不屑。

「老公，你趕緊讓金超把那女的帶走！」才進房間，包小妮關上門，就對著趙旭連撒嬌帶發火地說。

「怎麼了這是？」一聽這話，趙旭當然不悅。

「她那個妖精樣，所有男的都只注意她了，我看連你都被迷住了，我受不了。」包小妮氣的坐在床上直捶被子。

「你沒自信嗎？」趙旭突然覺得包小妮幼稚和可笑。「你是慈禧啊，還不許有人搶你風頭？再說，來者是客，你是女主人，有點氣度，別這麼小心眼。」趙旭說完不由分說就要開門出去。

包小妮也不敢再要求，只是嘴裡嘟囔：「奇怪了，我怎麼看她，心裡就怎麼不舒服。」女人的第六感真準，趙旭心裡有些發虛，他擔心包小志會跟包小妮說些什麼，「好了，別神經敏感，趕快下去招呼客人，你這個女主人還不出現，像什麼話？拿出你大小姐的風範來。」趙旭只好用嚴肅的表情敷衍過去，然後開了門，下樓去。

任菲菲和金超正親密地低聲交談，不時笑意盈盈。趙旭看在眼裡，心裡多少有些發酸。

「我們還有一個客戶要見，就先告辭了。」看見趙旭從樓上下來，金超和任菲菲都站起身來，準備告辭。

「是嗎？那，那總要吃了飯再走吧！」包小志一個箭步衝過來，虛情假意地說道。

「喲，這會兒客氣上了？」金超拍了拍包小志的左前胸，拿了外套朝門口走去，「趙旭，這房子有什麼問題儘管找我。走了，啊！」

「小妮，我們走了。各位，慢慢玩兒，我們先走了，改天見。」任菲菲也很有禮貌地和所有人打招呼，雖然她看出來包小妮看到她走，那種欣喜若狂的樣子，她依然很鎮定地和她告別，那是一種勝利者才會有的表情。

然而，誰也沒有想到，當金超和任菲菲離開趙旭和包小妮的新裝修的房子後，卻引起一場風暴。

「我頭疼得厲害。」趙旭見任菲菲一走，若有所失，不一會兒就找藉口回房間躲著。

「我給你拿藥。」包小妮很自然地把手放到趙旭的額頭上，想看看是否發燒。

誰知趙旭重重地推打開她的手，還吼了一句：「新房裡哪裡去找藥？」

包小妮哪裡受得了這般委屈，「趙旭，你發什麼神經？你以為我是傻子，看不出你屁股裡夾的那點屎，是不是？」

「你說話好聽點，別這麼低級庸俗。」

「你和那個狐狸精的事，你真認為我不知道？她一走，把你的魂就勾走了，是不是？平時我裝不知道，只是給你面子。」

「好啊，那你現在不用裝，也不用給我面子了，我走就是了！」說完趙旭砸了房門，就衝下樓。

「你氣沖沖地要去哪裡？家裡還有客人呢！」包小志攔住他問。

「我頭疼，去醫院。」說完就衝出家門。

眼睜睜看著趙旭奪門而去，包小妮的心像被剜掉一塊肉般疼痛，她想到自己百般忍耐，在自己愛的男人心裡，卻一點地位都沒有，自尊心受到極大的傷害。

乒哩哐啷，樓上傳來玻璃破碎的聲音。

「怎麼回事？」

「怎麼了？」

「……」客廳裡的客人開始亂成一團。

包小志衝上包小妮的房間，只見牆上的結婚照有被砸過的痕跡，幾個玻璃杯碎在地上。包小妮正拿著一根領帶使勁勒自己的脖子，哭喊的聲音如消音了一般，因為勒得很緊，包小妮已經張開大口，鼓睜著眼睛了。

「扯××蛋，你在幹什麼！」包小志扯開妹妹的雙手，一把拉鬆領帶，包小妮這才「哇！」的一聲哭出聲來，接著就翻腸倒肚地乾咳和乾嘔。

「要不要送醫院？」

「自己勒不死自己，不要緊。」

「這麼好的新房，有什麼想不開喲……」

這時候，包小志才發覺屋裡擠滿了看新鮮的人。

「對不起大家，這裡沒什麼。請各位下樓繼續喝茶……」

遇到這種事，誰還能繼續當作什麼都沒發生地喝茶呢，都各自找理由離去，不歡而散了。

「趙旭欺負你了？這個狗日的小雜種，我饒不了他。」包小志把妹妹扶到沙發上，安慰道。

「都是那個狐狸精迷住了他。」

「那個小騷貨，還有那個姓金的，他們今天就是來攪局的。」包小志火冒三丈。

「哥，你要為我作主，我和那個狐狸精，有她沒我，有我沒她。」說著說著，包小妮又嚎喪起來。

「別哭啦，哥聽你的，你說要怎麼辦？」

「你不是有黑道的兄弟，把她做了！」包小妮頓時眼露凶光，仿佛餓極了的鯊魚聞到沙丁魚的鮮血味兒。

「這人命關天的事，萬一暴露了，划不來。」

「哥，看你那慫樣，你妹妹我都被人騎到頭上了，你還忍得住。算了，你怕死，那我自己找人做。」

「你不要亂來，哥幫你想辦法……」他悄悄地對著包小妮耳語道。

「這樣好，叫她活著比死了還難受。」包小妮臉上露出得意的笑容。

12

「為什麼要給我這個機會？」離開趙旭的家，任菲菲坐在車上，問金超。

金超轉過頭，臉上還帶著勝利的微笑，「什麼？」

「我知道，你帶著我去，是為了出氣。但是我不知道，是出你自己的氣，還是讓我出氣？」任菲菲很嚴肅。

「都是。」靜止了幾秒，金超回答了兩個字。

「為什麼？」

金超沉默。

「因為我看不上包小志這些土財主，自己無知無識沒有多少能力，整天只知道糟蹋父母的錢，只想靠關係來維持自己家族的事業。他以前上學的時候對你也很不好吧？」

任菲菲瞪了大眼睛看他。「你怎麼知道？」

「猜都猜得到，那天你帶著趙旭在外面看樓盤的時候，從他的語氣裡，我就感覺得到了。而且你一聲沒吭過，我就猜以前肯定沒少欺負你。」

「沒想到，還有個話不多，但是卻默默關心我的老闆。」任菲菲笑了。

「別看著我笑，等下我把我們之間純潔的友誼昇華了，就不好了。」金超把任菲菲的臉往另外一邊輕輕地推了推。

「呵呵，跟你太熟了，你什麼毛病我都知道，不可能讓你有昇華的機會。而且，你不覺得我看你的眼神是像在看一個閨蜜的眼神嗎？」任菲菲輕輕地捏了捏金超的臉。

「閨蜜？」金超皺了皺眉頭，然後哈哈大笑了起來。

「既然是閨蜜，我還想告訴你一件事，」任菲菲止住了笑容，「趙旭，其實是我大學時候的男朋友。」

金超驚訝：「哦，天啊！」

「這都是過去的事了，能讓他看到，我沒有他，照樣過得挺好，不是更好嗎？」任菲菲很釋然。

「是啊，曾經的愛人要和別人結婚了，如果自己過得也很好，那也算是一種幸運了。」

「幸運？」任菲菲長舒一口氣。

那一個晚上，金超和任菲菲在日本料理店裡，吃了很多生魚片，喝了很多清酒，不知道是芥末太多，還是清酒濃郁，任菲菲流了很多眼淚，但是她始終在笑著。

滴答滴答滴答時針它不停在轉動
滴答滴答滴答小雨她拍打著水花
滴答滴答滴答是不是還會牽掛他
滴答滴答滴答有幾滴眼淚已落下
滴答滴答滴答寂寞的夜和誰說話
滴答滴答滴答傷心的淚兒誰來擦

滴答滴答滴答滴答整理好心情再出發
滴答滴答滴答滴答還會有人把你牽掛

金超的車上一直輕輕散落著麗江歌手沙啞的歌聲，滴答滴答像時間在蜿蜒，滴答滴答像流水在低歎，滴答滴答像眼淚在說話，任菲菲在這樣的音樂聲中睡去，再醒過來的時候，山背後的那片天空已經開始泛白了。

「醒了？」金超揉了揉腦袋，看見趴在車門上靜靜地看著日出的任菲菲。

「嗯，你的電話很吵，響了好多次。肯定是你女朋友的。」任菲菲頭也沒回地說。

「呵呵，應該是女朋友們的。」金超從褲袋裡掏出手機，「哇，三十六通未接電話，這才幾個小時啊，他媽的催命啊？」

「都誰啊？」任菲菲問得不經意，也並不真的想知道是誰，因為答案無非就是陷在金超情網裡的那些女孩們。

「我媽打了二個，剩下都是宋小雨打的。」

「就是那個整天超超，超超，嗲得不得了的那個嗎？」任菲菲問，「你還不趕快回給她，她肯定急瘋了。」

「懶得回，女人怎麼這麼麻煩？不接就不接了，肯定有事兒嘛，有必要這一個晚上打幾十個電話嗎？你會這樣嗎？」金超覺得不可思議的同時，透出厭煩。

「我當然會，只要是女人，都會。虧你還是情場高手，連女人的這點心思都不懂。你們是在談戀愛耶，突然不接電話了，女生當然會著急，然後開始發揮無限的想像力猜測你在幹什麼，猜測的無外乎是你和別的女人在一起，或者和哥們兒一起喝醉酒，反正都是她們不喜歡的，然後就開始生氣，一生氣當然就會越發頻繁地打電話，不一定真的期望你會接電話，就是一種發洩，但是她肯定整晚都無法入睡。現在我算是明白了，你在那邊著急得要死要活，男人才不會心疼呢！他們只會自己管自己開心，女人到底是讓心魔在糾結折磨著自己。」任菲菲說得很無奈。

「不是，那你們女人也應該成熟一點吧，不接電話肯定有原因，胡思亂想有意思嗎？」

「唉，作為一個公司的老闆，你能說出這種話，就說明，你真還不成熟，至少感情上還不成熟。一個成熟的男人，知道女人需要什麼，知道心疼女人，他不會讓自己的女人有機會這麼胡思亂想的。」

霞光正好把任菲菲的頭影勾勒出來，有很沉靜的美感。

「也許吧，但是前提都是在那個男人還愛著那個女人的基礎上的。不愛了，什麼都無所謂了。」

「這個倒是真理。意思是，你已經不愛宋小雨了？」任菲菲轉過頭。

金超看不清任菲菲的側臉，只看見高高尖尖的鼻子、長而翹的睫毛和柔和的瀏海。

「嗯，應該還沒到愛的程度，頂多也只能是喜歡。而且要知道，男人其實很奇怪，會突然因為一個事，一句話，甚至一個動作，一個眼神就會激情全無。是不愛了嗎？還是暫時的厭倦？有時候我自己都不太分得清。」金超手裡不停地轉著手機，像是小時候轉筆一樣，無意識的習慣動作。

「是你的自我意識太強，也或者是你責任感太弱。我相信沒有誰的愛情能維持一輩子，最初的激情，肯定會慢慢變淡的，不是有科學家研究過，說是一般愛情的熱情最長可以維持三年，然後有責任感的人，就會轉化成親情般的愛情；沒有責任感的，分道揚鑣。現在的人，三個月都難維持，別說三年，所以速戰速決，也成了感情遊戲的一個規則。」任菲菲彷彿感慨很多。

「所以，有一個對你長情的人，還是應該好好珍惜。」金超有所指。

「嗯？」任菲菲轉過頭看著金超。

「那天喝醉酒來接你的那個帥哥啊！怎麼不考慮考慮？」

任菲菲轉過頭，直視前方，沒有回答。

「對不起，看來我管太多了。」金超笑了笑，然後發動了車子。

任菲菲搖了搖頭，「也許是因為太熟了。」

金超知道，這不是真正的原因，只是他也不需要再追問下去，他應該是瞭解任菲菲的，這是個不甘於平凡的女孩，她有著小草的堅韌，能在鋼筋水泥的地縫中，長出一叢翠綠。

好幾天，趙旭都沒理包小妮，一直住在父母家。

「我告訴你，包家兄妹要對任菲菲下毒手，潑硫酸毀容，看來只有你能阻止他們。」一個神秘的電話，驚得剛剛睡下的趙旭一身冷汗。

他翻身起床，撥通包小志的電話質問。

「你現在著急有個屁用，誰叫你不好好對我妹妹。我也不希望我妹妹因為這個騷貨一輩子得不到幸福。」包小志惡狠狠地說，「你現在想保護那個騷貨，晚了。」

「我警告你，那可是違法的事，要坐牢的。」

「哼，對那個騷貨，這已經夠仁慈了，就是整死她這種人，也只不過像捏死隻螞蟻，那還不容易。」包小志根本無視趙旭的警告，反而更加放肆。

趙旭知道包小志無知也就無畏，什麼事都能幹得出來。知道自己無能為力，趕快把事情告訴了母親林淑靜。

「這傢伙不要命啦，要捅出大婁子了，怎麼辦？只有找你爸出面。」

他們把事情迅速通過內部電話告知L市副市長趙國燦。

「媽的，一群蠢貨，狗日的亡命徒，真他媽無法無天啦！」趙國燦在電話裡就罵起來。

第二天，趙、包兩家聚在一起開了個緊急會議。林淑靜十分嚴肅地傳達了趙國燦的四點指示：一，趙旭和任菲菲的事已經過去，各方不要再糾纏；二，任菲菲是無辜的，不能再下狠手傷害她；更沒必要因她而引火焚身，自取滅亡。三，如果不聽招呼，到時，別怪我不認人，我一定要把肇事者送交司法，嚴懲不怠；四，兩家抓緊準備，讓趙旭和包小妮儘快結婚，以免夜長夢多。

會上，每個人都表了態。趙旭首先說：「我爸說得對，過去的就讓它過去。我保證今後一定好好對待小妮。」這是趙旭的真心話，這次，他看到了事情的險惡，如果他再把心放在任菲菲那裡，遲早會害了她，這是他更不願看到的。

「就這樣算了，太便宜她了，總要讓他們長點記性。」包小志還不服氣。

「金總，外面有人來鬧事。保安也被他們打傷了！」辦公室的一個小姑娘氣喘吁吁地趕過來報告。

金超和任菲菲立刻衝出了辦公室。

「趕快報警。」金超交待。

只見大廳裡的沙盤已經被掀翻，樓房的模型散了一地，七八個驃形大漢，兇神惡煞地插腰站在中央，手裡還拿著木棒、鐵棍，在大廳裡的其他所有人滿臉驚恐地縮在各個角落。

其中一個看似領頭的大漢，看見金超和任菲菲從樓上下來，一隻手指著他們，另一隻手從屁股口袋裡拿出一疊照片甩在沙盤上，大聲說道：「這就是你們幹的好事。為了賣房子，不擇手段，找女人來陪客戶玩，搞美人計把生意搶走，你們不讓別人好活，我們也不讓你們好受。」

只瞟了一眼，任菲菲的臉色頓時如白紙般蒼白，她幾乎站不住了，照片上那個醉態百出，半身赤裸的人，不正是自己？

滿臉驚恐的人都不約而同地用眼神逡巡著照片。嘲笑、同情、不屑、恐懼、懷疑都像毛毛蟲從人心的各個夾縫中扭捏著爬出來。

「就是你這個賤人。」領頭的大漢指著任菲菲就要衝過來。

金超雖然害怕，但是還是下意識地喝了一聲：「你不要過來。」

「我不想對她怎麼樣，我只是想看看，這個小婊子到底有多賤，」大漢咬著牙齒冷笑著說道，「哼哼，果然騷得很。」

說完，一夥人揚長而去。

面對一屋人鄙視而憤怒的目光，任菲菲腿發軟得就要攤倒在地上了。她發白而乾涸的嘴唇說不出一個辯駁的字，她不得不努力回想照片的源頭，冷汗從全身的毛細血管湧起，聲音伴著眼淚，卻只出現三個字「我，我冤枉。」

員警趕到，查看現場後，就把金超和任菲菲帶到警察局協助調查。

任菲菲在調查中回憶說：「那天有個自稱是某地市煙草公司辦公室主任的人，帶了幾個人來看樓盤，說想要在我們這裡團購上百套房。他們走時約我陪他們吃晚飯，那天金總不在，為了怕這單生意跑了，我就答應了，餐桌上就被他們灌醉，我再醒來就是在夜總會的包房裡，中間發生了什麼，我根本不清楚，根本沒想到被他們……」

顯然，任菲菲遭了黑手。

13

這事很快就傳到金超父親、金董事長那裡，幾天後，他從外地趕回昆明，直接就到了金超的辦公室。

「真是丟盡老子的臉了，馬上叫她走人。」老頭子火氣沖天。

「爸，這件事不那麼簡單。她是被人陷害的，任菲菲只是為我們背了黑鍋。」

「報警沒有？」

「報了，員警也調查了，除了那些照片，沒有那夥人侮辱她的任何證據，案子也只能不了了之。」

「不管那些，先把她請走，再留在公司不知還要鬧出什麼來。」

「很明顯，是有人蓄意要抹黑我們，最有可能的是哪家房地產公司，派出所要我們想想有什麼線索提供給他們。」金超接著說。

「我不管，事情是她做的，公司的名譽現在掃地了，不讓她賠錢就已經很仁慈了，馬上讓她滾。我一分鐘都不能忍了。」

「爸，你這樣說，也太不盡人情了。」金超忍不住說了一句，「菲菲她，才奪得了大獎，的確很優秀。留住人才是我們公司能長期發展下去的一個關鍵啊！」

「喲，小子，你還護起她來了？」老頭子滿臉不悅地瞪了金超一眼。

「董事長，能讓我解釋一下嗎？」不知什麼時候任菲菲進到金超的辦公室。

「誰准你進來的？出去，你出去！我在跟你們總經理說話。」老頭子對任菲菲的語氣顯然沒有尊重可言，任菲菲只得退了出去。

「聽說你和這個任菲菲走得很近啊？今天一看，果然有點意思！她居然可以隨便進入你的辦公室，她把自己當成什麼人了？」金董事長見任菲菲出去後，陰陽怪氣地說。

「聽說？老爸你還安插了臥底在這裡啊？那他們還給你彙報了什麼驚人的內幕了？」金超有點不爽，回答得也不客氣。

「你少廢話。不要因為她長得漂亮，你就被迷住了，漂亮女人多了去了，何必找個會添麻煩的。我先跟你說，她再是個天仙美女，我也不會同意你找她，玩一玩可以，但是我就是怕你動真感情，因為你鬥不過她，到時候全部家業都被她搞到手了，你都還暈乎乎的呢！」

「我又沒有帶她上門來跟你說要娶她。你操什麼心？」

「哼，等你真帶來的時候就晚了。」

「你那麼擔心你的家產，就當一輩子守財奴好了。對人那麼刻薄，連對你自己兒子都那麼計較，你過得開心嗎？怪不得你再有錢，媽媽都要跟你離婚。」

「你說什麼廢話？我跟你計較？你用我的，花我的，你還有完嗎？你出國幾年花了我多少錢？開這個公司，不靠你老子我，你想幹得好？不要以為自己翅膀硬了就敢跟你爹抗衡了，你還嫩著呢！你有幾斤幾兩我不知道？為個爛女人就敢跟我這樣講話，簡直是莫名其妙！」金董事長把他已經略微發福的身體從椅子上挪了起來，狠狠地把椅子一推。

「你說這樣的話，那你當初生我幹什麼？」金超也少見地大吼了起來，「我知道我沒用，要靠你吃喝拉撒，你想控制一切，你儘管控制好了，你乾脆把我的大腦挖空，把你的大腦裝進來，愛讓它幹什麼，就幹什麼。」

金超再怎麼發脾氣再怎麼賣命，其前途又可能是一場悲劇。不，絕不是可能，已經顯而易見了。他底氣終究是不足的，他清楚他所擁有的一切都是靠著這個能幹而強勢的父親而來，就算自己有那麼一點能力，也只能如孫悟空，使勁渾身解數仍然翻不出如來佛祖的手掌心，不想失去眼前所擁有的，那最終只能憋屈地敗下陣來。

父子倆的對話很大聲，任菲菲在外面聽得一清二楚。她只有默默流淚。她知道金超是個善良的老闆，她也捨不得離開他這個公司，但他始終是個傀儡，眼前的事實已證明王哥對這家公司的評價並非空穴來風，那自己以後該怎麼辦呢？

「路上小心，騎車慢點。」秦川的媽媽目送著兒子。

「嗯。」

自從任菲菲搬走了之後，秦川也搬回家住了。因為在那個出租的屋子裡，有一種抑鬱的情感仿佛餘音繞梁般揮之不去，纏得他喘不過氣。每天上班前，母親都會叮囑，他也會應一聲。然後帶上頭盔，騎著他的電動車一溜煙跑了。從家出來，到城裡，會經過一段路，以前是一片安靜的田地，綠油油的，像行走在畫裡，他曾騎著車帶著任菲菲飛馳而過，那時候，他們的笑聲混在任菲菲的長髮裡飄散在風中。他記得那時任菲菲剛買的新球鞋，很喜歡，因為白得讓她捨不得在地上多走一會兒，她翹著兩隻腳，拉著長裙，坐在自行車的後面，還不時把腳抬得高高地欣賞，然後開心的笑著。秦川卻最容易在這個時候掌握不好方向，不得不厲聲讓任菲菲坐好。後來，白球鞋也慢慢變舊變髒，就算洗過，還是會泛黃，秦川每次打掃完衛生，就把不要的白色粉筆頭收起來，拿給任菲菲塗在球鞋上，遠遠看上去，也像新的一樣，任菲菲一樣單純地笑著。現在的這片地早已經變成樓房，鋼筋水泥把過去的美好全部掩蓋，風還在耳邊呼嘯而過，秦川已無心兩旁的風景，過去的早已經過去，何必再顫巍巍地尋找那些蛛絲馬跡呢？

「喂，秦川，你在哪兒呢？怎麼不接我電話？」在按掉第五通電話之後，秦川終於還是走出電影院，接起了電話，是任菲菲打來的，語氣趾高氣揚。

「在看電影，有什麼事嗎？」秦川回答得冷冰冰。

「看電影？別看了，來陪我一會兒？」任菲菲任性的話語裡充滿期待。

「我和朋友在一起，你找別人陪吧！」秦川顯然有些厭煩她命令式的口吻。

「朋友？什麼朋友？」任菲菲顯然是被刺激到了，突然問得很大聲，「找別人陪，除了你，我還能找誰陪？」不要等秦川的答話，任菲菲直接哭了起來。

「怎麼了？你別哭啊！」秦川不知所措起來。

「連你也不管我了，我就一個人喝死好了。」任菲菲掛斷了電話。

像被全世界拋棄一樣，任菲菲跌入萬丈深淵般的痛苦，來來往往的人頂多只瞟來隨便的一眼，這世上誰和誰的痛有關，終究是孤獨，有時候連至親都無可奈何。

「都不要我了，都不要我了。」任菲菲的心在醉夢中絕望。

秦川怔怔地返回播映廳，螢幕上正播的是《阿凡達》。這是同事小娟利用自己休息的時間，一大早排隊，好容易才買到的電影票，因為這裡是西南地區唯一的ＩＭＡＸ影院，其他城市的人都打著「飛的」來看這部電影，可這個時候的秦川已經心神全無。

「誰的電話？你錯過了好多精彩的片段。」電影散場，小娟輕挽著秦川的手臂走出影院，問得似乎不經意。

「一個朋友。」秦川回答得有些心虛，但是小娟沒有再追問。小娟是秦川工作的4S店的前台服務員，有著甜美的微笑和聲音。秦川陪著小娟一路坐車回家，小娟一直愉快地回味著電影裡神奇的影像效果，秦川看著她，笑著，可是總覺得小娟正在說的和做的一切彷彿像剛才的電影一樣，離自己很遙遠，他完全聽不到。

「我回去了，你如果還要辦什麼事，就趕快去吧！早點回家休息。」小娟笑嘻嘻地朝秦川擺了擺手，女人到底是女人，她不說，可她心裡什麼都清楚。

秦川本能地否認了，「我沒什麼事要辦。」腦子頓時好像醒悟了一般，飛快地做了決定，應該要和任菲菲說清楚，把事情徹底地解決，然後他才能真正開始自己的生活。他當然不會把這些告訴小娟，因為他不能讓她因為他的過去而受傷害。

秦川到了酒吧，一進門，就看見任菲菲已經用大半瓶烈酒把自己灌醉了。他一個箭步上前，把任菲菲手中的酒杯奪下，「都喝成什麼樣子了，還喝？」語氣憤怒。

「到底你還是來了，還是放心不下我吧！」任菲菲伸手想去夠被奪走的酒杯。

「跟我走。」秦川一把拽起任菲菲的胳膊，像提著一隻小雞一樣，要把她帶走。

「我不走，你別煩我。你看你的電影去，管我的死活幹什麼呀！」任菲菲發起了脾氣，拒絕秦川的拖拽。

秦川不說話，依然用力把任菲菲半拖半抱起來。

「你幹什麼呀？手那麼重，很疼啊！要走，我也要先結帳啊！等著。」任菲菲知道這樣的拖拽在公共場合並不好看，她用力地把秦川的手甩開，從黑色香奈兒的挎包裡拿出錢包，從裡面抽了一疊錢出來，大概有七八百塊的樣子，然後她扣上包，歪歪斜斜地穿過人群，走到吧台，把錢遞給了吧台裡坐著的陳姐手裡。陳姐今天穿得很時尚，緊身的黑色抹胸上衣，濃妝下面，相貌倒也算姣好，不過看起來風塵味十足，手裡夾著一支細長的香煙，她站起身，一隻手遞了一支煙給任菲菲，然後用夾煙的手接過錢，笑嘻嘻地幫任菲菲把煙點著，然後說了什麼，末了，她朝秦川這邊投來眼光，微笑著點點頭。秦川陰著臉，沒有回應。酒吧裡的燈光依然忽明忽暗，旋轉著，讓人目眩，讓人癲狂。

從酒吧出來，不遠的地方，就是市區最有名的翠湖公園，有湖有橋有柳樹彎著腰，藉著月光和路燈，依稀看得見湖面上蓮花已是殘枝敗葉。任菲菲喝得太多，沒辦法直立站著，她幾乎是趴在圍著湖面的欄杆上，肩上搭著披肩，披肩的一角在晚風的吹動下，快速地扇動著，發出沙沙的響聲。她抬頭看著月牙狀的月亮，「都說月亮走，我也走，可是我沒走，怎麼覺得月亮還是在走呢？」

秦川沒有回答，站在她身後，一步的距離，他雙手捏成拳頭，插在褲包裡。風把T恤吹得緊緊貼在身上，腹肌若隱若現。

「天氣要變涼了，」任菲菲一邊打著醉嗝，一邊說，「海鷗也就快回來了吧！等它們回來，你再陪我來這裡餵海鷗，好不好？」

「菲菲，你」秦川忍耐了很久，「你別喝這麼多酒。」第一句話，還是沒把實質性的東西說出來。

「你把我拖出來，不會是只想說這個吧？」任菲菲轉過身，眨了眨睫毛，眼神迷離地看著秦川，嫵媚性感，她伸手過去，想要觸碰秦川的臉頰，「我愛你！」任菲菲冷不丁地說了這麼一句。

秦川把臉側開，躲過任菲菲的撫摸。他非常清楚，她總是在酒醉時說愛他，而當酒醒之後又什麼都不是了。

「我還想跟你說，」然後是一陣很長時間的沉默，「我要開始過我自己的生活，過沒有你的生活。」秦川最後的半句話，輕得可以混進空氣裡而不留痕跡。

「你告訴我這些幹嘛？這是你自己的事。」任菲菲突然表情嚴肅，冰冷刺骨地回答道，這讓秦川不禁心頭一顫。

「好，當我沒說過。我走了，你保重。」說完，秦川頭也不回地邁開大步。

沒走出幾步，任菲菲從後面一下子抱住秦川，她一句話沒說，只是靠在秦川壯實的後背上，用力地哭泣起來，秦川懸空著兩隻手，他不知道應該扶住交叉在他腹部的任菲菲的雙手，還是若無其事地插進褲袋裡，他靜止了許久。任菲菲也啜泣了許久。直到秦川的手已經懸空到麻木，她才鬆開手，然後重重地推搡了秦川的背，簡單地說了兩個字「走吧！」

秦川分明地聽到，身後高跟鞋的腳步聲，越走越遠，然後是計程車關車門，接著一陣油門的轟鳴聲，身後的世界突然異常的安靜，只有風吹過，擾人的風，像是證人一樣，呼呼地見證著相聚和離別。

不遠處，另一輛計程車也正在掉頭離開，小娟坐在後排，內心有種被撕裂的感覺。

14

王哥帶著一行人，前行在通往邊城的路上。越野車裡，前排是司機張師，坐在副駕駛的是專搞玉石採購的吳師傅，後排是王哥和任菲菲。這次出差，她還只是跟著來玩的，照王哥的話說：「帶你出來看看，來不來我公司再說。」

車剛出省城，王哥就叫吳師傅打電話通知常駐邊城的小丁，要他安排晚宴接待外國老闆。王哥還是不放心，又拿過電話交待說：「小丁，你先問他有沒有現貨？有的話，我們這次就搞它個噸把回去？」

聽了這話，任菲菲心裡一驚，嚇得半天沒回過神來。「現貨」？「難道他們是一夥販毒分子？」任菲菲心裡暗暗叫苦，「這社會怎麼這麼複雜？」

「老吳，這次我要的是毛石，大小不論，都用秤稱，你要嚴格把關，不過那個老闆是多年的朋友，應該是信得過的。」

「恐怕還是要一塊一塊石頭地看，因為他也是從別人手裡倒過來的。」

「也行，親兄弟明算帳，就多找幾個懂行的朋友，一塊一塊地看，一塊一塊地稱。」王哥交待。

「那就得費些時間。」

「我們這次是陪任美女來玩的，多幾天沒關係。」王哥殷勤地向任菲菲笑著，還順便地摸了摸任菲菲的小手。

「你們買玉石是論斤的喲？」任菲菲聽懂了他們的話，這才如釋重負，心裡偷偷地長噓一口氣。在路上，任菲菲弄清楚了，這次王哥並非是單純帶她出來玩。他們公司要在省城的珠寶大廳開展賭石業務，大家是去商談貨源的。

「王哥，聽說做玉石生意風險很大啊？」任菲菲問。

「大不大？主要看你有沒有緣分！吳師傅，對不對？」

「那是。是要看緣分。不過我們王總和玉石那可是很有緣的啊！」吳師傅轉過身對任菲菲說。

「真的？」任菲菲一臉不相信，也許在王哥這些人看來，就是有股單純的傻氣。

「反正在路上也無聊，我就跟你講一講王總和玉石的故事。你看行不行，王總？」

「老吳，你實事求是，不要亂吹就行！」王哥十分得意。

從吳師傅的故事裡，任菲菲才知道，眼前這個風光無限的王哥，小時候家裡其實很窮，父親早逝，三兄妹靠母親在農村務農為生。王哥高中畢業後，就跟叔父做伴到全國各地去推銷溫州皮鞋。一次，他們來到這座邊城，因為此地屬亞熱帶氣候，當地人多穿拖鞋，他們的皮鞋推銷收穫甚微。臨離開時，王哥買了三塊生肖玉石掛件給自己和弟妹。不料，回到溫州，家鄉的好多年輕朋友都想要。他覺得是個商機，於是向叔父借了五千元，隻身來到邊城，以每塊六元的價格帶回溫州，再以二十元出手。除去全部費用、還了本金，還賺了五六千元。就是靠和這玉石的緣分，慢慢從小老闆變成了大老闆。

更大的緣，是放在省城旗艦店裡的鎮店之寶，那個重達半噸多的玉石。那年在邊城遇到那塊毛料，外國老闆開價一百萬人民幣。俗話說，這毛石「十解九輸」，切開了有可能十之八九都是賠本生意，甚至分文不值。所以，問的人多，真要買的人少。王哥看後，晚上請那外國老闆吃飯，酒過三巡，王哥說明自己想買的意思，並誠心請老闆說說這塊石頭的真假情況。

那外國老闆也倒爽快，說道：就憑王老闆這份情誼，我也實話實說，這是塊老料，是從老坑挖出來的。玉石的成色，我不敢打包票，但絕不是塊廢料。」

王哥說：「我也是小本生意，只能拿得出三十萬，你能不能讓兄弟點價？我也給老哥你說實話，就算是虧了，我也還能活下去。」

外國老闆說：「一百萬真的是最低價了，不行的話，我就要運回國去了。」

「那你看這樣行不行？我先付你五十萬，之後，我就在這裡找人把它解開，如果品相不好，我自認倒楣。如果不錯，我再給你一百萬，怎麼樣？」

「這主意不錯。小夥子你真行，我還是第一次碰到這樣做生意的人！」外國老闆很爽快地答應了。

第二天雙方簽下合同，一切手續辦完。

第三天運到加工廠，真是有緣，截去一角，毛料竟露出通體鮮豔的綠色，有人驚訝地叫道：「啊，是高檔的冰種翡翠！」

真是王總幾輩人修來的大緣分！這重達半噸多的玉石呀，粗估的價值都上億，也可以說是無價之寶。

「有人當場就出價千萬，他都不賣。」吳師傅說。

後來，王總給了那個外國老闆一八八萬元。那外國老闆腸子都悔青了，但是合同已簽，只好看著鴨子飛了，不過這個老闆的確仗義，對王總的慷慨和祝福，仍心存感激，在這之後他們倆就成了生意上的好夥伴。

一路聽著有關王哥的近乎神話的故事，任菲菲再也不敢小看眼前這個男人，心裡還油生了一種敬佩之情！

到了邊城，任菲菲第一次享受了上萬元一桌的奢華盛宴。

第二天，其他人都忙去選玉石毛料去了，只有王哥陪著她去這邊城的玉石珠寶市場看賭石的情況。在國際珠寶城裡，中空的三層樓，光線透過頂層玻璃屋面，照得大廳亮堂堂的。廳內人聲鼎沸，四面聚集著一堆一堆的人，那是人們在自選玉石毛料。最氣派是毛料拍賣中心，舞台上，穿著性感的禮儀小姐楚楚動人；台下中心隔出一圓形地塊，紅地毯上只有十來張桌子，偌大的桌子上擺著水果和糕點，還有紅酒香檳。桌子並未坐滿，而一桌也只有兩三個人。王哥說，裡邊是貴賓席，一桌一號，必須先交十萬元保證金，才能進去參加競拍。圍繞中心是一弧形三層台階，專供普通客人坐著觀看。

此刻，只見一小夥用托盤捧出一塊毛料走下舞台，兩個禮儀小姐緊隨其後。小夥將毛料放在一號貴賓桌上，一個小姐便向客人送上一支小手電筒，另一小姐又送上放大鏡。貴賓就拿著毛料翻來翻去地查看。這樣，大約經歷十來分鐘，每桌的貴賓才看完。小夥與小姐回到台上，將毛料放在一個獨立而燈光照射著的桌子上。於是，一場競拍開始。最後，這塊玉石以一萬起價，以三萬五的價格賣出。

王哥說：「其實這也是賭博。賭的是人和那塊石頭的緣分。你也去賭賭看？我也是這裡的貴賓。」

任菲菲搖搖頭：「我不會，看看而已。我去真的就是浪費錢。」

「怕呀？那我們玩點兒小的。」王哥於是又帶她來到那些自選毛料的人群中。王哥邊看邊向她介紹玉石的分類，玉石品質的區分，哪些玉石的表皮形狀，等等，任菲菲也就邊看邊聽，儘量把這些知識記在心裡。最後，她也選了一塊，請王哥幫看看。

「這些都是很一般的料。你看才標八百元。你要買，我帶你去買好一點的。」王哥建議。

「不，我只是覺得好玩，碰碰運氣。」任菲菲堅持。

「這塊也行。不過，我也說不準。」他用小手電筒照了照，光下倒是透出些墨綠色。

「你也說不準？」任菲菲有些不信。

「你不要聽老吳他們把我吹得神乎其神，我也看走眼很多次的。小的不說，三十萬、五十萬，打水漂的都有。五十萬那塊，也還擺在我的辦公室裡當作醒腦石。玉石這一行，水深得很呢！一刀生、一刀死，一刀富、一刀窮，說的就是我們這行。當然，還是要看你和它有沒有緣分。」

「我還真以為你是神仙呢！」

王哥想幫她付錢，但是任菲菲拒絕了，「你不是說要緣分嗎？我就來試試看，我和玉石到底有沒有緣分。」

當場就有加工點可以解石，只可惜，加工的師傅用機器把石頭的表皮磨了很久也沒有看到想像中那種撥開烏雲見晴空的翠綠色，卻是非常糟糕的皮肉一體的玩意兒，也就是雜質很多的劣等玉，基本沒什麼價值。

任菲菲有點失落，拿著它左看右看，有點心疼，八百塊買了塊廢料。

「丟掉它，跟這些低級的東西絕緣。」王哥一把奪過這塊石頭，想要往旁邊的垃圾桶裡扔。

「王哥別急，你看這片黑色雜質，像不像只螞蟻？」任菲菲攔住王哥，驚喜地發現道。

「我看看，你這一說，有點意思。那幾絲紋理還真像那螞蟻的腳。」王哥只是想安慰她。

「那我要用它刻隻螞蟻掛件。哈哈，緣分啦，王哥，這就是我和這塊石頭的緣分！」

「哎呦，美女！這種石頭，趁沒有人的地方趕快悄悄把它丟掉吧！」當回到飯店，司機張師看了任菲菲手裡的那塊石頭後，立即大叫起來。

「她說這是緣分，還要把它刻成螞蟻，戴在身上呢！」王哥這麼一說，反到讓大家捧腹大笑起來。

「你們不明白，反正我有我的道理。」任菲菲也不在乎他們笑，說道：「你們認為值錢，才是緣。我不這樣認為。王總，這麼個石頭在地球上有上億年的歷史吧？而它從異國他鄉來到這裡，又有多少人與它擦肩而過，獨有我買下它。這是多大的緣分？你們說，對不對？」

「說得也有點道理。知識份子就是會講話。」司機張師和老吳都附和著。

「那螞蟻又有何講究？」王哥好奇。

「你們猜猜看？」任菲菲高興了起來。

「螞蟻力氣大，牠能拉動超過自身一百多倍的重物。」老吳說。

「牠們最團結，做事齊心合力。」張師說。

「王總，你說呢？」任菲菲問王哥。

「和他們的意見差不多。不過，我想你和螞蟻莫非還有什麼特殊的緣分？」王哥反問道。

「我是普通人家出身，就像那討生活的螞蟻，隨時可以很容易地就被人踩死和捏死，要想有出路，螞蟻只能躲在縫隙裡生活。平坦的大道誰不想走？可是越平坦，越光明，我們這些螞蟻就越容易被發現，被踩死，只有在縫隙裡，才能安全地生存下去……」

「說得真好！」沒等任菲菲說完，王哥就帶頭鼓起掌了，他對任菲菲說，「現在我理解你了，當年我也是一隻螞蟻。」

王哥當眾答應，回省城一定要請公司最好的雕刻師，為任菲菲加工這塊珍貴的「寶貝」。

一股熱流從任菲菲心底湧起，她真切感到，王哥好像與她是有著一種緣分。

15

趙旭的臉上浮著的是僵硬的笑容，一天的婚禮行程，他已經整天保持這個表情了，已近黃昏，天色有些暗淡，不知道誰的照相機開了閃光燈，亮光突然刺激到了趙旭的眼睛，他這才意識到自己的靈魂彷佛離體已久，他看了看身邊的新娘，美麗大方，可是自己那顆跳動的心卻怎麼也沒有激動和幸福的感覺。好像是在例行公事地完成婚禮的儀式，那不是他想娶的新娘，可是他沒有選擇的權力，只能任由所有的事情按照安排的那樣逐一發生。

「趙市長，恭喜啊！」

來的客人第一句話都是這個，被恭喜的彷佛不是趙旭，而是他爸爸。婚禮的場面豪華盛大，這是包家人最希望看到的，特別是包小妮的爸爸包發富，亦步亦趨地陪在趙副市長旁邊，與貴客打著招呼，像個秘書，而不是老丈人，這也難怪他，他希望自家的地位能夠得到更廣泛肯定和普遍認知。

這個包老闆在上世紀八〇年代，還是昆明南雲煤礦動力廠的黨總支書記兼廠長。工廠通過先承包後改制，他最後用國家的貸款把工廠變成主要由他控股的私有企業。當時代表市裡來廠裡清算、評估資產並實施改制的就是市國資委的副主任趙旭他父親趙國燦。從此，他們結下了深厚友誼，比翼齊飛，並都實現了「華麗轉身」。現在，一個是擁有一家機械廠和兩個煤礦的大老闆；一個已是主管L市工礦企業的副市長，而包家的礦山也正是在L市管轄區內。當他們的兒女長大成人後，兩家自然想把這「權錢交易」變成珠聯璧合。所以，趙旭與任菲菲的相愛必然遭到家裡的竭力阻撓，特別是趙旭母親的拼死拒絕，最終促成趙包兩家的聯姻成功。

當趙旭和包小妮四手合握刀柄，把足有四層的結婚蛋糕切開的時候，他感到內心深處像被撕裂了一塊，從塔尖流下的香檳酒像鮮血一樣流到每一隻酒杯裡。但是他不想反抗，他瞟眼看到慈愛又嚴肅的父親，和滿臉笑意的岳父，他沒有反抗的勇氣。這也許就是他該有的人生。

而幾乎就是同時，那家熟悉的酒吧裡，低沉的女歌者又開始那虛無縹緲的演唱，任菲菲縮在角落，這次她不想喝醉，只是叫了杯加了龍舌蘭的雞尾酒，她只需要微醺，因為她的哀愁已經沒有那麼濃郁了，她需要的，也許只是在此與曾經某個夜晚做最後的告別。

就在四年前的某天夜晚，趙旭開車帶著她來到這家酒吧的門口。下了車，有代客泊車的小夥子把車開走，趙旭很自然地把任菲菲的手一拉，走進了這家夜店。向來乖巧的任菲菲從來沒有來過這樣的場合，沒有正常的照明，只有些群魔亂舞般的鐳射燈，她很不適應，幾乎看不見裡面的任何事物，不由地緊張起來，隨之帶來的反應就是緊緊地握住趙旭拉著她的那隻手。

他們倆最終站停在一個靠近舞台的卡座前。

「趙旭，你帶來的人是一個比一個漂亮啊！該讓你當選美協會主席了。」

任菲菲還沒有看清楚狀況，已經聽見有人在說話了，是個年輕的男性聲音，調侃和輕蔑的語氣，讓任菲菲很不舒服。

「你小子會不會說話，不會說就閉嘴！」在黑暗中，任菲菲感覺到趙旭應該是瞪了對方一眼。

「旭哥，怎麼這會兒才來？」有個人噴著酒氣從背後拍了拍趙旭的肩膀，「帶著嫂子快坐啊！」然後踉踉蹌蹌地從後面把他們兩個人推到了沙發的正中間，自己差點摔倒。

「這是我女朋友，任菲菲。」趙旭介紹道。

任菲菲適應過來的眼睛這時才看見，剛剛推他們坐到沙發上的這個人竟然是包小志，包小志也在同一時間看到了她，但是一臉醉意的包小志似乎沒認出她來，急急忙忙地去倒酒給趙旭，而她卻能一眼看出那個她一輩子不會忘記的可憎臉孔。

「美女，煙。」有人遞過來一根香煙。

「不會，謝謝！」任菲菲有些錯愕，急忙搖手拒絕。

「不會抽煙？還真是純潔天真啊，合我們旭哥的口味。」包小志立刻抓住那隻遞煙的手，用力地推開，然後刻意地大聲說道。任菲菲有些懷疑，那些話，是因為包小志已經認出自己來而另有所指？

「包小志，幹嘛？今天給你面子，老子才來的，你是想讓我不開心嗎？」趙旭點著了剛才遞過來的煙，吐了一口煙暈，然後不緊不慢地說。

「我哪裡敢，這不是在跟她開玩笑嗎？旭哥，你別生氣。」

任菲菲突然覺得包小志的臉好像是學過川劇變臉的，對著自己是一副兇神惡煞的惡霸樣，見了趙旭，就立刻是個惟命是從的奴才樣，若不是親眼看見，很難想像這種瞬息萬變的精彩。任菲菲突然心頭暗喜，就算趙旭帶出來的不止自己這一個女人，那又如何。現在的她是趙旭的焦點。

整個晚上，發嗲、撒嬌、擁抱，任菲菲用盡所有的招數，只為了在眾人面前表現得和趙旭相當親密。沒有觀眾的表演，演員當然會意興索然，而如果觀眾興致盎然，並且整個情緒都深陷其中的時候，演員當然會投入和賣力。任菲菲把自己當成一個演員，討好趙旭，刺激包小志，是自己的目的，在酒精的配合下她盡力地把工作做好。而趙旭默契的配合，真的讓包小志有些不知所措。

「寶貝，今晚跟我走吧！」從酒吧出來，趙旭根本不管旁邊還有人，直接把手伸進任菲菲風衣的裡面，抱住她，親吻著在她耳鬢廝磨。三月的夜晚，天氣還是很涼。

任菲菲當然知道趙旭的意思，她任由他親吻著自己，沒有馬上回答，因為她是演員，觀眾還沒有走，她必須好好把戲演完，「好冷，上車再說。」

趙旭發動了車，兩人跟剩下的人揮手道別，車窗裡面，任菲菲看見包小志臉上不陰不陽的怪笑。

「趙旭，謝謝你，我今晚很開心。」任菲菲知道這個時候的趙旭不會這麼輕易放自己走，而且她覺得，不能這麼輕易地讓趙旭得到自己，這樣的話，趙旭只會把自己當成遊戲，眾多棋子中的一個。

「菲菲，我被你迷住了，你今天就不許從我這裡溜走了。」說著，趙旭就把手伸過來，放到了任菲菲的大腿上。

「這麼容易上鉤，不像是你的風格啊！」

「以前不容易，今天看見你，就全變了。」

「趙旭，剛剛是在酒吧，我不掃你的興，現在只有我們兩個人，我想好好跟你說。」任菲菲把趙旭的手推開。

「你說。不會是你不喜歡我吧？」趙旭有點驚訝任菲菲拒絕自己的動作。

「不是，我喜歡你。如果你也喜歡我，我不想我們在這樣喝醉酒了的半昏迷的狀態確定關係。我想你清清楚楚地知道我任菲菲是什麼人，明明白白地跟我交往。」

任菲菲嚴肅的話語讓趙旭半天沒有說話。

「嚇到了？」任菲菲問。

「不是，是有點感動。因為沒有一個女生跟我這樣說過話。她們都很主動。」趙旭扭開了車上的空調，冬天淩晨，天氣很冷，沒有開車窗，口鼻中呼出的氣息瞬間變成白色。車內的溫度漸漸上升，那白色的氣體逐漸消失，像觸碰到凡間的精靈，突然保護性地閃開。

「學校是進不去了。你需要馬上回家嗎？」趙旭的語氣裡顯然已經收起了之前的輕浮。

「如果你有地方可以讓我們單獨安靜地待一會兒的話，我不介意。」

趙旭把車開到了離市中心不太遠的一個單位家屬院裡。

「這是我表姐家，她去國外公幹，把鑰匙留給我，讓我看家。」

這是個很溫馨的兩居室，趙旭顯然在這裡住過一陣子了，他熟悉地從冰箱裡拿出菜心、番茄和兩個雞蛋，又從吊櫃裡拿出速食麵和火腿腸，他拿了一口小鍋，接上水，放在煤氣上煮著，然後開始洗那些蔬菜。

「我來洗吧，水冷。」任菲菲說。

「不用，我姐這兒裝了電熱水器，不冷。你一身的酒氣，要是不介意，可以在這裡洗個澡，我給你拿浴衣，出來就可以吃了。」

剛剛還是醉醺醺的趙旭，這個時候又很懂事，看著他在廚房裡忙碌的樣子，任菲菲的直覺覺得可以放心，她的確是滿身的煙酒味道，便回答了：「好！」

從浴室出來，趙旭已經把麵煮好了，一口鍋，兩個碗，放在餐桌上，還很貼心地開了暖氣。

「吃吧！」趙旭盛了一碗麵，放到任菲菲的面前。

任菲菲吃了一口，然後咯咯地笑了出來。

「怎麼了？」趙旭有些奇怪，滿臉緊張地伸頭過去看任菲菲的碗裡是否有異物。

「不用看，你煮的麵很好吃，比我想像的要好很多，所以我笑。」

「嗨，這有什麼好奇怪的。這是熟能生巧。」趙旭的身體回到原位，繼續埋頭吸著麵條，發出簌簌的響聲。

「你恐怕只會做速食麵吧？」

「小看我了。我可是大廚呢！有機會露一手給你。」趙旭繼續低頭吃著，一副很餓的樣子。

「這裡都是你收拾的嗎？」任菲菲環顧了四周，餐廳客廳裡的東西很多，但是不管是書也好，報紙也好，都很整齊的碼放著，客廳有落地窗，前面的衣架上，曬著毛衣和保暖內衣褲。

「嗯，我喜歡乾淨整齊。」

喜歡乾淨整齊的男生，應該會贏得很多女孩的好感，任菲菲也不例外，她不是很餓，吃了幾口，然後直起身，左手的指尖滑動，輕輕敲打著碗沿，「你不像傳統的公子哥。」她評論了一句。

「呵呵，」趙旭吃到嘴裡的麵條差點笑了出來，「傳統的公子哥？」

「你收拾得這麼整齊，是為了吸引小姑娘吧？又或者，有的是主動的小姑娘來幫你收拾。」任菲菲沒有理會他的笑，繼續說道。

「哼，你說我用得著嗎？」趙旭冷笑了一下，「你是我第一個帶到這裡的女孩。」

任菲菲有些愣住，看了他一眼，還是一副玩世不恭的樣子，「騙人。」

「愛信不信，我去洗澡了，碗留給你洗了。右邊是熱水。」趙旭交待完，就轉身進了房間，拿了換洗的衣服進了浴室，絲毫沒有把任菲菲當客人的客氣。

整個房間突然很安靜，只有嘩嘩的流水聲從浴室裡傳出來，任菲菲有點異樣的感覺，「你是我第一個帶到這裡的女孩」，這句話聽起來不那麼像假的，或許趙旭真的很放心自己，又或者趙旭對於帶女孩子回家已經習以為常了，只有這兩種情況，才可能造成現在他在浴室，她在廚房的情景。

任菲菲洗完碗，回到客廳，隨手翻起了桌上的汽車雜誌。突然聽到手機簡訊的聲音，她打開包，拿出手機，毫無意外的，是秦川的，同時也已經有三個未接電話，當然也是他打來的。

還沒來得及回覆，電話又響了，秦川的，浴室裡的流水聲也停止了，任菲菲有些驚措，不知道接還是不接。

「喂」她還是接了，但是聲音很小。

「你要嚇死我啊？總算接電話了。在哪兒呢？要我接你嗎？」

「不是跟你說了我今天晚上不回家嗎？這麼晚還打電話來。」任菲菲的語氣顯然有些不高興。

「我心裡不踏實。」

「我沒事，我不跟你說了，等下把宿舍的人都吵醒了。」

「好吧！拜拜。」

「這麼晚啦，還在跟誰打電話呢？」趙旭從浴室出來，看見剛剛掛上電話的任菲菲。

「我媽查勤呢！」任菲菲尷尬地笑著說。

「是，咱們這個年紀，父母是要管嚴一點好。」趙旭用毛巾擦拭著頭髮上的水。

「我看你就不喜歡被管。」

「我父母他們管不了我，他們管好自己就行了。」趙旭其實不太愛笑，很多時候都是一副很酷的樣子，笑很多時候也是冷笑，說這話的時候，他又是冷笑。

「進房間睡覺吧。」趙旭說著，於是很自然地開始關閉客廳裡的暖氣和燈。

任菲菲依舊坐在沙發上，在黑暗中趙旭看到了那個有些被嚇壞的表情，「別緊張，我趙旭不是個趁人之危的人，我姐這裡只有一張床，一床電熱毯，現在又是大冷天，我可不想我們當中的任何一個因為矜持睡在沙發上而感冒。」

「可是……」

「那好吧，如果你不放心，等你睡著，我再睡。」趙旭表現出慷慨仗義的正人君子模樣。

「這樣不是更……算了，一起睡。」任菲菲心一橫，索性豁出去，於是站起來，就往房間走。

趙旭跟在後面，把房門關上，砰的一聲，任菲菲的心還是感覺被微微震撼了一下，但是她強裝鎮定，做出一副滿不在乎的樣子，迅速地鑽進被子，閉上眼睛。她背對著趙旭，然後，背上掃過一陣風，她感覺到趙旭也躺到了床上，並且和自己共事一床被子。

一層細汗已經覆蓋在任菲菲的額頭，如此純情的她此刻矛盾至極，開始後悔這麼草率地就跟趙旭回家，結果弄成現在這樣尷尬的場面，但她又無不美好地期待著這樣的相處會讓她和趙旭之間的感情突飛猛進。就這樣，各種想法在腦海裡飛速地糾結了一陣子，終於她深吸了一口氣，鼓起了勇氣，翻了個身，把臉對著趙旭，想說些什麼。趙旭微微張開的嘴巴已經帶著輕微的鼾聲，原來他說的「什麼都不做」是真的，任菲菲緊張的心這才放鬆下來，原來自己總是擔心太多，她也才安心地閉上眼睛睡去。

再醒過來的時候，撞在自己眼前的是趙旭厚實柔軟的胸口，這讓她很不好意思，紅著臉不敢再多看一眼，趕緊翻過身去。趙旭從後面抱住了她，鼻子抵在她的肩膀上，呼吸是溫熱潮濕的，任菲菲因為緊張而全身顫抖起來。

「我喜歡你，你願意做我女朋友嗎？」趙旭更緊地抱住了任菲菲。

任菲菲可以感覺到趙旭的呼吸讓自己全身發軟發麻，她怎麼會不願意呢？副市長的兒子，一個可以讓自己脫離包小志陰影的人，正在這樣溫柔地要求她，她有什麼理由說不呢？

「趙旭，你不能欺負我。我知道你有很多女朋友，老實說，雖然我願意，但是我家是農民，我不敢高攀。」

「傻瓜，那些都是過去的事了，你盡可以放心。」趙旭順勢把任菲菲翻了過來，面對著自己，他仔細打量著她的眉目，每一個細節都那麼完美，怎能叫他不動心，他用手捋著她額前的頭髮，「昨天晚上，如果我硬來，你也沒辦法，我真的是尊重你的。給我一個機會，也給你自己一個機會。」

趙旭把話說得無懈可擊，這對任菲菲很受用，她沉默了。有的女人就是這樣，明明心裡已經有答案了，可是偏要男人去猜，所以女人心，海底針。她把不置可否的答案掩蓋在沉默裡。

趙旭顯得有些焦急，他開始親吻任菲菲的頭髮、耳朵、脖子，一開始溫柔緩慢，任菲菲閉著眼睛，呼應著，她沒有告訴趙旭這是她的初吻，但是在她的心裡，自己最純真的感情已經完全地離開了自己的身體狂奔到趙旭那裡了，趙旭當然明白，而更加撒歡，他們彼此用力地親吻著，撫摸著對方的身體，趙旭伸手解去任菲菲的內衣，一切發生得如此自然，連尖銳的疼痛都隨著情感的激蕩而被忽略了。

趙旭緊握著任菲菲的手，把她送到車站，他本來想開車送她回家，但是任菲菲執意不肯，對於趙旭能否接受自己的家庭，她沒有底氣，所以她不想這麼著急。車站前，又是一場旁若無人的舌尖纏綿，兩人依依不捨。

連續幾天沒有放晴，天空陰沉沉的，好像一首樂曲，演奏到了低潮的時候。人行道兩旁的梧桐樹，枯得只剩下一副骨架，枝椏像乾瘦的老太太的手指，直指天空。趙旭和任菲菲在離學校不遠的一個叫做「seagull（海鷗）」的咖啡店裡複習功課。她喜歡這裡的原因，是小店的牆上貼了很多海鷗的照片。老闆之一是個美國小夥子，他說他很喜歡海鷗，因為他像海鷗一樣怕冷，到了冬天一定要到溫暖的地方過冬，所以就把店的名字叫做「海鷗」。

大家各自坐在自己的地盤上安靜地看著書，趙旭不時在筆記型電腦上查查資料，遇到問題，兩人輕聲地討論。

任菲菲的手機響了。

「肯定又是秦川。」趙旭頭也沒抬地說。

「吃醋啊？那我就不接了。」任菲菲看了一眼顯示，的確是秦川。

「接，他和我有可比性嗎？」趙旭滿不在乎的樣子，他當然不必有絲毫的擔心。

「秦川」，任菲菲眉頭一挑，從回憶中清醒過來，想到秦川，好久沒和秦川見面了。她在微醺中撥通了他的電話。一個女人的聲音：「秦川不在，手機落家裡啦！」不等她回答，那邊就把電話掛斷了。

「唉！」她歎了一聲，失望的淒涼湧上心頭，其實，她早該失望了，只不過在趙旭正式和別人結婚前，她潛意識中總還在盼望著點什麼？當這一切的一切真的都成現實過去後，她沒有痛苦，或者說神經為此已經麻木；她沒有流淚，或者說眼淚早已流乾，她反而感到了一種解脫了的自由。於是，她毅然決定要接受那個叫做王哥的邀請，去他的公司擔任客戶部經理兼總裁秘書。下定決心之後，她隱隱地感到，壓在她心頭厚厚的冰層下面，已經有春天融化的跡象，只是浮在水面上的那層冰面，沒有任何承載能力，只要不鑿破它，就可以溫柔地融化，但是如果一旦某一個地方被戳破的話，所有的情緒可能會頓時跌入冰冷刺骨的水裡。

也是這段時間，在秦川家。

「去去去，陪你爸去散散步。」

秦川被媽媽趕出家門，要他陪父親到沿江路散步。自從秦川爸爸失業後，心情一直就很鬱悶，六十歲後常叫腰疼，在家裡就唉聲歎氣的。所以，只要秦川回家吃飯，媽媽就一定要他晚飯後陪老爺子散散步。

沿江路是條新修的花園式休閒大道，沿江的人行道比車行道寬了許多。它沿著這條河從市中心過來，直到遠處的山下。聽廠裡人議論說，不久後現在還是郊區的工廠和農村的房子都要拆除，擴建成新北區。父子倆沿著大道往市中心方向走，人越來越多，也越來越熱鬧。音樂此起彼伏，人圍成一圈一圈，多為跳舞的中老年人。父親碰到很多同事，打打招呼吹吹牛，特別是說到等廠裡的房子拆了之後，可以換成更大的時，他的臉上也露出難得的笑容。

前面有一群人在圍觀什麼，秦川拉著父親，走近才看清楚是夫婦兩個在喊冤，他們打著一條橫幅，上書：血淚控訴。原來是他們的姑娘被廠長姦污了，控告無門，在街頭尋求同情。

「你們不還是國營企業嗎？」有人大聲問。

「國營和私營差不多，都是一把手一手遮天，學日本鬼子搞「三光」政策，把廠裡的權力攬光，把企業的錢糟光，還要把廠裡的漂亮女人睡光。」另一個人大聲起哄。

人們大笑起來，秦川也跟著笑。回看卻見父親搖搖頭，又走向另一堆人群。秦川跟過去，只見一個瘋子在表演。他倒不骯髒邋遢，只是黃色舊軍裝手臂上的紅衛兵袖套，說明他的神經失常。他一首歌接著一首地唱，大家拍著手起哄，有時還跟著亂唱。唱了幾段後，他就大喊「讓暴風雨來得更猛烈些吧」，並且擺出一個造型，引得人們捧腹大笑。秦川聽不大懂，而父親說都是「文革」時的歌，那個造型是京劇「紅色娘子軍」裡的常青指路。

在回家的路上，父親說那個瘋子他知道，是臨近機械廠的。剛從清華大學畢業來廠裡就碰到文化大革命，先是成了廠裡造反派的頭，後來成了北郊片區的頭。

「後來呢？」秦川好奇。

「文革後被抓去勞改。可憐啦！」

「有什麼可憐？他自找的。」秦川說。

「你懂個屁！」父親罵了他一句，就一直到家都沒說話。

16

任菲菲在王總公司，主要就是負責接待工作。但是要有重要客人，她才陪王總出席，其他就由辦公室的人處理。而事實上，這一年來，她多數的時間是陪王總出差，什麼北京、上海、武漢、重慶。可以說全國的主要城市，包括拉薩和烏魯木齊她都去過。她雖然到這公司後再也不把他叫「王哥」，而慢慢地他們是越走越近。

王總在花蕚社區買了一套一七〇來平方公尺的複式樓，讓她安置下來，還配了一輛奧迪A4。王總說把車送她，任菲菲無論如何都不接受，況且她還不會開車。最後王總幫她報名學開車，學成之後，公司又特別規定，可以給客戶部經理配車，任菲菲才勉強接受了。

隨著時間的推移，她也感覺出人們從背後射來的那種冷冷的目光。所以，她對公司的事，能不管就儘量不管。上班多數時間其實就是上上網，真的有些無聊。

這期間，她一有空，就去盤龍江邊餵海鷗，並請那位攝影師為自己拍照。

「美女，我的話不是吹牛的吧？我幫你拍的照片都上報了，我都看見了，我一分稿費沒得，我可是應該享有這張圖片的著作權哦！」再次見面，任菲菲才問清楚他姓陳。

「陳師傅，這肖像權卻是屬於我的。我不同意，誰也不能公開發表。」任菲菲毫不示弱。

「開開玩笑，算你厲害，為美女效勞，是我的榮幸。」

「你要多少稿費？我可以付給你。」任菲菲問。

「若論價值，美女，你可付不起。」攝影師很驕傲。

「你開個價。」任菲菲仍不示弱。

「至少一萬元。」陳師傅詭譎一笑。

「成交。」任菲菲伸出手要與陳師傅擊掌為定。

「不，不，不，我哪能要你的錢呢，真的只是和美女開個玩笑。」

「陳師傅，這份錢我一定給你，以後你多給我拍些好照片就是了。」

從此，陳師傅就成了任菲菲的義務攝影師。這也增添了她不少樂趣，她把與海鷗的照片放入電腦，編輯成組，還配上音樂和自己那首為海鷗寫的詩。

這天，任菲菲下班後，回到花萼別墅社區。金超下午已經和她約好，說是要送個東西過來。雖然已經離開了金超的公司，兩人反倒成了更好的朋友。

「看看，我給你帶了什麼來？」滿臉笑容的金超從車裡出來，手裡提著一個藍底白蓋的塑膠籠子，他抬起籠子，在任菲菲的面前晃了晃，裡面有個毛茸茸的小傢伙，像個黑色的小絨球。

「哎呀，是隻小狗啊！好可愛啊！」本來並不是很歡迎金超來訪的任菲菲一下子高興了起來，迫不及待地打開蓋子，小心翼翼地把這個柔軟的生命放在自己手掌中。

任菲菲沒讓金超進家，便在社區湖畔的亭子裡坐下。

「你住在這裡啊？」金超知道這是個高檔社區，但真看見任菲菲住在這裡，還是有點驚訝。

「公司借我暫時住住的，我可買不起這裡的房子。」任菲菲笑了笑。

「哦，那好啊，你一個人住，比較孤獨，讓你養隻狗，就沒有那麼悶了。這是隻純黑色的貴賓，很機靈可愛的，又不太掉毛，適合你養。」金超說著，就把籠子和一袋狗糧放到了亭子的石桌上。

「我自己都照顧不過來了，還照顧狗狗？養狗是要對牠負責任的。現在不當我的老闆了，還要給我安排養狗的工作？」

「沒有，不當你的老闆更好，我們不是更無拘無束，比起以前的相處方式，不是好多了？再說，你沒聽說嗎？狗比男人可靠忠實，與其找個不稱心的男朋友，不如養隻好狗。你對狗狗負的責任是有回報的。」金超摸著小狗的頭，若有所指地說道。

「好吧！你不用說那麼多好話，我看見牠第一眼，就已經決定要把牠收下了。毛茸茸的，像個玩具球，就叫牠球球好了。」

「球球不好，聽起來像要乞求什麼？」金超皺了皺眉頭。

「我覺得倒沒什麼，求就求，人活著，本來就是要求生存，求權力，求財富，當然也包括求幸福。人其實是很弱小，你可能不覺得，因為你含著金湯匙出生，沒有經歷過我們這些社會底層人的生活，不知道我們的生活有多艱辛。」任菲菲擺弄著手中的小狗，很感慨地說道。

金超沒有接話，只是淡淡地一笑。

「當年為了多掙幾塊錢，我媽刨地種菜，還要早早起來挑幾十公斤的菜去賣。從小我就看著扁擔兩頭沉甸甸的菜筐，壓在我媽的身上，就像兩塊石頭壓在我的心上一樣，六七十公斤的菜呀！每天這樣挑，你能想像嗎？下雨天，滑了一跤，爬起來，吭都不吭一聲，在黑暗中繼續走。我媽年輕時也是個美女，可是她從來沒有漂亮過，可能她自己都不知道自己漂亮，到了現在四十多歲，背都已經有些彎曲了，也漂亮不起來了。她比你媽媽年紀小，可是看上去比你媽媽要老十多歲。我記得讀大學的時候，我媽膽囊炎發作，疼得不行，我扶著她在路邊要搭計程車去醫院，因為她穿著破舊，衣服上還沾著泥巴，三四輛計程車開過來，一看我媽這個樣子，馬上踩了油門就走，你知道當時我有多傷心？後來我發誓要讓我媽過上好日子，我自己要有車，而且要很好的車，接送我媽。」任菲菲的聲音顫抖了起來，「為了我媽，為了自己，求一求人又有什麼關係呢？」

金超尷尬地笑了笑，他並非能深刻明白任菲菲的感受，但自己何嘗又不是在求人中生存。但他無法想像，他內心默默欣賞著的這個女孩，包小志跟他說過的關於她的污言穢語，他根本無法放在她身上，此刻，他突然覺得那些都不再重要，誰都有難言的苦衷，不能輕易地就看輕一個人。

有了球球的陪伴，任菲菲在家的日子的確就沒那麼孤單了，她給小狗做飯，幫牠洗澡，帶牠出去遛彎兒，自己的心情也開朗了一些。

「你總算是接電話了。」任菲菲再一次打電話給他，電話響了很久，這讓任菲菲本來還算平靜的心，突然變得不安起來，直到聽見秦川那一聲平淡的「喂」。

「你明天休息嗎？」

「有什麼事嗎？」在回答之前，秦川重重地呼了一口氣，像是鬱積在心中久散不去的烏雲，被重重地推開。

「我，我想你陪我去郊區的一個寵物訓練學校。我想送我的小狗去上上課。」任菲菲的聲音不像往常那樣有居高臨下的權威感。

「你養了隻狗？」秦川問。

「嗯，」任菲菲安靜了幾秒後，接著說：「我現在一個人住，有隻狗陪我比較好。」任菲菲儘量把語氣放得很平穩。

「狗很聰明的，你自己教一教就可以了，何必送到學校去學？錢多沒地方花啊？」秦川很不屑。

任菲菲在電話那邊沒有說話，只聽到呼吸的聲音。

「好吧，明天我陪你去。」最終的結果，秦川依然會選擇對任菲菲妥協。

任菲菲把社區地址告訴了他，掛了電話。球球溫柔地看著任菲菲，大眼珠子又黑又水，牠搖了搖尾巴，縱身一躍，跳上沙發，小腦袋一鑽，整個身體蜷在任菲菲的腿上，像一個黑色的毛線團，安靜極了。牠時不時警覺地抬起頭，用發濕的鼻頭呼吸，發出一絲絲聲響，見主人沒有動靜，牠又耷拉下腦袋，閉上眼睛。任菲菲充滿愛意地摸摸牠的小腦袋，牠伸伸脖子，又窩著睡了。不知道這些狗狗的小腦袋裡想的是什麼，只要有了主人，就可以吃得香，睡得熟，沒有多餘的煩惱，不管主人是貧是富，牠悠然自得。如果人的虛榮心和安全感也能這樣容易滿足，那快樂的人就會更多。

和任菲菲的約會，秦川從來不曾遲到，他早早地站在任菲菲家樓下。他雖有心理準備，但仍被這社區的高檔豪華所驚訝：中心湖泊，小橋流水，綠樹掩映，古木參天。還有網球場、籃球場、羽毛球場及健身館等等。不知什麼滋味從他心底湧出。

「你瘦了。」任菲菲看見秦川的第一眼就看出他的變化，本來還算壯實的秦川，確實有些消瘦，臉上還帶著憂愁。白色的T恤把本來就黝黑的皮膚顯得更加突出，他從牛仔褲左邊的口袋裡（是任菲菲買給他的那條牛仔褲）摸出一包香煙，抽出一根，點燃。他抽得很緩慢，他深深地吸進一口，然後又緩緩地吐出煙霧來，他試圖把煙霧做成一個個圓圓的煙圈，慢慢地向地面墜去。

球球仿佛有靈氣似的，一出單元門，搖著尾巴就朝秦川跑過去，完全沒有發揮平時看家護院的警惕性，一臉賴皮，兩隻後腳支撐著整個身體蹦跳著，前腳儘量要趴在秦川的腿上，要他抱。秦川把還沒有抽完的煙夾在指間，彎下腰，把球球抱了起來。顯然是被煙味熏到了，球球頭一縮，歪了歪嘴巴，像人一樣，有些嫌棄這個味道。這個滑稽的動作逗笑了秦川。

「你還是個不抽二手煙的健康狗嘛！好，我不抽了。」秦川放下球球，也把手中的煙頭扔在地上，用腳踩滅了。

「你開吧！」一身休閒運動裝的任菲菲走過來，遞了一把車鑰匙給秦川，同時用眼睛指了指那輛停在路邊的銀灰色奧迪Ａ４。

秦川接過鑰匙，打開車門，調整了後視鏡和座位，他沒有問，因為在他心裡，無論任菲菲出現怎樣的狀態，他都已經不會覺得驚訝了。

「你現在應該過上你想要的生活了吧？」車開出去了很遠，秦川才開口說話。

任菲菲坐在副駕駛的位置上，在她懷裡的球球怎麼也不肯老實坐著，不停地掙扎著站起來想看窗外。

任菲菲雙手抱著球球，冷笑了一聲，沒有回答，感覺得出，她也不想回答。

秦川用餘光掃過任菲菲的臉龐，他曾經那麼熟悉的側臉，如今還是那樣清秀漂亮，只是那種感覺已經有些許的陌生了。路邊的梧桐樹已經長滿了葉子，夏天已經來了，曾經還是孩子的他們，在樹下，他為她抓過掉在頭上的毛毛蟲。她尖叫著用雙手蒙著頭原地打轉，那個充滿稚氣纖細的聲音，似乎還在秦川的耳畔回蕩著。那個時候他是她的依靠，她對他完全的信任和依賴。而眼前被頭髮隱約遮住的，彷彿不是那張熟悉的臉，與自己隔著幾個光年的距離。

然而，秦川內心的感受在到達寵物訓練基地之後，就又煙消雲散了。為什麼會這樣，他也說不清。照他自己的看法，這就叫賤，或是一物降一物，或者乾脆說那就是命。很快。他就像個優秀的男朋友一樣，一邊帶著球球學這學那，一邊怕任菲菲被太陽曬，打傘遮水，什麼叫體貼到羨煞旁人，這個時候算是體現了。

寵物上訓練課程是要交給專人訓練的，主人只是在開始的時候帶著狗與馴獸師熟悉。所以球球要在基地至少學習一個月，一天的培訓費用就是幾百塊，任菲菲眼睛都沒眨一下。一起參加寵物培訓的其他人，從他們的眼神中，大家覺得他們倆應該是富二代。否則不會有錢有閑地選擇星期二，開著奧迪車來訓練一隻這麼小型的觀賞犬。

送任菲菲回到家，秦川下了車，沒有多說什麼，轉身就準備離開。

「喂，陪我去喝一杯吧！」任菲菲叫住了他。

秦川站住了，轉身看了她一眼。

「球球待在訓練學校，也沒有人陪我，你就行個好吧！」任菲菲的語氣帶著撒嬌，也有些懇求。

因為要喝酒，任菲菲沒開車，她和秦川走在社區的路上，來往的都是高級的轎車，走路的人很少，保安不時騎著電動車，拖著一條訓練有素的狼狗，在這個高檔社區裡巡邏。

「那條狗咬過我們家球球。」任菲菲指著剛剛跟著保安的電動車過去的那條狼狗對秦川說。

「哦？」秦川淡淡的。

「球球是初生牛犢不怕虎，吃虧了，才知道鍋兒是鐵打的，胳膊怎麼扭得過大腿，你說是吧？」任菲菲說著，把手輕輕地挽在秦川的手臂上，那麼自然。

娛樂場所昏暗又閃爍的燈光讓城市的夜晚變得迷離性感，人們的眼神中晃動著曖昧。喝過酒的任菲菲，眼神更是朦朧迷人，她不停地給自己和秦川的酒杯裡加滿酒，還是她常喝的黑方加蘇打。秦川一口一口地喝，她卻一杯一杯地乾。喝到高興時，倒在秦川的懷裡，跟著舞台上的歌者一起唱著歌。

路燈像一個個忠於職守的衛士，照著通向遠方的路。秦川輕扶著任菲菲的肩膀，看她雪白的皮膚就在面前隨著呼吸高低起伏著，他內心掙扎著，掩埋已久的感情又被抹開了，灰塵揚起來，嗆得眼眶濕潤。

「秦川，你還喜歡我嗎？」任菲菲突然伸手勾住他的脖子問，嬌滴滴的樣子惹人憐愛。

秦川突出的喉結抖動了一下，沒有回答，只是很溫柔地撫摸了任菲菲的頭髮。當然，理智立即止住了他：她又是在說醉話。

「我喜歡你，呵呵！」任菲菲用了揚起的聲調，然後嬌媚地一笑，讓聽者不知道前面的一句是認真還是開玩笑。說完，她繼續把頭埋在秦川的胸口，雙手環抱住他的腰間，不時抬起頭，親吻著秦川的脖子和下巴，根本不顧及周圍人群的眼光，像個賴皮的小孩，秦川也不好把她推開，只好由她任性撒嬌。

秦川輕輕把任菲菲的房門拉上，從門縫透進來的最後一道光線從任菲菲的臉上消失，兩滴不急不緩的淚珠從任菲菲的眼角流下，橫穿過鼻樑，滴到雪白的枕頭上。任菲菲握著拳頭，緊緊拽住枕頭的一角。無聲的眼淚在黑夜裡似乎更加悲傷。

秦川是被一陣鬧鈴吵醒的，到上班的時間，他坐起身，覺得腰背一陣酸疼，才意識到自己沒有在自己家。

「一定不好睡吧？不好意思，昨天晚上還讓你照顧我。」任菲菲打開房間門，從裡面走出來，已經換上了睡衣。

秦川驚訝地摸了摸蓋在自己身上的毛毯，「你沒睡好，喝太多了。」他似是而非地回答了一句。

「我這裡有麵包牛奶，我已經把牛奶熱了，你吃一點去上班吧，別耽誤了。我再接著睡一會兒，走的時候你把門帶上就可以了。」任菲菲說完，轉身關門進了房間。說話的態度和語氣，完全沒有了昨天晚上喝醉酒時的溫柔和多情。

回到床上，任菲菲並沒有躺下，她坐在床上，雙手環抱住雙腿，下巴放在膝蓋，她聽著屋外秦川的動靜，秦川沒有吃任何東西，從洗手間出來，就關上門離開了。

「秦川啊秦川，你為什麼不是個有錢人呢？如果你的家境好一點，我們是不是就能夠在一起呢？老天啊，為什麼這麼殘忍，讓我的身心如此分離。」緊皺著眉頭，任菲菲又睡了過去。

再醒來的時候，窗外已經是一片大好的陽光，她揉揉烏黑如瀑布般的長髮，走到梳粧檯前，把才收到的一對鑽石耳環，拿了出來，放在耳朵邊比了比，這是一對VVS，G成色的耳環，在陽光下是那麼璀璨，晃得人眼睛都睜不開。

17

這是任菲菲在新居接待的除王總和秦川外，真正意義上的第一位客人。

「球球，把鞋子叼給姐姐。」任菲菲指著鞋櫃，讓球球給馮霞拿拖鞋，球球也真的像聽懂話似的，屁顛屁顛地走到鞋櫃旁邊，叼了一隻拖鞋過來，放在馮霞面前，然後又重複了同樣的動作，叼了另外一隻過來。

「球球，坐。」任菲菲很享受球球經過培訓學校學習之後取得的成果，完全地服從命令，也沒有之前毫無章法的頑皮搗蛋。

「哎喲，你家狗狗也太可愛了。」馮霞甚是歡喜地把球球抱起來，球球也怪了，其他人經過門口，牠會不停地吼，看見馮霞來了，反而很親熱，不僅讓抱，還不停地舔馮霞的鼻尖，逗得馮霞躲也不是，讓也不是。

「你用點兒零食逗逗牠，牠還會表演絕技呢！」任菲菲很是得意地想要讓球球展示一番。

「牠還會絕技？」馮霞有些不相信。

只見任菲菲剛從櫃子裡拿出零食來，球球就像已經知道要幹嘛了，一個勁兒地往上蹦，張著嘴巴，「哈哈哈」激動地喘著粗氣。

「不許跳了，滾圈圈。」任菲菲拿出一根豬肉條誘惑道，一看見這致命的誘惑，球球就馬上睡倒在地，裹著捲毛的微胖身體順勢滾了一圈，然後立刻機靈地坐起來，用渴望的眼神看著任菲菲手裡的零食，任菲菲當然也及時地把豬肉條餵到牠嘴邊。

「再和姐姐跳支舞。」

「汪！汪！汪！」球球跑到音響前叫起來。

「呵，球球要音樂伴奏才跳。」任菲菲摁了開關，音樂響起。

因為狗狗個小，任菲菲只有坐在沙發上拉著牠跳。球球雙腳直立，一會轉圈，一會扭屁股，一會又擺擺頭。牠那有模有樣的紳士風度讓兩個姑娘笑得前仰後翻。

「你來試試。」任菲菲把手中的豬肉條遞給了馮霞。

「牠會聽我的嗎？」馮霞懷疑。

「你試試不就知道了。」

馮霞點點頭，然後抽出一根豬肉條，「來，球球，滾圈圈。給個面子，讓姐姐見識見識。」

球球歪著腦袋奇怪地看了看馮霞，覺得這個命令似乎來得有點陌生，但是看見主人笑眯眯地看著自己，牠覺得應該也是可以得好處的吧，於是站起來，抖了抖身上的毛，一個漂亮的翻滾，然後一副得意的樣子，笑哈哈地準備接受零食的犒賞，可愛又滑稽。

球球和馮霞玩著，任菲菲在廚房準備奶茶。後來，馮霞在客廳看電視，球球也就很安靜地睡在馮霞的腳邊，小腦袋靠在馮霞的腳上，溫溫熱熱的，舒服極了。睡到熟了，還會發出「嗚嗚」的聲音，據任菲菲的觀察，應該是做夢了，真不知道，這樣可愛的精靈夢裡，會做些什麼內容，應該也無外乎吃吃喝喝，跑跑跳跳的事兒吧！

喝著奶茶，吃著點心，馮霞問：「你這房子太豪華啦，我什麼時候能住這麼好的房子，死了也值。」

「呸呸，說什麼死不死的呢！這是公司給我租的。」任菲菲有意淡化這件事。

「王總他們公司對你太好了，當然，也說明他們有眼光，你是個難得的人才。真的，你離開以後，銷售額都下降好多，金超和他爸爸都鬧僵了！」

「我知道你是我的好朋友，就不要吹捧我了，吳瓊、方舟她們，也很不錯的呀。」

倆人又說又笑，球球不高興了，就衝著她們叫起來，像是不甘於受冷落一樣。

「你別看牠小是小，也是個伴，是個生命，甚至是個守護。前幾天晚上，我睡熟了，球球也睡在我房間裡，突然瘋狂地吼叫起來，把我嚇醒了，我當時也沒反應過來，以為牠是要上廁所，就傻乎乎地打開房間門，誰知道牠沒去廁所，而是飛奔下樓，對著客廳的窗子使勁吼，我那個時候才聽見窗子外面有聲音，就趕緊報警，員警來了，發現我客廳的窗子已經被撬開，員警說肯定是有小偷準備進來。你說如果不是球球在，我有多後怕？」任菲菲一邊說，一邊抱起球球，愛撫著牠，「所以現在把防盜窗重新裝了個新的。」

「真是機靈勇敢的小傢伙，」馮霞有些佩服地摸了摸球球的腦袋，「不過你一個人住，的確是有些危險。」

「危險，可以通過增加外部措施來減少不安全的隱患，但是孤獨，是更加可怕的。有的時候累了，看著電視睡著了，半夜冷醒，看看周圍一個人也沒有，連幫我蓋個毯子的人都沒有，只有球球安靜地陪在我身邊，給我一些溫暖。雖然牠不會說話，但是我說什麼，牠好像都會明白一樣。」

「是啊，球球真成了你的家人了。」

「我心情不好的時候，牠也就跟著鬱悶，很識趣地不來煩我，如果牠看我高興，就會頑皮地跟我鬧，叼牠的玩具來給我，讓我跟牠玩。」

「真是很通人性！」馮霞很是驚訝球球的靈性。

「有一次，我帶牠下去玩，不小心把牠的玩具丟到了我們社區旁邊的小河裡，撿不到了，牠不敢跳下河去，只好憂傷地坐在玩具掉下去的地方，不肯跟我回家，一直傻傻地盯著牠那個心愛的玩具，那種傷心的表情，真讓我難過，我喊了牠很多次，牠都不回來，看看已經走遠的我，又看看漂走的玩具，糾結了很久，我只好走過去，跟牠說，再給牠買一個新的玩具，牠才一步一回頭地跟我回家。」

「那你給牠買了嗎？」

「買啦，買了個一模一樣的。答應牠的話，一定要做到。我是牠唯一信任的人，牠是我最忠實的朋友，不能辜負牠。」

馮霞點點頭，她明白任菲菲的境況，她不可能回到自己父母的家裡，她已經形成了她的生活方式，是不甘心回去的，所以眼前這個小生命，不僅僅是一個會跑會跳的動物那麼簡單，牠的血肉完全以一種不可探測的方式給予著任菲菲力量。

「秦川，你最近好像不太愛說話呀？」小娟問。

剛剛吃完中飯，洗碗池邊只剩她和秦川，小娟先打破沉默。

「嗯，還好吧，工作太累了。」秦川頭也沒抬，冷冷地回答，然後繼續洗碗。

小娟擰緊了水龍頭，抬著洗好的口缸，一動不動地站在秦川旁邊。秦川這才慢慢地轉過頭，看了她一眼，此時的小娟漲紅了臉，像是正在充氣的氣球，再充一點就會爆炸的樣子。秦川不解地看著她。

「秦川，你到底哪裡有問題？」憋了半天，小娟的第一句話有點出乎意料，「我看你不是心理有病，就是傻子一個。」

「我沒病。」秦川回過頭繼續洗碗。

「你沒病，那你怎麼……」

還沒等小娟說完，秦川馬上就接話，「我知道你對我好，可是我還沒準備好，你是個好女孩，我怕耽誤你。」

本來臉上還帶著些許責怪表情的小娟，一下子愣住了，看著秦川遠去的背影，眼淚撲簌撲簌地流下來。「沒準備好，那我等你啊！你幹嘛說得那麼絕情？」小娟委屈地小聲罵道。

回到家，秦川習慣性地把電腦打開，他的QQ是自動登入的，但是設置成「隱身」，他的好友欄裡面只有一個名字「動人芳意菲菲」，這是任菲菲的網名，任菲菲曾經告訴他，「動人芳意菲菲」這句話來自宋代張炎的一首詞，「款竹門深，移花檻小，動人芳意菲菲」，他也不太明白這些陽春白雪的東西，只覺得反正這個人是讓他可心動情的，他每次上QQ，唯一做的事，就是等著「動人芳意菲菲」的頭像變亮，然後他再把自己的頭像也變亮，如果「動人芳意菲菲」找他說話，他就會很興奮地停止所有的網路遊戲，如果「動人芳意菲菲」一直不說話，那他就默默地陪著她，一直到她的頭像變成灰色，他才黯然地下線。今天，他盯著已經線上的「動人芳意菲菲」，許久都沒有改變自己「隱身」的狀態。他反復回想著他曾經給過任菲菲的承諾，會一直遠遠地守護她。可是心裡隱隱作痛的是她和趙旭的曾經，她和現在這個他沒有見過的隱形人，也許還有許許多多個他不知道的隱形人，他越想越覺得喘不過氣。

可是，他又氣什麼呢？任菲菲與他的關係，他開始還有些不明白，為什麼她總是在酒醉之後，就會找他，並且說愛他的話，甚至做出不理智的動作，可是，一旦她清醒後就馬上與他楚河漢界？現在他明白了，這社會就這麼現實，能怪誰呢？只能怪自己太窮，也沒有拿得出手的本事。

「秦川，對不起，今天說的話不太合適，你不要放在心上。我，我只是希望你能快樂一點，你太憂鬱了。」

不偏不倚就是這個時候，小娟發了訊息過來。小娟不是特別漂亮的女孩，但是有著滿臉單純的笑容，似乎有著融化堅冰的能力，所以人緣特別好。一次，單位組織去爬山，下山的時候，幾個年輕人想另闢蹊徑，走了一條小路，任菲菲正好打電話來，秦川接電話的時候一個不小心，摔了一跤，額頭碰出了血，是小娟不顧危險第一個衝到他面前，幫他沖洗傷口，看著不停冒出鮮血的傷口，小娟的眼淚也不停流，可是她還是堅持著幫他包紮。末了，她還倔強地說，她哭是因為怕血，但又覺得男生做事不細心，一定要親自對傷患實施救援。想到這些，秦川的嘴角泛起一絲微笑。

「謝謝你，小娟，別為我擔心。」秦川回覆。

18

烈日炎炎的曼谷街頭，趙旭和包小妮在市區的商業區閒逛，包小妮一隻手抬著摩卡星冰樂，一隻手被趙旭牽著，而趙旭的另外一隻手提著包小妮剛剛買的名牌衣服和包包。曼谷的陽光很熱烈，又帶著濕潤，身體像是裹著一層塑膠布，悶熱又不透氣，空氣裡還有泰式的酸辣味道，包小妮吸著星冰樂，嘴裡喊著肚子又餓了，可他們剛剛才吃完海鮮大餐。

「你怎麼比個男的都還能吃？」趙旭的口氣，明顯不太愉快包小妮的好胃口。

「能吃又怎麼樣？我又沒吃你的。」包小妮很不愉快趙旭的語氣，她也是大小姐，怎麼可能忍氣吞聲，當然是立刻反擊，已經不是談戀愛的時候，還有些唯唯諾諾，畢竟在他們兩個人的感情中，包小妮一直處於下風，一直是她喜歡他多過他喜歡她，而且多得很多，她百般討好、示弱，生怕和趙旭的婚事有任何的變動，現在已經是煮熟的鴨子，想飛也難了，於是她也不再壓抑自己。

「我又沒說你吃我的，你激動什麼？」趙旭嘟囔了一句，把包小妮的手一摔，自顧自朝前走。

「你幹嘛呀你？你想在這裡甩了我呀？你想都別想，你要和我脫離關係容易，你們家可脫不了和我們家的關係。」包小妮快步上前，追上趙旭說。

聽到這句話，趙旭心裡更不是滋味，但他又不得不緩和下態度來，關於這個話題的延伸爭吵，從來都毫無意義。他慢下腳步，再次牽起包小妮那隻落空的手，「好了，好了，又不是什麼大事，咱們不吵了，啊！」趙旭軟化了語氣。

包小妮到底也算識趣，見趙旭示弱了，就不再耍脾氣，順著趙旭走了。

他們吵架的確也都不是為了什麼大事，大吵也沒有過，但是彼此心中都知道，這是一種禮貌性地相敬如賓，包小妮無法跨越趙旭心中的鴻溝，趙旭內心也設著查崗放哨的衛兵，讓包小妮不能前行半步。但是包小妮喜歡趙旭，她可以用除了感情的任何方式去討好他，她覺得自己很累，很委屈，她一個人的時候，也常常想過放棄，為什麼要對著一塊如木頭一般的人付出那麼多，像一塊千年的冰川，怎麼也捂不化。但是一旦看見他的臉，再想到自己的家庭需要搭上這樣的關係，她又心軟和妥協了。包小妮雖然生活在這樣一個富裕的家庭，萬千寵愛，但是她並不很任性，她算識大體顧大局的。

曼谷計程車內的後視鏡上大都掛著白色的花環，儀錶台上供著金佛，不是所有的司機都捨得開空調，包小妮和趙旭忍不住高溫的天氣，要求司機開空調，司機的英文大都還不賴，很快地說了些什麼，就把車上的空調打開，把窗子關上，之後就開始熱情地介紹曼谷好吃好玩的地方，只是趙旭他們經常聽得懂八分，可是回答不了六分。雖然溝通不算很順利，但是他們彼此的臉色都帶著笑容。包小妮喜歡到泰國度假，就是因為那裡不僅美食多，人也可愛。商場裡賣東西的男生，很年輕，長得清秀，聲音也奶聲奶氣的，嗲得讓人骨頭發酥。不過你不會覺得不舒服，倒還覺得有點可愛，包小妮很奇怪怎麼這麼多人年紀輕輕就出來工作，而不在學校讀書。可是泰國人讀大學的比例其實並不太低。但不可否認，泰國是一個貧富差距很大的國家，不然不會有成群的窮孩子選擇變性手術，成為舞台上短暫美麗的煙火，瞬間噴發，瞬間消逝，他們用他們的昇華，換得了一家人的富足嗎？包小妮不得而知。

「趙旭，吃這個，辣牛肉沫配飯，很好吃的。」包小妮笑眯眯地餵了一勺牛肉到趙旭的嘴邊，趙旭看了一眼，很不情願，但是還是一口吃下了。

不知道從什麼時候開始，任菲菲已經習慣了慢悠悠的早上時光，她不用像一般的上班族那樣，起早擠公車，她需要做的，是把自己打扮好，光鮮亮麗地出門便可。可以靜下心來裝扮自己的人，肯定衣食無憂，對於曾經那個卑微的灰姑娘，命運的變幻莫測是每個不經歷其中的人都無法明白的。

「菲菲，你準備準備，我們下午一點的飛機去三亞玩兒幾天。等會兒司機會來接你。」電話那邊的聲音，任菲菲再熟悉不過了。

「哦，好啊！」任菲菲的語氣很興奮，只有她自己知道，那多少有些偽裝的成分。

掛了電話，她從衣櫃裡拖出ＬＶ的行李箱，上面還粘著半個月前去上海時托運的行李條，她把才買的幾條波西米亞長裙從衣架上取下來，商標還在，她拿出剪刀，剪了然後扔進垃圾桶，又稍微疊了疊放進箱子裡，沒有一般女孩出去旅遊的興奮感，平靜的表情讓人覺得那無非是一次普通的出差。

「怎麼了？怎麼不開心？」車上，王總問。

「張師，你一定要幫我把球球照顧好。」任菲菲沒有回答王總。

「原來你是擔心這事兒啊？」王總用他那粗糙的手捏了捏任菲菲的臉蛋，「張師傅辦事，你一百個放心！」

本來陰沉沉的臉正呆滯地望著車窗外，被這麼一捏，她馬上恢復了笑容，「沒有不開心，只是昨晚沒睡好，有些犯睏。」任菲菲馬上微笑著，小鳥依人地窩到王總懷裡。

王總很受用地摟著她的肩膀，在她圓潤但不算白皙的手臂上下摩擦著，因為從小幫母親幹過農活，任菲菲的手臂並不只是些細皮嫩肉，還有一點緊實的肌肉，由粗糙的手摸起來，手感還是不錯的。車子是王總新買的寶馬７６０，後排空間很大，兩個人這麼摟抱在一起，多餘的空間更是巨大。

任菲菲蜷著腳，縮靠在沙發上，面向大海，她穿了一件淺藍色的牛仔襯衫，裡面穿著一套藍黃條紋的比基尼，陽台的落地窗，她打開半扇，紗簾隨著風，擺動出忽強忽弱的旋律，這是家超五星酒店裡的豪華套房，裝修和裝飾都很講究，據說連放在茶几上的銅製天使，都是從德國買回來的，任菲菲知道，這裡是富人的天堂，沒有做不到的，只有想不到的。現在只是早上的五點多，她睡不著了，她回頭看了看還在床上躺著的那個男人，四仰八叉還打著呼，那是一夜翻雲覆雨過後最痛快地睡眠吧，畢竟這個男人已經不再年輕了，任菲菲沒有覺得噁心。在這個男人身上，任菲菲找到的除了成熟男人能帶給她的安全感之外，還有金錢上的虛榮和性事上完全的滿足。這樣的低俗但又真實的感覺，只可能深深地埋在她心底，她也從來沒有在趙旭或者秦川身上得到過。她雖然不願意承認自己其實就是別人的情人，但是她沒有思考過未來地接受著這樣的現實，又或者是她不敢去想未來。她常常覺得，如果沒有金董事長冷酷無情的侮辱，也許她不會走上這條路；如果金超稍有一點男子氣，為她撐起一個脊樑；如果秦川有能力，給她一個依靠；如果自己出生在一個好一點的家庭，讓她不至於那麼無力，如果……一旦她開始追溯的時候，腦子就開始混亂如一鍋粥，就會遇到極大的阻力，然後她拒絕再想。

窗外漸漸亮了起來，是太陽該要照耀到這一半地球的時候了，一道強烈的光線被籠罩在雲層後面，像是要突出重圍，可是又在等待著時機。這個時候會靜靜等待日出的人應該不多吧，如果有，該多是些或寂寞或幸福的人吧！寂寞的人熬過了一個黑夜，幸福的人迎來新的一天。任菲菲覺得有點冷，她把雙腿更加抱緊，下巴壓在兩個膝蓋的中間，烏黑的長髮懶懶散散地垂落在額前，她不知道，自己的美，已經多了那麼多的憂傷，看得圍繞在旁邊的天使都會落下眼淚。

來三亞，不單單是度假，王總又有了別的打算，他要在這裡的珠寶城租一層鋪面做玉石生意。

「讓我到這裡來幫忙吧？」任菲菲很少會直接提出什麼要求，這樣一說，讓王總有些詫異，「我怎麼捨得美麗的小鳥離開我的身邊！以後再說啊？」他先愣了一下，然後捏了捏她的臉蛋說道，算是拒絕了。

「是等你厭煩我的時候吧？我也想自己獨立做做事呀！」

「你怎麼把我想得那麼壞，以後我會給你機會的，我說話算話。」

「會有機會的，會好起來的。麵包牛奶都會有的。就等著王總的恩賜吧！」看著即將破雲而出的太陽，任菲菲低聲自我解嘲道。

王總假裝沒有聽見。

機場大廳裡，任菲菲戴著寬邊的草帽，戴著墨鏡，穿著波西米亞風格的紅色碎花長裙，背著一個ＬＶ的水桶包，在人群裡很明顯，王總陪在她身邊，也戴著墨鏡，從接站廳一出來，兩人迅速上了幾天前送他們來機場的那輛寶馬７６０，司機在後面搬著行李。

真巧了，不遠處一輛路虎，也在等待著他的主人。站在路虎旁邊的，是剛剛蜜月回來，並且已經看到任菲菲的趙旭和包小妮。

「看什麼呀？我在旁邊還這麼大膽？」包小妮很不爽地揪了趙旭的耳朵，她也忍不住多往那邊看了一眼，「哼，就算是美女又怎麼樣，又不是什麼好東西，看那男的那麼老了，女的那麼年輕，肯定是小蜜、二奶之類的貨色。」她顯然沒有認出是任菲菲。

趙旭回過頭，不再看，沒有回答包小妮的話，他當然認得出戴著大大墨鏡的任菲菲。

包小妮還算滿意趙旭的表現，也沒再多說什麼，只是輕輕地「哼」了一聲，「破壞別人家庭的人，最後肯定不得好死。」包小妮言辭，顯然很具有傷害性，雖然被說的人不會聽見。

「拜託你有點口德，不要一天死不死的掛在嘴邊上。人家命沒你好，你用得著這樣咒人家嗎？如果人家也像你這樣是個有錢的大小姐，人家何苦？」趙旭聽到她這樣的話，內心當然激起一股怒火，但是他又不得不隱忍下一半火焰，他不能讓包小妮看出自己內心隱藏的其他東西。

包小妮沒有回嘴，只是委屈地掉下了眼淚。她意識到了自己的失態，但是卻接受不了趙旭這樣嚴厲的指責。扭過頭，不願意上車，搞的司機很為難。

看包小妮半天沒上車，趙旭探出頭去，才看見包小妮正可憐巴巴地站在車尾抽泣著，他收進身體，歎了一口氣，彎腰，鑽出車，很男人地一把摟過包小妮，把她低垂的頭壓在自己懷裡，「好了，別哭了。我說話說重了。」趙旭揉著包小妮的肩膀，下巴壓在包小妮的頭頂上，遠遠地看起來，真的是璧人一對，男帥女靚，名車襯底，這該是每個女孩子的夢想吧？

至少坐在寶馬裡的任菲菲，看見這一幕，她是這麼想的，她全身突然有種隱隱的痛在上下亂竄，她極不舒服，她想噁心，但是她忍住了，眼淚被這麼一忍，反倒更是要湧出來。

19

回到家，球球像瘋了一樣歡迎他們。任菲菲覺得胃裡一陣難受，衝進廁所嘔吐起來。

「怎麼了？不會是？」男人遞過幾張餐巾紙，語氣很緊張，但是聽不出來是高興還是意外。

「沒有，我月經才結束的。放心，我有吃藥。」任菲菲用餐巾紙小心地擦了擦眼睛，然後很認真地看了男人一眼，「如果我真的有了，你是高興還是不高興？」任菲菲又一次把臉貼到了離男人大概只有1釐米的距離。

男人下意識地往後靠了靠，「沒有的事，幹嘛要如果？有了再說嘛！」

「不行，一定要現在說。我想知道。」任菲菲更是撒嬌般地把睫毛都刷在了男人的臉上。

王總無法再往後靠了，他眼睛瞟向遠方，臉上沒有表情，沉默，反倒說明了他正在思考。

「如果你真想生，那就生吧！」王總思考了許久，說了一句。

「為什麼說得那麼淒涼？」

「是你非要讓我說啊！」王總依然沒喜悅或是不安的表情。

「你不會為了我離婚。你現在可以讓我享受所有的一切，只是因為我年輕漂亮，而且你現在還有那麼一點愛我，我可以占著這份愛，讓你在物質上寵我，但是我始終是空虛的。特別是當你對我不再有感情的時候，我會變成一個礙眼的東西，也將會一無所有。」任菲菲一眨不眨地盯著男人說。

也許是說到了男人的痛處，王總把任菲菲更緊地擁在懷裡，像抱著一個易碎的酒瓶，也擔心著裡面的香氣會忍不住四溢到空氣中。

「給我一個可以保留久一點的東西吧？」任菲菲大大的眼睛，就快要掉下淚來了。

「寶貝，怎麼了？怎麼突然傷心起來？」王總有些慌亂。

「沒有，我只是突然很想要一個屬於你的孩子。」任菲菲環抱著他中年發福的肚腩，頭靠在上面。

「傻瓜，你還年輕，我已經老了，不論從外表或者精力上來說，我都不能陪你很久。總有一天你會嫌棄我，或者當你找到你的真愛時，你就先拋棄我了。」王總揉了揉她的肩膀，用身體語言表示安慰。

「不，我要一個你的孩子，這樣，就算你不要我了，我還有個孩子。不然我太可悲了。」任菲菲更緊地抱著王總的肚腩，她怕失去一樣地用著力，不管王總已經被她抱得呼吸困難了。

「難、難、……」

「什麼？要男的？」任菲菲一聽見「難」字，立刻鬆了手，露出驚訝大過歡喜的表情。

「什麼男的？我是說你抱我，抱那麼緊，我難受。」王總還故意強調了「難」字。

「哼，害我白高興。」任菲菲把大肚腩推開，假裝生氣地坐到一邊去。

「傻瓜，你只是一時任性。養育一個小孩，你以為容易啊？懷孕的時候，我可以提供最好的照顧給你，孩子一出來，最重要面臨的就是教育問題，靠你一個人怎麼辦？小孩心理上就不健全，你捨得你自己的孩子生長在不完整的家庭裡嗎？」王總皺著眉頭。

「你的家庭完整，那也是偽完整。你現在管你的孩子了嗎？你只要經常出現陪陪他就可以了，現在離婚的家庭那麼多，孩子的抵禦能力已經很強了。」

「傻瓜，你這是強詞奪理。離婚的家庭和你一個單身媽媽帶著孩子的情況，還是有很大區別的。如果你是在北京、上海，或者國外，也許可以，人們對你的眼光沒有那麼不友好，但是在我們這裡，你父母都還在，會很艱難的。這不是一時任性能做的事，要負一輩子的責任的。特別是逢年過節的時候，我也不方便到你那裡，你心裡的落差肯定更大，你受得了嗎？」

「我想不了那麼遠，我也不管別人怎麼說。我……」

「好了，寶貝，別再說這個話題了，別犯傻，不會有好結果的。」王總終於還是開口阻止了還想繼續糾纏這個問題的任菲菲。

王總沉默了，他低著頭，玩弄著朋友才從國外帶回來送給他的古董打火機。也許這是他第一次感覺到了任菲菲真實的情緒，任菲菲動心了，那個本來只是帶在身邊顯擺的花瓶，似乎開始認真了。他有些因為征服而得的飄浮感，他也打算過小心呵護這個花瓶，不讓它輕易破碎，但此刻又有些擔心。

女人是一種溫情的動物，有怕被觸碰的柔軟深處，也有被關注的情感依賴，有時會像貓，喜歡獨自躲在暗處，舔舐自己的傷口；有時會像狗，喜歡窩在一堆，相互追逐嬉戲。

「菲菲，我發現你真的是越來越漂亮了，也比上次精神多了。」

「嘴巴塗蜜了？」

馮霞臉一紅，抱起窩在腳邊的球球，親了一下，「我是真心誇你，說得我好像總是在拍你馬屁一樣。」

「你知道我不是這個意思，我是說，如果你對客人也能像對我這麼說話的話，你的銷售業績一定會上得很快。不是說讓你虛假地去吹捧，而是善於發現別人的優點，然後真心地去讚美，別人一定能感受到你的真誠，然後願意跟你打交道。好話誰都喜歡聽嘛！」

「呵呵，菲菲，你說得對，不過也許以後，我不用再那麼賣命工作，看那個可惡的金董事長的臉色。」

馮霞臉上閃過神秘的微笑，任菲菲眉毛一挑，知道有情況了，「快說，有什麼好事？」

「我在交友網上認識了一個男的，最近我和他在網上聊了聊，感覺還不錯。」馮霞臉上有掩飾不住的興奮。

「做什麼工作的？」

「自己做生意。」

「什麼生意？」

「礦石生意！」

「哪裡人？學歷？哎喲，小姐，不要我問一個你回答一個，像擠牙膏一樣，你好好跟我說說他的情況。」任菲菲也替馮霞高興，激動著想知道更多的細節。

「本科生，學法律的，因為自己做生意，有一點錢，但是長相普通，想好好找個乖一點的女孩子過日子，以前的女朋友都是看中他有錢，他受不了。」

「那很好啊，你夠乖。他說他長相普通？有多普通？」

「不知道，沒見過。」

「還沒見過？」任菲菲大叫了一聲，剛喝進嘴裡的茶，差點噴了出來，因為看馮霞的樣子，對這個人好像已經是有七八分的把握了，「那視頻，或者QQ空間裡有照片嗎？」

「他說他的筆記型電腦攝像頭壞了，他不太會玩QQ空間。」馮霞被問得有些委屈，她自己當然也知道沒有見過本人的描述，再怎樣詳細還是顯得虛，但她不願意直面，她又解釋起來，「他最近在外地忙生意，說是買了一塊地，要搞開發，短期內還不會回來。但是一忙完就回來跟我見面。」

「你們就只靠電話聯繫嗎？」一種不太真實的感覺閃過任菲菲的腦海。

「嗯」，馮霞點點頭，「他每天都會打電話給我，我覺得他還是認可我的。」

「通過電話他怎麼知道？」任菲菲懷疑。

「他每天晚上給我打電話，我都在家啊！我告訴他，我聽話是聽話，但不是美女，他說他自己雖然有錢，但是長相一般，有點黑和胖，所以他也不想找個美女，沒意思，他生意忙，太漂亮的老婆也管不了。」

「說得倒是不錯，挺實際的。不過別怪我嘴臭，我所認識的有錢人，年輕一點的，基本上都愛找美女，像電視台的主持人啊、演員啊什麼的，而且美女也愛找他們。所以你要有心理準備，找這樣的人，他在外面的誘惑很大哦！」

「坦白講，菲菲，我也有點天上掉餡餅的感覺，他大不了我們幾歲，但是很懂女人的心思，他跟我說如果我現在的工作，做得不開心，以後和他在一起，他完全有能力把我養得好好的，想工作就工作，不想工作就炒老闆魷魚。他還說如果他的生意做得好，每年送我一個愛馬仕的包。愛馬仕耶，我想都不敢想的東西。」馮霞語氣中有隱藏不住的愉悅。

「他所說的要是真的，阿霞，我真的替你高興，但是你一定不要被他的甜言蜜語迷惑，眼見為實。」看到馮霞心花怒放，任菲菲還是冷靜地潑了她一些冷水。

「我知道了。」馮霞嘴上回答著，被潑了冷水，臉上的笑容卻馬上收了起來，口上不說，心裡不免有些不愉快，憑什麼只可以你任菲菲有錢，我遇到個有錢男朋友，就一定是假的？我是不夠漂亮，但是我善良單純，讀書的時候沒有早戀，工作了，也沒有玩過感情遊戲，老天爺總有開眼的時候，也許真就讓我撿了個餡餅呢？

兩個人的約會就在馮霞的心不在焉中早早結束了，任菲菲開車把馮霞送到家門口，她知道自己過於直白的話讓馮霞很不開心。臨下車前，她握著馮霞的手說：「我們是好姐妹，如果我說了什麼讓你不舒服的話，你不要放在心上，我是真的希望你好。」

馮霞點點頭，的確，自己最大的一筆傭金就是任菲菲幫的忙，還送給母親貴重的生日禮物，一直到現在，大部分的客戶還是靠任菲菲介紹的，她沒有理由懷疑任菲菲的真心，她伸出手，抱住任菲菲，

「我知道，我們情如姐妹。」

「我們會一起幸福的。」任菲菲掌心的溫熱從後背一直傳到馮霞的心裡。

20

披著彩色的麻布披肩，閒散地走在石板路上，任菲菲帶著大大的紀梵希的墨鏡，鏡片裡反射出的藍天依然是那麼藍，那麼清澈，相比昨天晚上遊人如織的四方街，現在已經是超低分貝的安靜了。在麗江，任菲菲喜歡早睡，然後很早地起來，看平靜的流水，彎曲的小路，斑駁的陽光。古城裡的當地老百姓大都搬走了，房子出租給了外地人，讓他們做披肩生意、銀飾生意、開酒吧、開客棧，人離開了，但是味道還在。所以任菲菲喜歡在早上呼吸這些味道，因為夜晚太嘈雜，混雜了太多的外來情緒。

「嗨」，任菲菲散著步，來到一個窗台上擺滿小花的店，店裡的老闆娘正在整理散落在桌子上的書，看見她進來，微笑著和她打招呼，像是老朋友來家裡一樣，不是招待客人般虛假的客套，而真的是一種溫暖的問候。任菲菲取下墨鏡，也同樣溫暖地笑著回答，「嗨，還在收拾呢？給我一份早餐吧，不用著急。」任菲菲慢悠悠地說道。她不得不慢，來這裡就是為了把時間過慢的。

老闆娘對她笑了笑，沒回答好，也沒回答不好。「等會兒我還要掃掃這裡，先到樓上坐坐吧，一會兒就給你弄早餐，不過，樓上有個日本小夥子正在看電影，你介意嗎？」來到麗江開店的人，都說著普通話，如果講得很標準，基本聽不出是哪裡人，老闆娘就是這樣，只是覺得她的語氣很柔美，不是出眾的漂亮，但是絕對溫柔可愛，穿著草綠色的麻質衣服，沒有領子的那種，鵝黃色的棉布九分褲，圍著一條彩色的絲巾，頭髮是未經修飾的學生頭，看起來年紀不大，也就三十歲左右。她突然想起來還有客人在樓上看電影，就專門問了任菲菲是否介意。

「沒關係，我上去等吧！」

「好，我先給你來杯咖啡。」

麗江的店沒有特別正正規規的框架，因為路有坡度，連著的兩間店鋪，門口的台階可能都不一樣，這家之所以會吸引任菲菲，因為店面由玻璃和黑色木框包裹，彩色的小花透過玻璃，很顯眼，沙發有著彩色條紋，上面還放著黃色的靠墊，門是索拉的，但是很不利索，任菲菲費了點兒力氣才拉開，這會兒要到樓上，樓梯也是筆直筆直的，任菲菲往上爬著樓梯，感覺前面的樓梯已經離臉不遠了，她有點擔心下來時候必定有些艱難。

上完樓梯，一轉頭，就看見窩在角落裡的那個日本男孩。看上去大概就是二十來歲的樣子，白白淨淨的，有著兩條直而濃密的眉毛，帶著厚厚的耳機，斜躺在小沙發上，聚精會神地盯著電視機。穿著灰色的T恤，深藍色的牛仔褲，乾淨的深藍色匡威鞋。六十升的黑色旅行包放在他的腳邊。他注意到任菲菲的出現，他把斜躺的身體稍微扶正了一點，用眼神跟任菲菲打了個招呼。

任菲菲也禮貌地朝他笑了笑，然後坐在和他並排的另一個角落裡，因為別的任何一個位置都會被這個日本男孩不經意地瞟到，她翻出隨身攜帶的《曾經》，林夕的新作，捧著讀了起來，一個她很喜歡的作詞人，犀利地可以洞察每個情感細胞的活動，讓傷感的情緒無所遁形。

「咚咚咚」，有人上樓的腳步聲，任菲菲回想起那把筆直的樓梯，心裡還有點發怵，她有點討厭這樣的自己，只不過一把樓梯，那麼多人上上下下，為什麼只有自己在這裡心有餘悸，這樣的小心翼翼讓她自己都覺得受不了自己。

一杯暖暖的咖啡裝在白色的馬克杯裡被端了上來，老闆娘親自送來的，還貼心地準備了兩塊自己烤的餅乾。老闆娘笑咪咪的樣子，很讓人舒服，人有的時候就是靠一種感覺去接近另一個人，一個微笑、一個眼神，一個表情，都傳達著感覺，讓人選擇去接近或者遠離。

「早餐我已經叫廚房弄了，煎蛋、三明治和香腸。」

「聽起來不錯，謝謝！」任菲菲心情也不錯。

老闆娘轉身離開的時候，也朝那個日本男孩笑了笑。男孩一樣回以微笑。

從任菲菲這個角度，正好可以看見電視螢幕，看起來像是宮崎駿的漫畫電影，任菲菲不喜歡看漫畫，不過看他看得這麼認真，也許是有什麼能吸引人的吧，於是任菲菲也打算看一看。這個日本男孩好像感覺到了，他取下耳機，轉過頭，禮貌地輕聲問道：「要一起看嗎？」

任菲菲詫異他的中文說得如此之好，本來應該是拒絕的，也不知怎麼鬼使神差地點了點頭。男孩挪了挪他腳邊的旅行包，然後縮著身體朝裡面再靠了靠，示意讓任菲菲坐過去。如果是在別的地方，任菲菲肯定會警覺，可是在麗江，戒備的心理似乎不自覺地就會鬆懈許多，任菲菲抬著馬克杯，坐了過去。男孩把耳機拔了，這樣可以兩個人一起聽聲音，但是完全是日語，任菲菲根本聽不懂，只能看中文字幕，這樣其實很累，而且對於對漫畫完全沒有興趣的人來說，看這樣的電影，並不享受，但是任菲菲還是安靜地坐著，並沒有表現出難挨的樣子，也許是男孩身上淡淡的海藻泥香，也許是男孩修長的手指和剪得很乾淨的指甲，也許是「無印良品」質地超好的棉T恤，都讓任菲菲頓生好感。

不知道過了多長時間，樓梯上又傳來咚咚的腳步聲，這次的腳步聲比剛才的要沉重一些，果然，上來的是一個男生，看起來就是假期來打工的大學生，他抬著的托盤裡放著兩份一樣的早餐，看起來份量不輕，男孩舉著托盤的手已經開始輕微顫抖了，「我來吧！」日本男孩起身把托盤裡的食物分別放到任菲菲和自己的面前。

男孩有些羞澀地笑了笑，然後輕輕地走了，只是再輕，下樓梯的聲音還是無法消失，畢竟那是把古老的木頭樓梯。

「一個人？」日本男孩先開口。

「嗯，你也一個人？」

「嗯，我喜歡一個人旅行。」

「你的中文怎麼那麼好？」

「謝謝，我在北京讀外國語大學，學的就是漢語。」

男生話不多，幾個短句把事情說完，像他的裝束一樣，簡單，但是舒服。

「第一次來麗江嗎？」任菲菲倒有些好奇了。

「不是，這是第二次來。上一次是和女朋友一起來的，這次一個人。」

這樣說一半，留一半的說話方式，讓任菲菲更是有追問下去的欲望。「那你女朋友呢？」

「分手了。」男孩的臉龐清晰地閃過幾縷憂傷。

兩人瞬間都陷入沉默。

「我從昆明來，你應該去過？」任菲菲問。

「昆明好，那年寒假去大觀樓公園玩，讓我驚呆了，海鷗和人那麼親密，全世界獨一無二。」小夥子露出了笑容，並豎起大拇指。

「你是來回憶過去，還是重新開始？」日本男孩突然問了一個本該是任菲菲問他的問題。

「不過我來，不回憶也不展望，就讓時間淡淡地過去。我本來是個害怕孤獨的人，但偏偏我越怕什麼，就越來什麼，所以我不去回憶，不去設想。」任菲菲有些語無倫次。

「那就是無欲無求？」男孩的表情很認真，有好像是怕用錯詞彙一樣的緊張。

「美美閃閃，你很牛啊！這個詞都知道。」

「什麼是美美閃閃？」男孩不解。

「啊，啊！啊的意思。懂麼？」

「啊、啊，啊，啊！是語氣助詞。」男孩說完做了個怪相。

兩個人會心的笑了。就在這兩人對視的瞬間，任菲菲好像觸了電一樣，感到有些目眩。

只因任菲菲說自己是個怕孤獨的人，日本男生就改了去香格里拉的長途汽車時間，陪了她整個下午。他們去了拉市海、掛了許願牌、到東巴那裡討了代表吉祥祝福的東巴字。

臨上車前，日本男孩抱了抱任菲菲，仿佛是用盡全身力氣那樣，很緊很緊。

「我走了，再孤獨都要快樂地過每一天。」這是男孩留在任菲菲耳邊最後的聲音。

「嗯。」除了答應，任菲菲她還能說什麼？

男孩背著大大的旅行包上了車，他要去香格里拉，那個像天堂的地方。他們隔著車窗揮手告別，夕陽此刻只剩下一圈金黃色，包裹著長途汽車，任菲菲逆著光，看不太清男孩的樣子，她只是不停地揮著手，直到汽車開動，她目送著深藍色的巴士駛出車站，柴油轟出的廢氣，混入空氣裡。任菲菲的心情像剛剛降臨的黑夜，她口裡念著男孩的名字「永井青也」，惆悵像塊帷帳包裹著她。

「我到了，你跑哪裡去了？」任菲菲的簡訊響了。

合上電話，任菲菲飛奔到大街上，攔了一輛計程車，就往酒店趕，打開房間門的一剎那，她不顧一切地撲進那個滄桑而厚實的懷抱，只有在這個男人面前，她可以放下所有疲憊，眼淚再也忍不住地狂流不止。

「傻瓜，哭得這麼慘！」王總依然用那隻粗糙的手撫摸著她的長髮，但是關於原因，他絕不多問一句，一個深諳世事的軀體，怎會不知道這個天真靈魂裡所渴求的東西。

夜裡，任菲菲的手機簡訊響了，手機發出的燈光，讓整個黑暗的房間突然像墜落了一顆星辰。任菲菲從男人環抱著她的手臂中伸出一隻手，從床頭櫃上拿過手機，「我到香格里拉了，這裡的空氣好像比麗江還清新，希望你擁有一夜好夢。相遇是緣分，希望我們都帶著隨緣的心繼續快樂前行。青也」

王總也醒了，伸手把任菲菲的手機順手拿了過去，還不適應光亮的眼睛，半睜著，看完簡訊，「青也？你相機裡那個毛頭小子？」男人關了手機，繼續抱著任菲菲，仿佛沒有任何心情起伏地問道。

「嗯，昨天早上在咖啡店遇到的，然後一起閒逛了一個下午。」

「真有豔遇了，有感覺了？」

「一個註定會分開的人，何必費那個心思呢？」任菲菲回答著，然後把頭埋進男人的臂彎裡。

「那還哭得那麼傷心？」

「不是為了他哭，而是在哭一種不能得到釋放的遺憾，但是如果你沒有出現，我一定會把眼淚忍進肚子裡。」

「傻瓜，這麼多愁善感。」

「我是一個可憐又孤獨的傻瓜，所以註定要多愁善感。」

很快，王總又陷入了沉睡，鼾聲在耳邊起伏，任菲菲想起青也的眼神，不知道為什麼，總讓她想起《東京愛情故事》裡完治的眼神，憂鬱和無奈，他還愛著他的前女友嗎？他今後的旅途中，會不會時常想起曾經在拉市海一起騎馬坐船的自己？會不會記得他騎的那匹溫馴的馬叫小貝貝？會不會記得那片油菜花地，黃和綠是那麼張揚而美好地鋪在大地上？會不會記得划船的納西小夥子說的茶花樹下有情人的約定？會不會記得小橋流水中曾倒影過他們倆的影子？然而，他記不記得是否那麼重要，自己又不是莉香，就算是莉香，也需要離開那顆裝不進自己的心。男人的呼吸帶著淡淡的煙草味道，而他的這顆心是否裝著自己，任菲菲不敢想，有些事情，明明知道結果不是自己想要的，卻還是身不由己地往這個方向去了，這不是選擇，這就是宿命。不管這個男人心裡是否有她，總之他現在在她身邊，粗糙的手緊緊握著自己的手，她很放心。

早餐的時候一口氣喝了兩碗酥油茶。再抬頭看的時候，玉龍雪山剛好撥開雲霧，露出尖頂，她歡呼雀躍，用眼神不住地拜謁著這座麗江的神山。

雪山上融化的雪水，像人體胸腔裡的一條條血脈，佈滿整個古城，給麗江帶去活著的生機，用它來飲食，用它來沖刷街道，只有如此清澈的水源，才能將有著靈性的平靜帶給這個地方，所以任菲菲第一次來了之後，便愛上了這裡，只要她需要平靜和生機的時候，她就會來到這裡。

21

「菲菲，你在哪裡？」電話那邊傳來的是金超焦急的聲音。

「我在家，怎麼了？出什麼事？」事實上，任菲菲還在床上，沒有睡醒，被金超這麼心急火燎的電話吵得神經立刻緊繃。

「你快點來公司，馮霞要跳樓自殺！」

「為什麼？」

「哎呀，我也說不清。你快過來！」

「啊？我馬上來。」任菲菲的心都要跳出來了，已經顧不得多想，隨便抓起衣服穿上，任菲菲就往外衝，球球從來沒見過主人這麼著急，牠也像要參加戰鬥一樣，緊緊跟在任菲菲的身後，一開車門，牠一下就跳上車，「哎喲，球球，我這是要去救命啊，你跟著我添什麼亂啊？」任菲菲知道再把球球送回去要耽誤時間，也就只能任球球坐在副駕駛的位置上。仿佛有心靈感應一樣，球球一聲不吭，端坐著，眼睛發亮地直盯著前方。

任菲菲趕到的時候，員警已經在公司樓下拉起了警戒線，圍出了一塊空地。因為是上班時間，圍觀的人很多。她從車裡抬頭一看，馮霞已經半個身子露在公司8層樓的房頂外邊，頭髮散亂著，任菲菲的心都涼了一半。她衝下車的同時，球球飛身一躍，也緊隨其後。

似乎很多人在和她打招呼，她一個也沒理。

「你們趕快鋪氣墊呀，萬一人真掉下來怎麼辦？快點呀！」任菲菲一邊跑向大樓，一邊大喊著催促在場的員警。

「我們已經在充氣了。你是什麼人？」員警攔住她的去路。

「時間緊，你還攔我？我是她好朋友，讓我上去勸她。」任菲菲一邊說著，一邊推開員警。金超已經在電梯口等著她，看見她，趕緊按了電梯，球球比任菲菲先鑽進去，她也顧不了牠了。

「拜託拜託，我的主啊，馮霞千萬不能有事！」任菲菲盯著電梯上方的樓層數字，嘴裡不停地念道，心急火燎和金超一起直奔向頂樓。

「馮霞，你這是幹什麼？你傻呀？你！」任菲菲看見馮霞就想去救她。卻被員警攔住。

「你們不要過來，我不想活了！」馮霞突然站了起來。

這時任菲菲才看清，幾個女警正在離馮霞兩三公尺開外的地方極力地勸說著，她們齊心協力的聲音被這幾公尺的距離拉得很遠，可是馮霞根本不聽，也不回頭看一眼，或許她根本聽不見，或許她已經下了決心，只是還缺乏勇氣，所以她不敢回頭。

她坐在天台邊稍高的護欄台上，沒有任何護欄保護，一看見有人試圖靠近，她就立刻站起來，讓自己更加危險，迫使員警又只得後退。

「阿霞，阿霞，是我，有什麼委屈你告訴我，別拿自己生命開玩笑。」任菲菲大喊道。

只見馮霞像瘋了般，披散著頭髮，襯衫和褲子髒兮兮的，傻傻地站在天台的邊沿，因為淚水，哭花了睫毛膏，把整張臉都染成黑亂一片，任菲菲又急又怕，眼淚奔湧而出，看見主人流淚，球球也不知所措地吼叫起來，吼聲中也帶著慌亂和擔憂。

聽到狗的叫聲，馮霞茫然的眼神，總算是望了回來，然而所有的人的影像都被隱去，仿佛只有球球讓馮霞的眼神裡劃過一絲光芒，她這才看見任菲菲就站在離自己不遠的地方，已經停止哭泣和嘶喊的馮霞，忽然又開始激動起來。

「你來幹什麼？你來幹什麼？來看笑話嗎？我是個失敗的人，徹徹底底失敗的人，你過得舒舒服服的，來看我這個可悲可憐的人幹嘛？走啊！你，走！我不想看見你。」馮霞邊說著，邊又站了起來。

「你不要激動，先聽我把話說完，好不好？我求你！」見她這麼一動，所有人的心都提到嗓子眼了，任菲菲更是著急得手腳都發軟，「我們情如姐妹，怎麼可能來看你的笑話？你告訴我是誰敢欺負你，我一定替你收拾他。你別想不開，趕緊下來！」任菲菲一邊說，一邊哭，一邊慢慢試圖靠近馮霞。球球在一旁，一邊抬著頭看著任菲菲，一邊也跟著叫。

「你不要過來，不用救我，你過你的好日子，不要來管我。我現在什麼都沒有了，只剩賤命一條，死了算了。」馮霞失聲大嚎。

「你在瞎說什麼？只要我有一天好日子過，我就讓你跟我過一天好日子。我們姐妹的情誼，你不記得了？不要說我們的情誼深，你也要為你的爸爸媽媽想想，他們把你養這麼大，容易嗎？」

「你不要說這些，我現在就是對不起他們了，所以才求死的！」說著說著她又哭起來。

這時，同樣激動的球球聽到了馮霞的聲音，立刻掙脫了任菲菲，朝馮霞跑了過去。

「不要，不要讓牠過來！」馮霞大叫。還不等她說完，球球已經一個縱身，躍上了馮霞站的護欄台，一邊眼巴巴地看著她，一邊吼叫著。

「球球，你回去，這裡危險。」馮霞試圖用腳推開牠，但沒敢太用力。可馮霞越是推，球球越是想往馮霞身邊靠，牠憨厚的表情，伸出舌頭，舔了舔馮霞的腳背，溫熱酥癢的感覺，讓馮霞像是從夢中驚醒一樣，情緒有點波動。

「你要是真狠心把你父母，把我這個姐妹拋下，跳下去的話，那我就讓球球去那邊陪你，也好叫你在那邊不孤獨。」任菲菲說得字字慘烈，馮霞突然沒有做聲。

「回去！」馮霞是在怒吼一般，有點失控。她使勁一踢，球球被踢下了護欄。

球球疼得嗷嗷直叫，然而，等牠緩過氣來的時候，牠又再次勇敢地跳上護欄，又一口咬住馮霞的褲腳，拼命往回拉。馮霞再不忍心踢牠，眼裡露出了柔情，她試圖用另一隻腳去撵開球球，球球就是不鬆口。就在馮霞注意力轉移的一剎那，兩個男員警一下子從馮霞的側後面把她一把抱下了護欄。

只聽在場的人，一陣驚訝，接著樓上樓下歡呼一片。

救護車馱著這個虛弱的生命，離開了大樓，圍觀的人也如鳥獸四散。

「各種檢查都正常，身體表面有多處淤青，我們給她打了安定，睡一覺就可以出院了。」醫生給馮霞做了全身檢查之後將情況告訴了金超和任菲菲。

馮霞的父母從家裡趕來醫院，馮霞已睡著了。他們只是進病房看了看熟睡的她。

「我怎麼生了個那麼傻的姑娘啊！」馮霞的母親捏著拳頭，砸在病房外走廊的牆壁上，任菲菲還清楚地看見，馮霞母親手上還帶著她送給馮霞的那只玉鐲。馮霞的父親則靜靜地站在他妻子的旁邊，瘦弱的身體像曠野裡的電線杆，不那麼強壯，卻必須拉扯住那輸送生命的電線。

「阿姨，讓她好好睡一會兒吧！事情已經發生了，你們別著急，也別怪馮霞，她也不想這樣的，等把事情弄清楚後再說。」任菲菲知道馮霞的父母在這種時候是不可能承擔起安慰馮霞的作用。

「阿姨，這樣好了，你們先回去，以免加重她的心裡負擔。」

「你是誰呀？」

「我是任菲菲。」

「哦，我知道，我女兒經常提起你。她最相信你，說你對她最好了！」馮霞的媽媽滿懷感激。

「如果你們相信我，你們就回家去，我會隨時把她的情況告訴阿姨，好嗎？」

「不行，她必須回家。」馮霞的父親開了口，「出了這麼丟人的事，她還好意思出門見人？」

「叔叔，你是瞭解馮霞的，她性格那麼倔強，她連死都想到了，你說她會好意思面對你們嗎？給她點時間，讓她緩緩再回家吧！」

「菲菲說得對，就讓她先勸勸小霞吧！」馮霞媽媽拉了拉如電線杆一般站著的爸爸。

任菲菲要送馮霞父母回家，金超抱著球球，正徘徊在醫院的樓下，見任菲菲出來，便迎了過去，「她還好吧？」眼睛裡充滿關切。

「我先送她父母回去，再把球球送回去，順便拿信用卡，你去病房那裡守著，不准走！有事打我電話。」任菲菲一把抱過球球，嚴肅的語氣讓金超有些緊張。

「這錢，我們公司會出的！你不要擔心。」

「那得等事情搞清楚後再說。」

在任菲菲眼裡，金超就是個長不大的男孩。等她再回到醫院的時候，他坐在病房外的長椅上，拿著他的素描本正寫著什麼，義大利手工做的皮質斜挎包放在膝蓋。

「她還在睡。醫院要求先交押金，我已經交了！」金超見任菲菲回來，連忙告訴她。

「還有閒情逸致在這裡塗塗畫畫的？我問你，你們是不是逼著馮霞她提高銷售成績？那些三八婆是不是說過一些刺激馮霞的話？」任菲菲一把搶過金超的素描本，責備的話撲面而來，讓金超有點措手不及。

「沒有。這次與公司絕對沒有關係。而且，自你走後，她的業績還不錯。」金超看著任菲菲，表情像是個做錯事的孩子，委屈，但又急需人理解。

可是任菲菲並不太相信：「你不要在這裡貓哭耗子了，金超，我算是看錯你了。現在人沒死，你心裡不知道怎麼偷著樂呢！哼，為了那點錢，你們父子倆要把人逼上絕路啊！」

「任菲菲。」金超用從未有過的大聲吼住了任菲菲，「馮霞出這種事，我知道你很擔心，但是事情不是你想像的那樣，我也不是你說的那種人。你走的時候交待過我的。就算我爸說話過分，但是也絕對不可能把她往死路上逼啊！」金超站在任菲菲的背後，像認錯的學生在做無力地申辯。

任菲菲小心翼翼地觀察金超專注而悲傷的表情，醫院的牆很白，一道陽光剛好從病房的門口射出來，走廊裡黑白分明，而金超就剛好坐在這個分界帶上，沒有笑容但卻透著孩子氣的臉龐。

任菲菲捏在手裡的那本暗藍色帶著暗色印花的素描本引起了她的注意，她翻開，印入眼簾的居然是自己的一幅肖像素描，還有幾分神似。一個護士推著裝滿各種藥水和注射器的小車從他們面前經過，其中一個輪子有些生銹，一邊滾一邊發出吱吱的響聲。

金超伸手想去阻止，任菲菲側過身子擋住了他，那股好奇足以讓任菲菲忍不住一直翻閱，有很多貓和樹的素描，還有一些小詩歌，娟秀的字體，讓任菲菲驚訝的同時又覺得不可思議，「金超，怎麼都不知道你還有這一手？」

「你剛剛不是說看錯我了嗎?你真的看錯我了。就一個塗鴉本，隨便寫寫畫畫而已，別大驚小怪的。」金超靦腆了起來。

「你的字嗎？」

「是啊，怎麼，不像？」金超有點不相信，「我在公司也有寫過字啊，你怎麼可能看不出來。」

「你寫的最多的就是『同意』兩個字，誰知道你其他的字寫得怎麼樣，不過仔細看看，也的確是像你的字。嗯，像女孩的字，不過還算好看。」一首小詩吸引了任菲菲：

玻璃鏡子上有一層霧
那是浴缸裡盛滿的溫度
用手撥開那模糊
出現的是我快要崩開的肋骨
那要求自由的心啊受不了束縛
掙扎著離開不肯放手的桎梏

紅色高跟蒙著兩片土
那是行走在浮塵的證物
抬腳甩開那皮膚
展開的是理想和現實的衝突
那尋找完美的人啊苦了他的足
滿身鮮血的時候是否找到路

經過身邊的人變得像刺蝟一樣防備
其實我根本無所謂

誰的苦痛誰在乎去體會
連眉目間傳遞的都不是絕對
誰為酒後的真言而去買醉

舞台上唱歌的人歌聲變得空洞乏味
是他沒有經歷過傷悲
都說失去才會懂得珍貴
擁有得越多才感覺自己卑微
真要摧毀一切才達到完美

「《血淋淋的完美》，雖然標題看上去有點恐怖，但是我喜歡，想得到完美，就肯定有犧牲和付出！」

「隨便寫寫。」聽到讚美，金超有點不自在，臉朝向了有太陽光的那一邊。

「我今天才算是看到你的另外一面！讓我覺得有些出人意料。」任菲菲的語氣有些意味深長。

「我有很多面你沒有看到過。」金超並沒有因為任菲菲的誇獎，而感到釋然，反倒有些惆悵。

任菲菲把素描本合上，還給了金超，「你是懂我的，我今天跟你發脾氣，也是因為氣沒地方撒，只好跟你較勁。」

在任菲菲眼中，金超從來都是溫文爾雅、不急不躁的，有溫馴和藹，也有孤芳自傲，但是她始終覺得金超從來不曾讓她感到有被壓迫的感覺，和他單獨相處，她完全放心，是那種就算住在同一個房間，他也不會和她發生任何事的那種信任。他們彼此之間都珍惜這種也許被稱為「知己」的感情吧！

「走，趁她還睡著，我們去吃點東西，現在停下來，才覺得好餓啊！」任菲菲建議。

這時，金超接了個電話，說有急事，便匆匆告辭。

在金玉樓，金超見到包小志就問：「你有啥急事找我？」

「哎呀，啥急事都沒有，就是想和兄弟說說話。好久沒見啦！」

「不行，我今天真有事。」金超見包小志並沒有特別的事，轉身想走。

包小志已點好菜，斟好酒：「站住，再忙，你也得吃飯。大哥我真有事找你。」

金超只好坐下，忙了一天，肚子也的確餓了。

酒過三巡，包小志問：「聽說，你公司有個女職工跳樓？」

「你問這幹嗎？」

「是不是你和她有……」

「別瞎扯，和我一點關係沒有。」金超見包小志一臉怪笑，就反感。

「還有，據說任菲菲被一個珠寶老闆包養了，這沒瞎扯吧？」

「你這人，老是對女人感興趣。那幹嘛把老婆留在國外？回來算啦，免得你不安分，早晚還要出事。」金超警告他。

「我今天約你來，就是要你聽聽當哥的經驗，要怎樣對待女人。」

「我倒想聽聽你的高招。」金超雖然戀愛也談過幾個，但在處理感情這方面倒還是顯得稚嫩。

「像我們這種有錢的富二代，喜歡我們的女人是太多太多了。看起來各形各色，其實只有三種，貪你錢財的，對你有情的，想和你結婚的。對不對？」

「有點道理。」金超點點頭，兩人碰碰杯。

「這當中，第一種女人好對付，無非花點錢；第二種難對付點，只要認識清楚，也不難辦；最難辦的是第三種，沾不得，她要死要活，會搞得你身敗名裂。」

「如果喜歡的話，和她結婚，不就啥事沒有嗎？」金超說。

「喝酒，喝酒，不和你講，裝什麼天真。像我有老婆了，咋再結婚？」

「那就不要拈花惹草嘛！」

「去去去，說你天真就真天真了，男人長那個東西幹什麼，你說你都不知道嘍！」包小志搖搖頭：「你也不是個傻瓜？」

「好、好，我聽你的，但直截了當，不要再拐彎抹角。」兩人又乾了一杯。

「我說，千萬不要把女人當真，不要動真感情。特別不要包二奶。我爸過去跟我說，玩女人就像喝牛奶，不必要養奶牛，包二奶就是養奶牛，划不來。懂麼？我有過教訓的。」

「好像懂點意思。」其實，玩女人不要養情人，更不要包二奶，就像喝牛奶，不必要養奶牛一樣的說法，金超早就聽人說過。受過高等教育的他，表面軟弱，內心明白。在他看來，一個沒有道德束縛的人，比禽獸不如。一個道德缺失的社會，就人禍成災。什麼坑蒙拐騙、六親不認、殺人放火，怪事、壞事層出不窮，防不勝防。而受害最深的就是弱勢群體，比如馮霞，也包括任菲菲……

「不能戀棧，老弟，今天我喜歡喝這種牛奶，我明天又高興喝別種牛奶，多自由。」包小志還在喋喋不休地囉嗦。

「包小志，你今天到底要告訴我什麼事？」金超對包小志這一番流氓說教，感到噁心。

「你說，你是不是喜歡任菲菲？」包小志打著嗝說：「我就是給你提個醒。」

原來是這樣。金超心底有數後，便胡亂應付著包小志，將無聊又無恥的他灌得醉臥桌下，醜態百出。

22

馮霞開始是極不願意到任菲菲這裡的，可是，愁緒滿腹的她又如何回到自己家，面對有著一堆疑問的父母？馮霞別無選擇，她始終一言不發，也足不出戶，僅用呆滯的眼神看待周圍所有的事物，從社區路邊的梧桐樹、到家裡的天花板，不睜眼睛的時候就假裝睡去。

「我知道你不舒服，可是生活總要過下去，不能因為這麼一點挫折，把自己的命都賠進去，真不值得！」任菲菲坐到床邊，她忍受不了一個把自己隱形起來的馮霞。

「你救我幹什麼？」好半天，馮霞總算開了口，說得卻是一句讓人心寒的話。

「你是我的好姐妹，我怎麼可能眼睜睜看著你去死？」任菲菲摟著她。

誰知馮霞卻用力地推開了任菲菲，「哼，姐妹？你說得簡單。你看看你，住高檔公寓，開好車，不用上班，還衣食無憂。我呢？有你的施捨了，才勉強完成銷售任務，但是大多數時候，還是完不成，自己收入低不說，老闆還討厭我，覺得我沒用，要不是你幫我說好話，我早就不知道被炒了多少次魷魚了。好不容易交到一個男朋友吧，說自己是富二代，我想總算盼到讓我可以揚眉吐氣的日子，結果到頭來是個騙子。你說我這麼大一個人了，還這麼被人騙，被人這麼糟蹋，活著還幹什麼？你呀，你救我幹什麼？我不會感謝你。」

「別跟我較勁，再說不是我救的你，是球球救的。球球被你那麼狠心的一腳踢下來，牠都受傷了，剛剛我餵牠吃東西，吃完就吐，還帶著血，估計是內出血了。牠都傷成這樣了，還是接著跳回去，堅持要把你拽下來，你那麼推牠，牠都不鬆口，你說牠有沒有靈性？連牠都知道不能讓你死，牠都對你不捨得，你說我會捨得嗎？你父母捨得嗎？」

「牠吐血怎麼辦？」背對著任菲菲，馮霞的眼神裡終於有了焦點，她轉動著眼珠，捏著被子的一角，滿頭是汗，心像糾結在無盡的水草中，想要求助，卻又被糾纏著。

「快死了！」

「快死了？」馮霞坐起身了，奪眶而出的淚水掩不住焦急的心情。

「嗨，著急了？逗你的，我已經讓金超帶牠去看醫生了。你看，你還知道擔心狗，說明你還是我那個有血有肉的好姐妹，只要你心不死，我一定要陪著你，一輩子看著你，再不准你做傻事了。」任菲菲抱住了馮霞。

房間裡飄著薰衣草的香薰，是任菲菲特地給馮霞準備的，好讓她睡得安穩。

「既然是個騙子，你值得為他去死嗎？」任菲菲知道馮霞的心結還是沒有解開。

「可是我好好一個姑娘，就這樣被他……」馮霞無法說下去，眼淚又湧出眼眶，「誰也怪不了，就是傻。傻得以為自己就會是童話裡的公主。」

「傻瓜，童話也是充滿曲折的呀！」任菲菲輕輕拍著馮霞的背脊，「白雪公主也吃了毒蘋果，灰姑娘也受繼母虐待，海的女兒成了啞巴，都沒有完美的。」

心裡淤積的那個結其實就是需要一點點去把它打開，任菲菲的話慢慢地把馮霞心裡的不痛快推開了。

「你知道你自己傻就好，你要是真從樓上跳下來了，那就是天下最傻的傻瓜。你說你人活著，還有機會能證明自己可以過得更好，讓那個該死的臭男人得到應有的懲罰，要是你人都沒了，你還有什麼盼頭？」

「可是，菲菲，我心裡面不甘心啊！」馮霞抱著任菲菲痛哭起來，緊緊地，像是要把內心所有的痛苦發洩出來，勒得任菲菲生疼。

任菲菲從被勒疼的脖頸上，取下那顆螞蟻精雕掛件，對馮霞說：「你不記得我跟你說的話了嗎？我們都是討生活的螞蟻，很容易隨時被人踩死或者捏死，但是螞蟻就沒有出路了嗎？螞蟻也可以躲在縫隙裡生活得很好。

「我從來都是隻螞蟻，你難道不清楚嗎？我並不快樂，我只是在努力尋找一個能活下去的縫隙。我的苦水只有我自己知道，因為家境不好，生活上吃苦不說，從小還被人欺負，被人看不起；上了大學，找了趙旭，以為可以喘口氣了，可還是被他甩了；在公司你也是知道的，都是靠自己努力，結果金超的爸爸又這樣刻薄我。你覺得我真的是過得很舒服嗎？阿霞，這世上沒有人有義務替你分擔你的痛苦和悲傷，誰也不欠誰的，也許父母願意分擔，真正的朋友也可以陪著你度過這些難熬的日子，但是你又不忍心。受了傷，自己舔舔，傷口癒合了，就成長了，不再犯同樣的錯誤，避免受同樣的傷害。你知道我經常喝得爛醉，就是因為我心裡也會有不痛快，但是日子還是要過，生活還是要繼續，家人還是要照顧，由不得你任性自我。」

任菲菲說得很平靜，一字一句都敲打著馮霞的心。

「我真的是傻瓜。」馮霞搖著腦袋，心情似乎豁然開朗。

「我不也是傻瓜嗎？」任菲菲也摸了摸馮霞的腦袋，「我們一起傻！」

「菲菲，可我已經不再是……」馮霞糾結。

「不要想太多，不要把有些事想像得太可怕，如果以後你遇到一個真正愛你的人，如果連你被傷害都不能體諒的話，他也不是真正愛你的好男人。」

「昨天我跟他上床也不是第一次了，最初的時候，其實沒有被強迫的感覺，我那個時候是真喜歡他。跟他同居了以後，才慢慢知道，他沒有工作，一分錢存款也沒有，就是個徹頭徹尾的窮光蛋，最後不僅不給我房租，還要我出錢給他買煙買酒，昨天他把我這個季度發的獎金和這個月工資全部偷走了，我整個人就氣得崩潰了。」

「這種社會敗類，豬狗不如的東西，一定要收拾他。」任菲菲聽了，也氣得不行。

香薰的煙霧寥寥升騰在空氣中，讓無色無味的空氣多了點溫柔。

就是這幾天的相處，任菲菲才知道馮霞的家庭情況，她的親生父母在她很小的時候就離婚了，她跟著母親改嫁到現在的這個家。繼父是母親的同事，也有一個女兒，兩個女兒相處得還算融洽，不過，工廠的不景氣，讓母親失業，整個家庭的經濟狀況變得十分惡劣，繼父的女兒正讀高中，也需要用錢，她整個大學期間學費和生活費幾乎都是母親跟娘家人借的。還債的壓力一直在她肩上，而馮霞是要強的，不單單是錢的問題，她想要活得有尊嚴，為了拋棄她的親生父親，為了可憐的母親，為了無關痛癢的繼父，為了無奈而善良的親人。

聽著馮霞的訴說，任菲菲也感到一絲悲涼：人的一生如此的短暫，還不如一棵百年的樹木，更別說千年的城牆，萬年的滄海桑田。絕大部分的人就像是劃過天空的隕石，也許有過一絲亮光，但是瞬間便消失了，何必讓自己背負上太多的愛與恨，人又為何在乎這些是什麼或不是什麼呢？

天邊留著一道柔和的霞光，燦爛但不刺眼，月亮寂寞地高掛在灰藍色天空上，只有在這個時候可以真實地感覺到日月的交替。可是，路上忙著回家的人都不會去注意這樣日復一日的美景。任菲菲靠在駕駛座位上，透過墨鏡正靜靜地欣賞這幅流動變化著的畫面。她面無表情，仿佛在悼念這一天的逝去，這樣如畫一樣安靜的天空，讓她覺得孤單悲涼。漸漸變暗的光線在她的臉上更增添了幾分陰鬱。車正前方的天空突然飛過了一群潔白的鳥，任菲菲一看，是海鷗，她心裡一陣驚歎。

「菲菲，你快到了嗎？我們在這個城裡的同學都齊了。」

「堵車呢！你們先吃著，不用等我。」其實，車並不怎麼堵，她是故意要慢半拍。

觥籌交錯，三桌人把個房間搞得熱鬧非凡。在任菲菲進入的一剎那，時間仿佛被按了暫停鍵，杯中濺出的酒滴像琥珀突然凝結。兩三年不見，她穿戴打扮富麗堂皇得像個巨星。

「來來來，快坐這裡，難得同學聚會，怎麼現在才來？」說話的是剛剛給她打電話的女生周琴。她的聲音像是按鈕，把剛才靜止的人都啟動回了現實。

「我下午本來想做完ＳＰＡ就過來的，可是一看時間還早，就去金鷹逛逛，誰知道一從金鷹出來就遇上堵車，真他媽氣人，還不都是那些破車鬧的。你說，十幾二十萬又買不了什麼好車，還不如坐公車，又環保又省錢，一個個橫在馬路上，這不是誠心添堵嗎？我看，二十萬以下的車就不該讓他們上路，那叫車嗎？簡直就是裝了四個軲轆的狗窩。」

聽任菲菲這麼一說，讓大半桌的人吃到口裡的食物，都哽在了喉嚨口，半晌沒人接話。

「同學們，大家愣著幹什麼？我來晚了，先自罰三杯。」菲菲看都不看，自己端起酒杯，一、二、三，杯杯亮底。在同學們的歡叫聲裡，她舞動酒杯笑道：「今晚我請客！」

「菲菲，剛剛周琴說你跟以前大不一樣了，現在看來真是不得了了，在座的我們都自愧不如啊！」

「聽說你成了售樓皇后了！」

「什麼聽說，報紙上都登啦。」

「你們說小了，怕已經是房地產老闆了吧！」

「你與海鷗那幅照片，太美了！」

大家試探著、猜測著。

「不要瞎掰了！這是我的名片。」她大大方方地給每人發了一張。

大家接過名片，唏噓了一番，又恢復了熱鬧，要乾杯的繼續乾杯，沒說完話的繼續說，只是大家明顯已經開始心不在焉了。

「怎麼樣？我說得沒錯吧，我跟你們說了，菲菲跟從前可大不一樣了，你們還不相信呢！現在信了吧？剛剛是誰不相信的，跟我打賭來著？」周琴的口氣裡很是得意，仿佛任菲菲手腕上帶著的晶瑩通透的玉鐲子和胸口前掛的翡翠和鑽石鑲嵌的墜子是戴在她身上似的。

「哦喲，菲菲，我真是替你高興啊，還好你沒有跟趙旭好，你看你現在過得多好，聽說趙旭的老丈人礦山出事了！」周琴還是延續了一貫的直腸子性格。

「什麼事？」大家問。

「沒什麼，沒什麼，是小道消息。」周琴被大家這麼一問，突然覺得事情不妙，急忙掩飾。

「唉，別說他了。」周琴的這些話觸痛了任菲菲的神經，她不希望繼續這個話題，於是阻止。

「是，咱們說點高興的。我們班結婚的，舉手一下。」房間裡一陣亂。

「生孩子的呢？舉手。」

周琴像個主持人，不停地製造著話題，讓整個氣氛一直很熱烈。

可是任菲菲的心早已經不在這個氛圍裡。這就是俗話說的「話不投機半句多」。她藉上廁所，到總服務台去結了賬。

「對不起老同學們，我還有事，要先走一步，賬我已付了。請大家一定要盡興，不醉不散啊？」

在所有人的注目中，任菲菲開著王總給她新買的保時捷911，離開那個熱鬧的場所，她把全部人對她的猜想和評論丟在轟轟的油門聲後面，她甚至可以想像得到他們會議論的每一句惡毒又尖酸的話和鄙視又嫉妒的表情。那裡面的所有人，沒有一個她認為是朋友的，當時幾乎所有的人都等著看她被梢旭甩掉的笑話。她在學校當然也有朋友，但幾乎都是州縣鄉下的同學，他們一個也不能來參加這裡的聚會。所以，她壓根兒就不想參加這次同學聚會，但是強烈的自尊心讓她想把自己的驕傲找回來。就算這炫耀的一切，得來的受人非議，她不在乎。

「L市的一個煤礦發生嚴重礦難，三名礦工遇難。」果然，在回家的路上，任菲菲從汽車的廣播裡聽到這則消息，該礦老闆正是包發富。長時間以來，大大小小的礦難經常佔據著報紙的頭條。這人命關天的大事，中央和地方各級首長都很重視，懲處及防範應該都很到位，可是礦難還是不停地發生，仍然有不少生命因此而消失。百姓們已經認為此類的災難不足為奇，不知道政府的相關官員們是否也已磨練到如此平靜？任菲菲只把它當耳邊風。

23

深秋的一個星期六，王總主動提出公司的全部人員去大觀樓看海鷗，並舉行聯歡活動。這種集體餵鷗賞鷗，不僅讓人親近了海鷗，也讓同事之間拉近了距離。聯歡會上，王總提議，邀請任菲菲朗誦她那首寫給海鷗的詩。

大家熱情鼓掌，任菲菲有些臉紅：「不好意思，我的詩哪能登大雅之堂，王總笑話了。我給大家朗誦一首最近在網上看到嶺梅的詩，也是寫海鷗的，還不錯——

詠鷗

一掠蒼茫寫白飆，橫天來去自逍遙。
偏將素羽投滄海，猶使精魂托雲霄。
漂泊不知潮漲落，沉浮哪計雨喧囂。
翩翩但有千秋種，萬里長吟動玉簫。」

面對千萬隻就在身旁飛舞的海鷗，任菲菲的聲音緩慢而略帶憂鬱。這聲情並茂的朗誦，獲得大家陣陣喝彩。

「菲菲朗誦得好不好？」司機張師起哄。

「好！」大家情緒激動。

「再來一個要不要？」

「要！」

在掌聲中，任菲菲又朗誦了一首唐代詩人杜甫詠海鷗的詩——

江浦寒鷗戲，無他亦自饒。
卻思翻玉羽，隨意點青苗。
雪暗還須浴，風生一任飄，
幾群滄海上，清影日蕭蕭。

結束快樂的一天，回到花萼社區，夜色降臨，漸漸有些寒意。

任菲菲小鳥依人地窩在王總的懷裡：「謝謝你，謝謝你的善解人意！」

「你和海鷗的緣分，不是我猜著的嘛！只是我這段時間，沒能照顧到你的感情，對不起哦！」他粗糙的大手正好摟住她的蠻腰，任菲菲一邊餵他吃剝好的桂圓，一邊接過他吐出的核。

這時，電視新聞裡正好放著明縣煤礦瓦斯爆炸的新聞。

「怎麼還沒完？」任菲菲聽到新聞，就坐起身子，表示不解。

「哼哼，這個老包，怕是要吃不了兜著走了。」王總冷笑一聲，似乎知道些內幕。

「為什麼呢？」任菲菲嘟著嘴，裝可愛地問，因為她向來不過問男人不主動提起的事，但此刻她又迫切地想知道內幕。

「還不是他自作聰明，明明煤礦裡死了不止三個人，他非要瞞報，以為少報一點，責任會少一點，可惜這次紙沒有包得住火呀，被群眾舉報了，一查實際死了二十三個礦工，看他這下怎麼收拾這個局面。」

「這有什麼？他們不是還有趙市長嗎？」王總的語氣有些幸災樂禍，這讓任菲菲內心有一絲不悅。

「中央都來了調查組，二十三條人命，怕天王老子也難保。」

「你怎麼知道？」

「員警已經找到他們偷偷掩埋的另外二十具礦工屍體，」男人輕蔑地冷笑一聲，「這次他麻煩大了！」

任菲菲不敢再往下問，她絕對知道事態的嚴重。

「趙市長這次要敢出來幫他，搞不好，還一起被拖下水。」王總從煙盒裡抽出一根煙叼在嘴上，任菲菲趕緊遞過打火機，幫他把煙點燃，男人深深地抽了一口，任菲菲的思緒隨著夾香煙的手指，飄散在煙霧中。

因為有了心事，任菲菲顯然無法專心地滿足男人的欲望，這本就是一件微妙而敏感的事情，如此一來，男人肯定意興闌珊，草草了事之後，便背對著任菲菲睡去。

「菲菲，你幫我找個家政公司，打掃衛生。」

任菲菲正在吃早餐，就被金超的電話打斷。

「打掃衛生？你們家又不缺傭人？」

「幫趙旭的家打掃，我這裡有事忙不過來，你幫我去看看，辛苦你了。」

「趙旭？他那裡不是有吳阿姨嗎？」任菲菲相當不解。

「你真是兩耳不聞窗外事，他們半年前就已經留學去澳大利亞了，讓我幫忙照看這邊的房子，我沒告訴你？都差點忘了。」

「忘了？裝得挺像的嘛！看來，你並不傻，哪些話該跟我說，哪些話不能說，你心中明白著呢！」

「不不不……我是真忘了，不過，現在告訴你也不遲啊！」金超急了。

「那就交給我好了。」任菲菲心裡湧起莫名的滋味。

「明天我把他家的鑰匙給你送過去。」

任菲菲請了家政公司來打掃，她自然去當了監工。她看著滿屋子掛著的結婚照，覺得一陣噁心，照片上包小妮的笑容，像是在對著自己嘲諷一般，讓任菲菲萬針穿心。那時天真的她不曾懷疑趙旭對自己的愛情，一心盼著有著童話般的結局，但是此刻她是那麼困惑，那個帶著笑顏的皮囊裡面，包裹著的到底是怎樣一顆不堪的心，他怎麼能忍心拋棄一個自己深愛的人，同時又忍受和一個自己不愛的人結婚，難道如交易般的婚姻，真的就像是雌雄動物交配一樣，可以隨意被安排而不考慮任何情感因素嗎？

看著那張從義大利進口的豪華雙人床，想像著趙旭和包小妮在上面夜夜交歡的場面，任菲菲的喉嚨乾涸到幾近燃燒，她瘋狂地撕扯起包小妮那件還放在床上的紫紅色絲綢睡衣，然後把床頭櫃上放置的結婚照一掌擊落，水晶的相框，頓時隨聲俱碎。

「出什麼事啦？」

在樓下打掃衛生的阿姨大聲問道，這才讓任菲菲冷靜下來。

「沒什麼。」隨後，她自己處理了房間的一切。

回到家，任菲菲還是難以平復心中的情緒，馮霞成了她傾訴的對象，便把自己和趙旭的事全告訴了馮霞。

「沒想到你也有這樣的遭遇。」馮霞內心充滿同情的同時，也找到一種心理平衡的釋放。

「就算這樣，我也從未想去自殺，不值得！反而就是些經歷，讓我更堅強，想要過得更好。」

「我懂了，我不會再那麼傻啦！」在馮霞眼裡，任菲菲或多或少是她崇拜和羨慕的偶像，連這樣的人都曾受人欺侮，自己又有什麼看不開的呢？

「每一個女人都要經歷過一些感情的挫折，才會長大。我們好好地活出個人樣來。」兩姐妹擊掌相約。

任菲菲和金超商量，讓馮霞暫時告假，並住到趙旭的那套房子裡。一是讓她好好休養，二是避開公司同事的議論，三是有便於公安找她瞭解情況。

為了給馮霞解悶，任菲菲拿了幾本有關玉石的書給她。

改革開放的不斷深入，這座城市也在隨之急劇發展，任菲菲父母家的那片村子也從原來的邊緣地帶被納入了新城區的建設中，要全部拆除。任菲菲原想讓全家暫時搬來花蕚社區，王總沒吭聲。後來她想想也覺得不妥，一是農民家的罎罎罐罐、亂七八糟的東西太多，二是自己和王總的關係始終不宜讓家人知道。於是王總就在離老家近一點的地方，給她父母租了一套平房住下，也倒還方便。

「姐，晚上你有空嗎？我想來看你。」任方方打電話來。

「來吧，等會兒我接媽過來做飯。」

任方方高考，一向不安心學習的他，分數出來，離二本線還差一大截，能進現在的大學讀書，還是依靠著王總。任菲菲知道他仿佛有撫平一切的魔力，所以她年輕的心，雖然渴望一份驚天動地的愛情，但總有一部分會想要依賴著這個男人，儘管他的年齡和自己父親差不多，那又如何？自己的父親根本沒有能力為自己的兒女做到這些。她也曾為自己這樣的位置難過尷尬和不情願過，但是生活的現實，讓她不得不低下自以為可以驕傲的頭。同學聚會的時候，當時班上的佼佼者，早已在殘酷的現實中失去光芒。而她這位南亞珠寶公司的客戶部經理卻今非昔比。而今開著高級跑車，一身珠光寶氣和名牌的她反倒成了焦點，成了可以請大家吃鮑魚喝茅台的主。多麼可笑的畫面，她甚至都看得出當年在學校裡欺負她的人眼中嫉妒的火焰，她內心開懷地笑著，卻也忍不住為人類不再崇尚信仰的靈魂而心酸！

其實，當別人看得起她時，她自己倒有些看不起自己了，內心的矛盾和無奈糾纏著她。

「姐，再給我點錢。」吃完飯，趁楊菊芬在廚房洗碗，任方方趕緊跟姐姐開口。

「上個星期不是才把這個月的零花錢給你，怎麼用這麼快？」任菲菲有些生氣。

「哎呀，姐，你說我這個年紀，青春萌動，交些朋友，花點錢，也是很正常嘛！」任方方不改油嘴滑舌。

「你姐我賺錢來是給你這麼花的啊？你好好給我讀書，我把你大學供出來，等你工作了，你自己的錢想怎麼花，怎麼花。談戀愛的錢，對不起，我絕對不給。」任菲菲說得堅決，她知道如果有第一次的放縱，接下來的就是無窮無盡的後患，「還有，你也別跟媽要，她的錢也是我給的，我不給她，她也沒有多餘的給你。」

任方方本想再軟磨硬泡，看到任菲菲的表情，也就不敢再開口。

知母莫若女，任菲菲猜到弟弟因為在自己這裡碰了釘子，一定會轉向母親，而母親也一定會因為心軟，而跟兒子妥協，臨走之前，任菲菲悄悄地叮囑母親不要給任方方錢。

客廳上方的吊燈，一顆一顆的水晶閃著璀璨的光芒，像是一個個想要下墜的心事，吸引著人，卻又不讓人靠近。

任菲菲從窗台上看著弟弟和母親離開的背影，一個如夏天般高大帥氣，一個如深秋般疲憊蒼老，她惆悵那高大帥氣的何時才能懂事，好讓那疲憊蒼老的能有所放心。她也曾擔憂著自己的將來，雖然現在衣食無憂，但能維持多久，她無法預料，小心翼翼是她每天的精神狀態，對弟弟，她買名牌衣服給他，對母親，她買高級補品，而對自己，她幾乎不捨得，她把多餘的錢存下來，為的也是給自己留條後路。

然而，聽母親說，這次的拆遷，她們家不僅可以得到三百平方公尺的新房置換，還能得到一筆可觀的現金補貼，而且，在新建的農貿市場裡，還給每家分一個賣菜的攤位，解決以後的生計……，聽得出，母親的心情幸福洋溢，而她自己，也可以期待著一個美好的未來。

24

世事難料，球球偏偏在這個時候出事了。

「醫生，你快幫我看看，我的狗怎麼了？下午開始大便裡面帶血，然後就沒有精神，不蹦也不跳，現在就直接躺下了。」任菲菲抱著奄奄一息的球球衝進寵物醫院。

獸醫小心地把球球放在檢查的檯面上，球球一動不動，微弱地呼吸著，眼睛萬般不捨地看著任菲菲。

「你給牠吃骨頭類的東西了嗎？」醫生摸了摸球球的腹部，問。

「有，中午給牠啃了鴨骨頭。」任菲菲心裡覺得不妙。

「應該是內臟被骨頭戳破了，」獸醫說得很平淡，彷彿是已經經歷了千百次這樣的情況了，「要馬上動手術。」

「求你一定要治好牠，不管花多少錢。」一種將會失去的恐懼讓任菲菲的眼淚奪眶而出，獸醫把球球抱進裡面的一間屋子，護士在一旁準備著做手術用的器具，然後用腳一勾，把門關上。留下焦急而無能為力的任菲菲在外面。

只是半個小時的時間，任菲菲像是等了半個世紀，她坐立不安，不停地祈求上帝能夠給球球帶去平安，球球給過任菲菲從來沒有過的屬於感，牠完完全全地屬於自己，不曾背叛，也不會背叛；不曾傷害，也不會傷害；不曾欺騙，也不會欺騙。這樣一個用盡全身愛來陪伴自己的伴侶，任菲菲怎麼會捨得失去？

「對不起，狗狗的內臟出血太多，救不回來了，你再去看牠一眼吧！」護士開門，從裡面走出來，表情哀傷，眼眶裡似乎還打轉著淚水，任菲菲這才看清楚，這是個很年輕的護士，圓圓的白的臉蛋，丹鳳眼，不算漂亮，但是很可愛，應該是很愛狗很有愛心的那種女孩。

任菲菲的身體瞬間像被抽去了魂魄，雙腿挪動的時候，又軟又虛，「進去看看吧！」獸醫已經洗過手，從房間裡出來，看見任菲菲，說了一句，省略了「對不起」，表情沒有任何變化，淡淡的也沒有一絲難過或者悲傷，也許有那麼一點無可奈何，畢竟任菲菲拜託過他。

球球側躺在小小的手術台上，肚子上裹著紗布，滲著血漬，也許是因為麻藥的關係，牠流著口水，眼睛閉著，任菲菲伸手過去摸摸牠小小的腦袋，牠沒有動，「球球，你睜開眼睛看看姐姐呀！」任菲菲輕聲呼喚著。

球球還是無法睜開眼睛，但是牠好像又像聽到任菲菲的呼喊一樣，耳朵輕輕地顫動著，像是回應。

「球球，你要堅持住，是姐姐害了你，姐姐一定想辦法救你。」

任菲菲受不了自己的無能為力，再次衝出房間，對著獸醫大聲哀求著，「求求你，救救牠，牠還可以聽見我說話呢！真的拜託你了，醫生！」

「小姐，你不要激動，我們已經打開牠的腹腔看過了，真的不行了。牠既然聽得到你說話，也是個有靈性的生命，你就讓牠安安靜靜地去吧！你也不要自責，牠能瞭解你的心的。」那個年輕的護士在一旁安慰，眼淚跟著就掉了下來。

「牠兩個月大的時候我就開始養牠了，都已經二年了，每天跟我一起吃一起睡，還救過我的命，救過我好朋友的命，看牠就這麼走，我怎麼受得了？」任菲菲哭得傷心欲絕，顧不得臉上的妝容已暈花了臉龐。

「我的狗也是這樣死的，我能理解你的感受。」年輕的護士扶住任菲菲的肩膀，遞給她紙巾，同樣陪著眼淚。

「你們女孩子養狗啊，就是容易不注意，覺得好吃的，亂給狗狗吃，雞鴨鵝的骨頭，是萬萬不能給狗吃的，鴨骨、鵝骨很硬，一旦狗狗沒有嚼好，吞進肚子裡，肯定要出危險的。這次已經沒辦法了，下次養狗的時候，千萬要注意！」獸醫看見兩個淚奔不止的女孩，他在一旁也很無奈，對他來說，他已經看慣了這些悲傷的場面，而且一個動物，和一個人類生命的逝去相比，輕重還是有很大差別。

「快去看看牠吧，應該撐不了多久了。」年輕的小護士抹著眼淚提醒。

被宣佈希望全部破滅的任菲菲無奈地返回手術室，球球還是閉著眼睛，微弱地呼吸，她俯身趴在球球的旁邊，一邊流著眼淚，一邊輕輕撫摸著牠。

「跟牠說些什麼吧！牠聽得見，讓牠走得安心些。牠現在很疼的。」小護士在一旁輕聲說道。

「球球，姐姐對不起你，你不要怪姐姐，我知道你很疼，你安心去，我跟上帝說了，他會帶你進天堂，你在裡面一定會快快樂樂的。等著姐姐，總有一天我們會再相見，我再好好補償你。姐姐愛你。」

球球真有靈氣，任菲菲說完沒過多長時間，牠就安靜地停止了呼吸。

「球球死了，你能幫我一起處理牠的後事嗎？」稍微平復了心情，任菲菲第一個簡訊發給了秦川。

然而，許久，對方都沒有回覆。

「金超，我對不起你，我沒有把球球照顧好，牠剛剛過世了。」任菲菲坐在獸醫院的沙發上，翻著手機上的通訊錄，她覺得還是應該告知金超。

「別難過，誰沒有不小心的時候？你現在在哪裡？我過來看你！」金超的語氣總是很體貼。
「不用過來。我想問問你，我們這裡最好的公墓是哪裡？我要把球球埋在那裡。」
「不是吧，菲菲，只是一隻狗而已，我知道你很愛牠，可是沒有必要這樣，太過了。」金超顯然有些吃驚。
「你不告訴我就算了，我問別人。」任菲菲沒有理會金超的詫異。
「不是，菲菲，你冷靜一點。你現在很難過，難免衝動，可是天下這麼多狗，每隻狗死了還要跟人爭墓地，你說這合適嗎？」
不等金超說完，任菲菲就把電話掛了。
「我們這裡有專門處理寵物的地方，是不是和他們聯繫一下？」護士問任菲菲。
「在哪裡？」
「在山高鄉的日月村，離城也不遠。」
「不用了，我要把它葬在最好的公墓裡。」任菲菲似乎有些失去理智，「你們先把牠的屍體收拾好，放冰櫃，等我來取。」說著她就跌跌撞撞地離開了寵物醫院。
「王哥，現在方便說話嗎？」
「哪裡的公墓是最好的？多少錢夠買一個墓地？」
「你就當是做善事，幫我忙，我今天要買一塊墓地，你把錢打到我帳戶上。」
「我知道，不是家裡人出事。我自己的事，等見到你的時候再跟你細說。」
「謝謝！」

「你們這裡的經理是誰？」任菲菲帶著香奈兒的墨鏡，挎著香奈兒的包，巴寶莉的風衣，阿瑪尼的牛仔褲和菲拉格慕的鞋，一身貴氣地出現在秦川工作的4S店的銷售大廳，在前台接待她的正是小娟。

她不認識小娟，但是小娟一眼就能認出她，小娟知道，她此趟來，絕對不是為了買車，一定跟秦川有關係，心裡不免一股火竄起。

「請問你有什麼事嗎？」小娟忍住火氣，假裝客氣地問。

「我找你們經理。」

美女駕到，早就有人通風報信到經理那裡，不等小娟通知，經理也已經從辦公室裡出來了。

「美女，什麼可以幫忙的？」經理一臉諂笑。

「我來幫秦川請一天假，我有要緊的事，必須要他幫忙。」

「你憑什麼幫他請假啊？」小娟在一旁看得直冒火。

「小娟，你別管這事，回去工作。」經理趕緊使眼色給小娟，「這個嘛，美女，秦川知道嗎？」

「我這不是來幫他請假了嗎？」任菲菲驕傲的口氣，仿佛不讓聽者有拒絕的可能。

「如果員工不是突生急病，我們一般是不允許臨時請假的。而且，如果他有急事，他可以自己來找我請假……」

「他家親戚死了，我來通知他，讓他辦後事，你說是不是急事？」任菲菲有些不耐煩。

「你說什麼呢？不要詛咒人，他們家哪有親戚去世？」小娟在一旁忍無可忍了。

「你是誰？」任菲菲很不屑地轉過頭，看了看這個滿臉青春，但是緊鎖眉頭的女孩，她心裡突然感覺到了什麼。

「經理，不好意思，我們家的確是有點事，早上還來不及跟你請假。」秦川從車間小跑著過來，看見陣勢不對，只能先想辦法穩住任菲菲，不讓她把事情鬧大。

經理斜眼看了秦川一眼，又看了看任菲菲，歎了口氣，說：「好吧！那你交接一下，快去辦事吧！」

秦川換了工作服，跟著任菲菲上了她的車。他離開的時候，瞥見小娟站在門口，臉色陰沉，他朝她點了點頭，但是小娟沒有回應，而是故意把頭扭到一邊。

上了車，兩個人很久都沒有說話。

「有意思嗎？」秦川終於忍不住問。

「什麼叫有意思嗎？你知道球球是我的寶貝，我的寶貝死了，你不來幫我、安慰我，你還問我有意思嗎？你說有意思嗎？」任菲菲一邊說，一邊轟大油門，加快了開車的速度。

「開慢點，我還要好好活下去呢！」秦川覺得危險。

「我不想活了，行不行？」任菲菲聽秦川這麼一說，反倒更加惱火。

秦川知道這個時候刺激她並不是個明智的做法，「你也要好好活下去。咱們好好給球球辦後事，好嗎？」他轉換了口吻。

任菲菲不再說話，默默地流著眼淚，秦川遞給她紙巾，她接過去，胡亂在眼睛周圍擦一擦，然後又遞回給秦川。然後她把車靠在路邊，換秦川來開。

秦川頭一次開這麼高級的車，有些畏首畏腳。

「對了，那個女的是誰？」任菲菲問。

「哪個女的？」秦川明知故問。

「還有哪個女的？不就是門口迎賓的那個。」任菲菲有些輕蔑，但其實是源於體內的那股醋勁兒。

「我們同事啊！」秦川並不急著要說明什麼，只是很淡地飄出這麼一句。

「同事？」憑她的想像力，任菲菲當然有一千個懷疑的理由。

「你不信？」秦川反問。

任菲菲沒有再追問下去，因為她覺得如果再問，會讓自己在感情上顯得很卑微。

在九泉山公墓，任菲菲選了所謂高檔區的一塊墓地，這裡是全套的一條龍服務，即殯儀、火化、入葬、立墓碑等等。

「人在哪裡？你們去一個人坐我們的車先把他拉來。」工作人員問。

「在寵物醫院。」秦川說。

「什麼？不是人啊？」公墓的工作人員有些不相信。

「我弟弟。」任菲菲說。

「到底是人還是寵物？」工作人員急了。

「你們只管收錢好了，人或是其他有什麼關係？」

「不行、不行。你在開玩笑，這這事如傳出去，這還了得？我們不就只有關門啦。」大概這裡也是頭回碰到這種事，工作人員都搞得語無倫次，接著整個服務台的人都亂起來。

「把錢退給她，真是的，簡直是胡鬧！」一個看起來像公墓的主管從裡面的辦公室走出來，說道。

「這狗救過我們兩條人命，比親人還親，我求你們，行嗎？」

無論任菲菲怎麼央求，怎麼訴說球球的好處，甚至說得一些工作人員都跟著她抹眼淚，都是白費。

那個看似主管的人又說話了：「我們理解你的心情，也希望你能體諒我們的困難。這可不是個小事，你冷靜幫我們想想，如果這麼做，後果將是什麼？」

「後果？有的人連狗都不如，憑什麼我的狗不能埋在這裡？」任菲菲大怒。

「你有幾個臭錢就了不起了？」

「胡攪蠻纏是嗎？比你有錢的人，我們見過多了。」

陵園的人也開始有些不友好了。

秦川見勢不妙，「夠了，菲菲。」他吼了一聲，硬把她拉到車上。

最後，秦川辦了退錢手續，帶著任菲菲回了城，一路上，他們沉默了好久，任菲菲也哭了很久。

「你別哭了，要怪就怪我好了，我一開始就不同意你這樣做。我真的是越來越不瞭解你！」

「不怪你，只是球球的名字就沒取好，死了還要求人！」說完，任菲菲撥通寵物醫院電話，決定把球球送去日月村安葬。

當天晚上，她打電話讓馮霞來，免不了倆人又大哭了一場。

「是不是跟我踢牠有關係？」儘管任菲菲一再解釋，她都覺得球球的死與她有關，「唉，我當時真的是沒了人性，怎麼會忍心踢牠那一腳啊？」

任菲菲徹夜難眠，她從家裡把今年剛給球球新買的棉背心收拾出來，她說冬天就快到了，球球會冷著……

她又把球球的玩具，什麼狗咬膠、塑膠球、還有一隻玩具狗，裝了一大包，她說從今以後牠就孤單一個，沒人陪牠玩了……

第二天一早，任菲菲和馮霞趕到寵物醫院，看到緊閉雙眼的球球，肚子上長長的一道傷口，馮霞這才真的覺得心痛欲絕，哭得聲嘶力竭。當秦川開車帶她們離開的時候，已是中午時分。

日月村離城四十多公里，卻是個山清水秀的好地方。四周群山環抱，林木森森，一塘清亮的池水，還有秋荷花開。還未進村，任菲菲就很滿意這裡的風水。

在村民的鑼鼓嗩吶聲中，球球被迎接到小山坡上一間形似廟堂的房子裡。屋內燭光點點，香煙繚繞。球球被放入一個小小的棺槨內。

於是，大家才坐下喝茶談安葬的事宜。這裡分土葬和樹葬兩種。錢都差不多，土葬只保八年，樹葬可與樹常青，為了環保，屍體都要火化。

在秦川的堅持下，任菲菲選了樹葬。在村幹部陪同下，他們選中了村口的一棵大青樹，村幹部說這是村裡的風水樹，不能葬。他們又選了村子後面的一棵大青樹，村幹部還是不同意，看任菲菲決意要葬在這裡，便開出三萬元的高價想嚇退她，誰知任菲菲一口答應了，村幹部也只好同意。

在小廟旁邊的山溝裡，有一個簡易火化爐，幾個村民把球球的小棺槨和任菲菲給牠準備的東西一併放進火化爐，關上爐門，摁下按鈕。轟的一聲，眼看球球頓時化為灰燼，任菲菲和馮霞又忍不住失聲痛哭。

球球的事還沒辦完，廟堂外又響起嗩吶鑼鼓聲，又有兩個年輕人抱著死去的寵物被迎入小廟去了。看來這個村真是名聲在外！據說，開始是這裡一個青年人進城打工，主人家的寵物死了，想要好好辦個後事，在城裡又無法處理，於是就拉到村裡的山上掩埋，搞得還很隆重。之後，村裡人看到城裡人對寵物比爹媽還親，覺得這是個脫貧致富的好機會，就在村委會的帶領下開展了這項業務。他們為城裡人解了憂，也為環保出了力，當然也為村民致了富，還得到縣市的表彰。

把球球的骨灰掩埋好，任菲菲側坐在一旁的石頭上，用手輕輕扶著大樹，眼神裡充滿傷感和憂鬱。馮霞也在一旁默默流著眼淚，那個曾經挽留過她生命的小狗，自己卻挽回不了牠的生命。

「秦川，你聽我說，我家境不好，從小受人欺負，這你知道，」任菲菲突然閃過一絲苦笑，「我告訴自己，以後我不允許自己或者家人再被人欺負。你問我為什麼想把一隻狗，葬到九泉山去，旁邊就是我們市富貴人家的墓地。我只有兩層意思，第一，球球是我的寶貝，是我的失誤，把牠害死了，我就要在我的能力範圍裡給牠最好的補償；第二，有錢人、有權人又怎麼樣，風風光光活在世界上，有多少卻是衣冠禽獸、穿著羊皮的狼？比如包小志，他們有錢，可是那麼囂張刻薄，為謀自己的私利，可以把自己的親生女兒拿去做交易，在我眼裡，連狗都不如！狗至少善良忠誠。所以我就要把球球和這些人埋在一起，讓球球高尚的靈魂穿行在這些污穢之間，讓牠成為一道光。」

秦川一下子理解了任菲菲所做的一切，他沉默了，他無法評判這種做法的錯對，或者是好壞，但是他也有點隱隱的痛快，只是這樣的痛快，他承受不起。

「錢對我來說，很重要，也很不重要。我需要錢，但是我要這些錢的目的是為了堆砌我的自尊，讓我不再自卑，而在我的自尊面前，錢又能算什麼？」

任菲菲說的話，秦川有些聽不懂。

「你覺得這樣真的就有尊嚴了嗎？」秦川對著她搖了搖頭。

沒想到這句話，直刺她的痛處。

「連你也看不起我，是不是？」任菲菲轉過身一字一句地問秦川，而血液的波濤已使她胸部強烈起伏，她強忍著內心的難受，咬著嘴唇，淚水奪眶而出。

馮霞趕忙安慰任菲菲。

而秦川沒有向她道歉，也沒有安慰她。他也沒有再作聲，他覺得他和任菲菲越來越遠！

秦川第二天一早去上班，同事看他的眼光都非同尋常，他感到渾身不自在，他當然清楚原因，而且此時他第一個應該去找的人，是小娟。

「現在工作時間，下班再說吧！」小娟沒有給秦川好臉色，冷冷地拒絕了。

總算是熬到下班，當秦川踏踏實實坐在桌子對面，看到小娟的時候，他才覺得一身的酸疼和滿心的疲倦。他們去的是金川路上的一家小館子，家庭式經營，價格便宜，人特別多。他們等了半個小時才坐定。他們要了一碗酸菜紅豆湯、燕臭豆腐、炸排骨、乾椒炒土豆絲。

小娟一如既往地往秦川的碗裡不停地夾菜，「小妹，再加一碗蒸蛋。」小娟喊道。

「好！」

「夠了，夠了，你自己也快吃！」秦川有點受不起小娟這樣不吭一聲地關心，緊張地捧起碗避讓。

小妹很快就把蒸雞蛋抬了上來，小娟想把碗推到秦川面前，沒想碗太燙，她的手指頓時紅了起來。她彈跳一樣地把手移開，眼淚頓時就在眼眶裡打轉，她倒吸著氣，秦川趕緊把她被燙的手指抓了過來，吹了又吹。

秦川沒注意，猛一抬頭，發現小娟汪汪的眼淚水，不停地掉著。秦川心頭猛地一疼，他覺得自己錯了，他傷害了一顆真正關心著自己的心。

「放心，小娟，以後我不會再讓你傷心了。」

小娟搖了搖頭，「你忘不了她。」淚水更加像泉湧。

「請你相信我。」秦川沒有多說什麼，有的時候，一句堅定的話比冗長的解釋來得有效，他雙手扶著小娟的肩膀，半跪著，加上一個哭泣的小女生，周圍的人免不了都往這邊看。

「快起來吧！很多人在看啊！」小娟的眼淚被這些投來的眼光嚇得止住了，慌忙拉秦川。

秦川也趕快坐回位子上，總算把那些眼光都擋了回去。「別人肯定以為我欺負你了。你才哭得那麼傷心。」秦川有些不好意思。

「你本來就欺負我了嘛！」小娟能笑著說出這樣的話，說明她的心痛已經好了一半，女人真的好哄，只要自己喜歡的人能說出半句體貼的話，曾經再深刻的傷痛，都可以被忽略掉。

「我不是有意的。我和她不是一路人，只是同學關係。你若不信，我就和她徹底斷絕聯繫，不會再讓你難過。」

秦川認真的表情，讓小娟覺得很可靠，她低著頭笑了，把蒸雞蛋推到秦川面前，「快點吃，看你這久瘦的。」嬌滴滴的樣子，誰都看得出，她的心，花正怒放著。

25

不知道從什麼時候開始，秋天變得匆忙而短暫，彷彿昨天還穿著短裙，今天就要披上棉衣，任菲菲似乎還記得樓下的黃槐，滿樹璀璨的黃花，把整條道路都裝點得異常美妙，她喜歡在沒有太陽的下午，走在這條道路上，讓思緒漫天飛舞，不管是好的還是壞的，都變成一幅一幅的畫面，成為遠去的回憶。而就在今天，任菲菲推開窗子的時候，突然發現那些黃花早已不見蹤影，甚至連樹葉都已經開始掉落，和滿地的塵埃混在一起，冬天早已悄然降臨了。

電話響了很久，才緩緩被接通，任菲菲還在睡夢中，聽出是趙旭的聲音，她突然有些不知所措，只好先胡亂地問了聲好。

「你還在睡覺?那，一會兒我再打給你吧！」趙旭沒有回應她的問候，依然很小聲地說著。

「沒事，既然都把我吵醒了，就說吧！」任菲菲此刻已經無比清醒了。

「不愛我的我不愛，不是我的我不要」，王菲的歌裡早就唱出了女生面對遠離了的愛情該有的勇氣，可是越是想忘記的，卻越是記在心裡，糾纏的命運，總讓人傷透腦筋。趙旭的電話號碼，任菲菲早已從電話裡刪除了無數遍，但那11個數字就像是烙印一樣，越想丟，越記牢。但此刻，這個電話號碼不是她熟悉的，看來，趙旭還在國外。前幾天，他已經得到消息，趙旭的父親，因為牽扯到煤礦案裡面，已經被警方控制，趙旭和包小妮也已經被要求從澳大利亞回國協助調查，如果沒錯的話，他們也該回來了。

「我想請你幫我個忙，你答不答應，我現在也只能求你。」電話那頭趙旭的聲音平淡卻急迫。

「那你說吧！」

「我們家出事了，你應該聽說了。現在我媽的精神狀況很糟糕，我姨媽打電話說，我媽已經試圖自殺幾次了。我們馬上就要答辯，本來想考完再回來，現在看來也不行了，我已經在辦休學。但是我一回來就要協助調查，能照顧我媽的時間有限。我希望你能幫我去照顧一下她，我姨媽年紀也大了，幫不上忙，……」

「好了，我知道了。我答應你。」

「謝謝！」趙旭把醫院告訴她後，如釋重負。

然而，任菲菲內心卻立即後悔了！她實在不願意再去面對林淑靜這個人，那就像是又去剜自己內心的傷疤一樣，會讓她流血疼痛不已。不過，當年林淑靜侮辱傷害她的那件事，她一直沒有對趙旭講過，從趙旭的這次電話裡，任菲菲猜想，應該也沒有人告訴過他，所以趙旭才向她發出請求。任菲菲知道，不到萬不得已，趙旭也是不會求自己的，他家裡有那麼多親戚朋友，要是以前，不用開口，不知道有多少人願意主動上門了。

在他們家落難的時候，任菲菲不能推辭，沒什麼其他理由，只是為了趙旭。

趙旭告訴任菲菲，他媽媽最愛吃櫻桃，她起床後第一件事，就是打電話給水果商，請他們送一箱最新鮮的櫻桃到家裡。她小心地把櫻桃倒出來，用鹽水泡洗乾淨，一顆一顆碼放進飯盒，乾淨漂亮。

「不要管我，你們都是壞人，把我綁起來幹什麼？」

還沒有進病房，就聽見病房裡傳出撕心裂肺的叫喊聲，任菲菲能夠辨別得出這把聲音，那曾是她最懼怕的聲音之一。她加快腳步，在走進病房的一瞬間，她遲疑了，她站在門口，手扶著門沿，只見一群醫生護士圍在病床旁邊，病床上的女人穿著病號服被綁在床上，手腳還在掙扎亂動，頭髮散亂著，腦袋不停地扭動著，訴說的是一種難耐的痛苦。

「打安定。」一個醫生輕聲告訴旁邊的護士。護士點點頭，熟練的在旁邊的操作台上準備起一次性注射器和針水。

針頭戳入女人白皙的皮膚，女人很快地安靜下來，不一會兒合上眼睛，沉沉地睡去了。混亂的房間頓時安靜如初，大家搖搖頭，先後離開了病房，經過任菲菲身邊的時候，幾乎每個人都用奇怪的眼神打量了她，仿佛在看一個怪物一樣，但是沒有人問一句。等全部人都離開以後，她輕輕把房門關上，再把房間的窗簾拉上，拉了凳子，坐在病床前。

多可笑的畫面？這樣冷清的時候，竟然是被這個家傷害過的任菲菲坐在這裡。任菲菲看著那張熟悉又陌生的臉龐，沒有化妝，雖然倦容滿面，但是依然輪廓分明，皮膚底子很好，像這樣的年齡能有這樣的肌膚，足以說明生活的優質，不過相比兩年前，還是有些蒼老了。趙旭就像極了這張臉，她突然有些莫名其妙的聯想，趙旭將來也會像這樣老去嗎？

房間的光線從亮到暗，任菲菲從中午出去吃了午餐回來之後，就一直坐在病房的沙發上看書，不知道什麼時候，已經睏得睡去。

任菲菲夢見自己坐在自行車後面，一隻手抱著趙旭的腰，催促著。另一隻手拿著一隻月桂花，還不時放到鼻子前聞一聞，菲菲覺得整個人都漂浮了起來，像是一片羽毛，在陽光的照射下，隨著風不停地往前飛去，她看不清太陽的輪廓，因為那陽光太強烈了。

任菲菲一低頭，手中的月桂花突然變成了一朵雍容華貴的粉紅色牡丹，好漂亮的牡丹，花朵渾圓壯碩，最外面的花瓣大而光滑，越往裡越小，密密麻麻地排列著，根本數不清有多少這樣的花瓣，讓人不得不讚歎大自然的巧奪天工。菲菲懷著一種從未有過的滿懷憧憬又十分珍惜的心情捧著這朵牡丹，突然，所有的花瓣像碎瓷的粉末一樣，傾瀉而下，散在了菲菲的裙子上，然後掉到地上，然後消失到看不見。

任菲菲著急，卻喊不出聲，只覺得一陣心痛。

「你來幹什麼？」突然的一聲，讓任菲菲驚醒過來，她看見床上的女人正盯著自己，雖然聲音讓人恐怖，但是眼神已不那麼可怕。她趕緊站起來，走了過去，平靜地說道：「你以為我想來嗎？如果不是趙旭求我。誰會在這種時候來這個倒楣的地方？」

「你來看我的笑話呀！」林淑靜的語氣沒有那麼犀利了，她撇過頭去。

「現在你們家倒楣了，你看看你的那些親戚朋友，誰會來看你？你做夢也沒想到有今天吧？」任菲菲話音很低，卻字字帶血。人生就是一場沒有腳本、沒有彩排的戲，誰都不知道過程和結局。早知今日，何必當初，林淑靜如果會猜到在自己人生最痛苦的時候醒來，看見的第一個人居然是任菲菲的話，林淑靜也許當時就不會那麼兇惡地對待她。

任菲菲把手洗乾淨，準備餵櫻桃給林淑靜吃。

「林淑靜，林淑靜的家屬在嗎？」護士從呼叫器裡傳出聲音。

「在。」任菲菲回答。

「病人醒了嗎？」

「醒了。」

「好，一會兒給病人送晚餐。」

「謝謝！」

都是任菲菲在回答。女人不說話，只滿眼疑慮地看著任菲菲，在不經意間眼角就流出淚來。任菲菲看著她那樣子，突然心生惻隱。就坐在床沿邊上，慢慢地餵林淑靜吃水果，她也乖順地吃著，卻始終一言不發。吃了幾顆後，她用下巴指了指廁所的方向，任菲菲趕緊解開綁在林淑靜身上的綁帶，扶她起身，幫她穿上拖鞋，一直攙著她到廁所門口，林淑靜站住，用一隻手扶住門框，做出不讓任菲菲跟進去的意思，任菲菲也很明白地鬆開扶在她肩膀上的手，讓她獨自進去。

林淑靜一進廁所，還不等任菲菲反應，就迅速地把門反鎖上。

任菲菲轉身回到病床前，支好小桌子，準備晚餐，突然聽到廁所裡一聲猛烈地撞擊，緊接著玻璃破碎的聲音，不好，任菲菲知道出事了，趕快衝出房間，尋求幫助。

等保安把廁所的門撞開時，所有人都嚇了一跳，林淑靜靠牆斜坐在地上，她用碎玻璃割腕自殺，流著血的手腕搭在馬桶上，臉色蒼白，洗手台上面的玻璃鏡面已經變成碎片散落在地上。

「家屬是怎麼看的？」

「誰允許你鬆開綁帶的？亂搞！」

「她如果死了，誰負責？」

聽著醫護人員的責難，任菲菲對林淑靜氣憤難忍：「林阿姨，你不要來害我，你要死也要找個好地方！我知道，你其實不想死，你真想死，就不會在這種情況下尋死，你知道我在這裡，會喊醫生來救你。你都這樣了，還來騙我？」

林淑靜的眼皮抖動著，始終沒有睜開，唯有兩行眼淚在流淌。

任菲菲心又軟了：「唉，阿姨，花無百日紅，人無千日好，誰都會有倒楣的時候，再難的事，頂一頂就過去了。」任菲菲坐在椅子上，把林淑靜受傷的手蓋上被子。

她仍然毫無表情，也許有滿腹的話想說，只是她不知道如何開口。

26

從醫院出來的時候，夜色已經很濃了，氣溫降到十度以下，刮著風，任菲菲把羊絨圍巾往上拉了拉，試圖把嘴巴也遮住，這樣呼吸出來的熱氣還可以留在圍巾裡保持一段時間。任菲菲快步走向自己的車。開門、上車、鎖門、發動，動作的迅速是源於強烈的自我保護意識吧！車裡的廣播傳出蔡琴悠悠的歌聲，在寒夜聽起來很溫暖，「是誰在敲打我心」，這是電影《無間道》裡面最常響起的音樂，仿佛是一個堅實而厚重的罩子把整個裡面和外面的空間隔離開來，被罩在裡面的那部分，安靜祥和，根本不管外面的風起雲湧。任菲菲現在也這樣覺得，車裡面溫暖安全，此刻她倒真的有一種莫名的快感，是離開醫院那凝重的病房，還是擺脫了林淑靜無奈的羈絆？抑或是潛藏在心靈深處那一點點的幸災樂禍？

任菲菲試著撥通王總的電話，在這樣的時候，她很想找個人傾訴，就想聽到一句貼心的話。電話通了，但是很快被按掉，她知道，男人一定在他老婆旁邊，或者他老婆一定在他旁邊。這種被列為二等公民的滋味，她早已嘗過多少遍，只是相比起其他男人能給予的廉價的愛慕之情，她寧可穿著他從紐西蘭買回來的羊絨大衣在高檔車裡忍受這種心酸，她輕輕地歎了一口氣，突然從胸口透出一種酸痛的疲憊。

收音機裡傳出午夜的電台節目。

「喂，你好！」主持人低沉的聲音，很有男人的磁性。

「喂，主持人。」對方的聲音顯然很忐忑。

「你好，你有什麼心事需要傾訴嗎？」主持人減慢了語速。

「我女兒很想她爸爸，但是我又不想讓她見她爸爸，我很矛盾。」女人說著很不標準的普通話。

「為什麼呢？」

「因為她爸爸，現在正在坐牢，」電話那邊傳來一陣沉重的呼吸聲，「她爸爸殺了我爸爸。」女人開始哭泣。

「你的意思是，你丈夫殺了你的父親。」主持人顯然有點被這短短的兩句話輕微地嚇到了，以自己理解的方式重複了一遍。

「是的。」女人還是努力忍住哭泣回答。

「你女兒多大？」

「七歲。」

「你能告訴你的女兒，她的父親已經死了嗎？這樣禽獸不如的父親，你怎麼能再讓你的女兒對他還有什麼念想呢？」

女人更加悲傷，哭泣明顯更加。

「真的，我知道這很難，但是不管什麼原因，還有什麼比對自己親人下毒手更兇殘的人呢？」主持人嚴肅的措辭中明顯說明著憤怒。

「可是我自己也有點想他」空氣中安靜了幾秒鐘之後，女人傳來這樣一句話。

「啊」主持人一聲沉重的歎息。

之後的對話，都在任菲菲虛無縹緲的思緒中被隱成背景了。女人到底是女人，心軟，只要心裡還存有一絲的愛，就會找遍所有的藉口，將原諒進行到底。她不管這一絲的愛，存在得是否有意義，是否有道理。又或者，女人父親的故事也會讓知道的人恨得咬牙切齒，所以女人對這個男人還留有愛戀，所有的這些，都只是外人的猜測，沒有一個人能完全瞭解另一個人的全部心思，哪怕是最親密的人，所以不能去評判任何情感的對錯，法律只是用來在客觀事實上的認定，並不能約束情感。想到這些，任菲菲本來抑鬱的心情又稍有些開朗。男人是因為婚姻關係在束縛他，他有婚姻內的責任，而她相信，那個粗糙的手掌帶來的溫度，一定是真實的，她要做的只是乖乖呆在家，等著他的電話。像個拉線木偶，不要有感情，只跟隨著牽扯的線隨著拉線人的心情上下擺動，讓拉線的人獲得滿堂喝彩之後，繼續疼愛著自己，為下一場演出準備。

「不能陪你多聊了，我馬上又要去醫院。」金超一大早就來電話詢問趙旭媽媽的情況，任菲菲說了些情況，她知道金超是可以信賴的。

「我陪你去吧！我也去看看她現在的狼狽樣。」

「算了，別這樣幸災樂禍！」她說完，自己都覺得有點尷尬，「他媽媽現在情緒很不穩定，也不想見人，大部分的時間都靠鎮定劑幫助睡眠。」

「你真善良，在這種時候，還能這麼做。」

「過獎了，你不也一直背著你爸爸對我好嗎？」任菲菲笑道。任菲菲一邊套上王總從澳大利亞帶給她的雪地靴，還是覺得應該對金超說真話：「其實我很不情願，他媽媽也很抗拒，但是，命運就是這麼別出心裁，讓我們必須在這種時候相處。她很無奈，只好通過睡覺來逃避我，呵呵！」

金超知道，任菲菲的自嘲掩蓋了她很多的心酸。

「你總算來了，病人不肯吃飯。」才走到病房外的護士站，就聽見值班護士告狀。任菲菲趕緊走進房間，就在她看到林淑靜的那一剎那，她感覺到她的眼神裡一閃而過的光芒，任菲菲的內心突然覺得很感動，之前所有的委屈都隨著感動，釋然於心中。

飯菜已經冷了，任菲菲放到微波爐裡加熱，利用加熱的時間，她去廁所洗了手，削了柳丁。林淑靜像個孩子一樣，安靜地等著，任菲菲一口一口地餵，她也配合地一口一口咀嚼，仍是面無表情，也沒有說話，是啊，她們之間該說什麼呢？

也怪，這時候，她腦子裡總是會出現趙旭的影子。她努力不去想他，但是，眼前他媽媽那張臉，總會撞開她記憶的隱秘之門。

三月的圓通山，櫻花開得如火如荼，遮住了天空，蓋住了草地。粉紅的、白的，一團一團，好像在初春的時候趕上枝頭來參加這個熱鬧的集會，漂亮壯觀。人們在樹下的草地上坐著，紛紛飄下的櫻花花瓣像柔弱的雨滴落在頭上、臉上，也沒人會去多在意，只覺得是這美景藉著花瓣在撫摸著自己。

任菲菲對於這次的約會，內心充滿期待，雖然她不想讓自己看起來像個沒談過戀愛的小姑娘那樣焦躁不安，但是毛躁的心情總會讓她做什麼事都好像慌裡慌張的。她一個晚上沒睡好，就是在想該穿什麼衣服，該準備什麼話題。翻來覆去她又覺得自己很膚淺，吸引男人一定要靠這些嗎？

趙旭來接任菲菲的時候開的是一輛白色的車，看得出車子從裡到外都洗了個乾淨，車軲轆的外側都被洗刷過，鋼圈是光亮的，輪胎皮也是黝黑的，坐進車裡還有一股不錯的香水味兒。

「今天比平時還漂亮。」趙旭很會說話，他沒有說「你今天真漂亮」，而是用了個比較句，讓聽的人覺得，自己的漂亮一直是被他注意著的，這讓任菲菲滿臉笑意。

「我永遠愛你。」在櫻花飛舞的花瓣中，趙旭對任菲菲這樣承諾，仿佛是發自肺腑。

女人一旦被男人許諾，她們就會天真地等待男人實現承諾，不管是怎樣的話語，她們心裡總會自動地萌發出一顆自以為是男人埋下的種子，等待著被灌溉然後發芽，在手心裡長出生命的掌紋。可是男人偏偏不是擅長發現種子存在的莊稼漢，聰明一點的也許會從女人等待的眼神裡，領悟到灌溉的責任；遲鈍一點的，也許從女人的惱怒的語言裡，猜測出灌溉的責任；而只在乎自我的，根本不看不聽不管，又怎能知道女人內心真正的渴望？

「唉！」任菲菲輕輕歎了口氣。如今，早已習慣等待和被等待傷害的任菲菲，還是忍不住為趙旭尋找著藉口，像是守門的一盞燈火，在寒風中搖搖欲滅。雖然任菲菲覺得自己是多麼可笑。

吃過午飯，林淑靜坐在輪椅上，被任菲菲推著到醫院的花園曬了曬冬天的太陽，兩人依然沒有多餘的話。任菲菲要停要走，林淑靜也毫無表示，十足的木頭人。陪人始終是無聊，於是等林淑靜午睡後，任菲菲就來到走廊摸出手機，準備打電話。她很自然地先想到給秦川打，沒人接；她又和馮霞聊了半小時；最後跟媽媽也打了一個電話，但是沒有說她正在照顧趙旭媽媽的事。

晚飯後，護士把餐具收出病房的時候，外面的天空已經全黑了，林淑靜自己慢慢地去了趟廁所，然後上床睡覺，房間安靜依然，任菲菲確定林淑靜把自己調試到最舒服的睡眠狀態後，拿起包，準備離開。

「別走，再陪我一會兒。」林淑靜突然說道，不是懇求，反倒像是命令。

因為房間實在安靜，就算林淑靜說得很輕，聲音依然覺得強烈。任菲菲愣了一下，隨即應了一聲「哦」。

「其實，我也救過你！」林淑靜說。

「什麼？你還救過我？」

「有人要害你，我阻止了。」

「真的？」

「現在說這些，有什麼用？信不信由你。」

任菲菲疑惑不解，轉身走到林淑靜病床邊。可林淑靜並沒有再說話。病房的窗外，正好可以看到半個城市的夜景，市區裡的高樓都裝上了廣告燈光，路上的車水馬龍，一切被籠罩在黑夜下，一切又都拼了命的發出存在的信號。

任菲菲看著窗外，安靜地等待著，或許是陪伴著，她沒有去追問，但心裡卻感到了林淑靜的一絲善意。不知為什麼，也突然覺得這是兩個孤獨的靈魂在寒夜裡互相陪伴，不再需要語言。她用雙手捂著林淑靜的一隻手，慢慢的摩挲著，讓她安靜的進入夢鄉……

有人在她的肩頭拍了一下，讓她驚醒過來。

「噓！我回來了。」不知道什麼時候，趙旭就站在了任菲菲的身後，把她嚇了一跳。

「她睡著了」，任菲菲小聲說。

「讓我好好看看她！」趙旭淚湧眼眶。

在醫院的走廊角落，他們站著小聲講話。

「你來看就來看嘛，為什麼不吭聲？嚇了我一跳。」任菲菲理了理有些淩亂的頭髮。

「你們這麼安靜，我不敢打擾。而且，」趙旭稍微停頓了一下，「我不知道跟我媽說些什麼，因為她可能也會被牽扯到案子裡。」

「啊？」任菲菲瞪大了眼睛。

趙旭是剛下飛機，就直奔醫院的。

「包小妮呢？」

「直接從機場去看她爸了。」趙旭說，「你看，我們現在……」

「人生都會有坎坷，挺一挺就過去了。我跟你媽也這樣說的。」沒等趙旭說完，任菲菲就打斷他的話。

趙旭又走進病房看了看林淑靜，就與任菲菲告別要去看包發富一家。臨走，對任菲菲又是拜託，又是感謝。

27

「看我給你帶了什麼？」王總那雙粗糙的手裡提著一個大盒子，裡面看起來像是吃的。

「什麼？」任菲菲打開門迎接，但臉上沒有洋溢著笑容。

「斯里蘭卡大螃蟹。我們今天外面吃飯，這個很好吃，我就專門打包來給你。」王總把打包的盒子打開，一股濃濃的咖喱味撲鼻而來，這是任菲菲最喜歡的味道，但是此刻她突然覺得很委屈。

「怎麼了？誰惹我的寶貝了？」王總把任菲菲攬在胸口，用了心疼的口吻。

任菲菲搖了搖頭，「沒有。我不是你的寶貝。我只是你的一個的玩具，想起來玩一下，想不起來就扔在一旁，看都不看一眼。」

「傻瓜，瞎說什麼？我要是不想著你，怎麼會打包回來給你吃呢？」王總揉捏著她的肩膀。

「我沒瞎說，我只是個附屬品，你可要可不要的東西。」

「不許瞎說了，見過這麼貴的附屬品嗎？還得用個大房子供起來？」避重就輕是所有男人最擅長的本事，這個老道的男人當然更不例外，他淡淡地回答道。

「房子又不是我的名字，算什麼供呀？」任菲菲說了事實，她不是故意耍的心機，但是不可避免的，男人一定會這樣想。

「好，買。給你買一套不就成了？」王總面不改色，鬆開了摟著她的手。

任菲菲突然覺得自己有些恬不知恥，她堅持的這場感情優先，金錢第二的交易中，最後還是讓金錢佔據了主導。她在心裡歎了一口氣，覺得自己有些作賤。

「我雖然沒多少錢，但是我還沒有低賤到跟你討房子，」對於王總這樣的反應，任菲菲有些難過，她不想讓自己過不了良心這一關。

王總沒有接話，只是深吸了一口煙，吐著煙圈的時候，點了點頭。

「我這段時間，都在照顧趙市長的妻子。」任菲菲故意隱去趙旭。

「我知道。」

「你知道？哦，是，你應該什麼都知道的。」任菲菲一開始有些驚訝，但想到王總的能力，也就不奇怪了。

「我沒有要窺探你隱私的意思，但是你知道，現在是非常時期，法院很快就會判了，連林淑靜也會有問題。所以我不希望你惹到任何麻煩。」

「為什麼這麼嚴重？」

「唉，員警從他們家搜出來上千萬的現金，還有珠寶玉石，香煙名酒，林淑靜能脫得了關係嗎？而且她在單位上仗著老公的身份，也是貪得無厭，不少人也舉報她。」

王總用粗糙的手摟過任菲菲的肩膀，「本來我早想跟你說，但是我知道，你肯定不會聽，在這種時候，讓你撒手不管趙旭他媽媽，不，趙市長的妻子，這不是你的性格。」

「呵呵」任菲菲冷笑了一聲，「原來在你眼裡，我還是善良的。」

「我說過你很特別，對別人善良並不是每個被善待的人都會感激的，大多數的時候會被認為是應該的。可是該對誰善良？被欺騙、被背叛的人都會像你嗎？」

「你很同情我？那是因為你在商場上爾虞我詐看慣了，所以才會這樣消極。」

「不單單是商場上，連最親的親人，有時候都會讓你失望。」王總就此打住。

任菲菲自然不會多問，她在不知不覺的情況下，已經傷害了其他人。

「我告訴過你，沒必要去看她。」王總用他粗糙的手捏了捏任菲菲的左臉，像是在疼惜一個可愛單純的傻瓜一樣，對他，任菲菲沒有什麼隱瞞，普通的女人就是這樣，一旦付出了身體，加上自己的感情，就會自以為是地認為和這個男人之間的距離已經近了，便會毫無顧忌地讓男人承受自己的喜與悲，如果男人有同樣的愛，那他會願意負擔，如果男人心裡並沒有同樣的愛，那他會覺得這個女人是負擔。

也許男人對任菲菲是有愛的，他會從他成熟男人的角度，來幫任菲菲分析她遇到的所有問題，然後又幾近溫柔地吻向任菲菲翹而微厚的嘴唇，任菲菲酥軟的身體，像一股妖嬈的香氣，在男人的懷中，自由穿梭，讓那個漸漸有些枯萎的身體，頓時又發出嫩芽。

「你還會寵我多久？」任菲菲看著王總，突然冒出這樣一句話。

「一輩子。」王總把她緊緊地摟在懷裡。「傻瓜，別胡思亂想。」王總像往常一樣迴避了這個問題。

「我的青春不會持久，你對我應該也不會持久吧！」任菲菲眼中的淚總算是滑了下來，只要是處在這樣位置的一個女人，而且是一個聰明女人，大多都會時常患得患失，儘管她已經試著撲騰著翅膀，想要逃開這個牢籠，但畢竟，她已經在這個牢籠裡太久，多少還是會留戀。

「人生幾十年，很快就過了，等你到我這個年齡的時候，就會發現，時間真的是飛快的，好像有加速一樣。來不及你回想，大半輩子就過了，輝煌也好、失敗也好，都是過眼雲煙，很快消散。所以讓自己快樂地活著，不要用些無謂的事煩惱自己，知道嗎？」王總又一次語重心長地重複他人生苦短、時光飛逝的理論。

「你有好久沒來看我，甚至都不給我打個電話，只是在你需要的時候，才突然出現，我整天對著這個空房子，心裡直發抖，」任菲菲用手指抹了抹眼角的淚，「有時候我在想，如果我只是隨便找一個小夥子結婚了，買不起這樣的房子，但是有他天天陪著，我會不會開心些呢？」

「貧賤夫妻百事哀，幸福的婚姻還是要建立在物質基礎上的，特別是你這樣的女人，如果你隨便找個小夥子，你不會開心的。」

「你這樣的女人？」這一句話傷到了任菲菲的自尊，她的心裡好像被刺了一刀。

亦舒在《胭脂》中曾經寫到，「不過女人到底是女人，日子久了就任由感情氾濫萌芽，至今日造成傷心的局面。女人都癡心妄想，總會坐大，無論開頭是一夜之歡，或是同居，或是逢場作興，到最後老是希望進一步成為白頭偕老，很少有真正瀟灑的女人，她們總是企圖從男人身上刮下一些什麼。」

可是任菲菲除趙旭外，王總是她有過那種關係的第二個男人，她堅信自己付出的感情。是誰說的，「誰動感情，誰完蛋」。任菲菲知道自己會完蛋，所以她想要控制自己的感情，她知道自己的底線，她玩不起，也玩不過，她知道王總不會為了自己和妻子離婚，就算離了婚，她也不能保證不會再有一個任菲菲出現。其實她想得很多也很透徹。

春宵一夜之後，像是做交易一樣，王總又給任菲菲留下一筆豐厚的零花錢。

她看著男人離開的背影，不知為什麼會突然心如止水。

不管是怎樣的說法，任菲菲應該早已經無所謂了，曾經，她是那麼抗拒別人在背後議論她是「小三」，漸漸的，變成習慣了，她甚至邪惡地開始有點把別人的這種指點，當成是吃不到葡萄說葡萄酸的嫉妒心理。「小三」又怎麼了？封建時代，大戶人家的男人，誰不是三妻四妾的？只不過現在是法律約束在一夫一妻制。就算是一夫一妻，沒離婚的，有多少還是忠心耿耿，專一不二的？任菲菲她當了所謂的「小三」，但是她的原則是，不傷害到正房的利益，她得到她想要的，但是不爭地位，不爭名分，保持著和諧，然而她畢竟是女人，還是渴望得到真正的愛，不管是建立在肉體關係上或者是金錢利益上，一定要有愛，不然她會覺得她的靈魂受到了玷污。之所以她同意了和這個男人在一起，她欣賞他的精明機智和穩重幽默，最重要的是，這樣一個經歷了多少風雨滄桑的男人對她懷有過愛情。

但是現在，這一切似乎在慢慢地離她而去。她有種感覺，一種極不安全的感覺。

28

趙旭回國後，任菲菲就基本不再過問林淑靜的事了。她這才想起和秦川已經好久沒聯繫上了。她也曾打過很多次電話，秦川都刻意迴避。她有時就連續打，這樣，秦川不得不用簡訊回覆，說自己工作很忙，暫時無法回話。這種方法一次兩次可以奏效，但是次數多了，任菲菲不免要懷疑。但那陣子要忙醫院的事，也就沒功夫計較。

現在一閑下來，任菲菲就特別想念秦川，想約他去看海鷗。

然而，秦川仍不接電話，甚至連簡訊都是很久才回簡簡單單的幾個字。

「你真的那麼忙？需要我到你們公司來看看你嗎？」任菲菲發簡訊問。

秦川一看，不免擔心，有了上一次的經驗，他不敢確定任菲菲會不會再來第二次，想過之後，他脊背有些發涼，只好藉口上廁所，趕緊回了電話給她。電話裡，無外乎先是任菲菲一陣不信任的質問，在他的解釋後，又獲得任菲菲一陣得意的笑。

「菲菲，我還在上班，現在不能跟你聊天，對不起。」秦川急得一身汗，不得不打斷任菲菲正在興頭上的話。

只聽見電話那頭一陣沉默，還未等她說正事，電話突然地掛斷了，只剩下「嘟嘟嘟」的聲音，像是結尾用來表示意猶未盡的一串省略號。

滇池之濱，新修的海埂大堤，近幾年成了人們觀鷗、賞鷗的新景觀。

任菲菲沒約到秦川，心情鬱悶，便約馮霞來這裡餵餵海鷗，放鬆放鬆心情。

「看著滿天的海鷗，好漂亮啊！」馮霞興奮地叫著、跳著。

「是啊！」任菲菲並不是很高興，「還有這麼多人關心牠們。」

「別不開心了，幸福是相對的，人類關心海鷗，海鷗覺得幸福，人們也得到快樂了呀！」

「你能這麼想就好，說明你心裡的那個包袱已經解開了。這個倒是讓我覺得很開心。」任菲菲總算有了一絲笑容，接過馮霞手中的麵包，掰成小塊兒，撒向空中——

「小天使們，自由地飛吧，快樂的舞吧，快、快來吃啊！」

只見海鷗像一支支箭，俯衝、停頓、轉彎，每個動作都那麼流暢和迅速，真的是像「精靈」一樣，準確無誤地把任菲菲拋出的饅頭銜在嘴裡。

「菲菲，你看前面。」馮霞突然停下手中的動作，叫了一聲。

順著馮霞手指的方向，任菲菲看見一對年輕的男女正穿著婚禮服，以飛舞的海鷗為背景，手牽手甜蜜地任由攝影師安排動作造型，似乎是秦川和小娟，對，就是他們。

任菲菲愣住了，她呆呆地站著，看了一會兒，說了一句「我們回去吧！」

她拉起馮霞扭頭就走。

「哦！」沒等馮霞反應，已經被任菲菲拖著走出幾米的距離了，任菲菲的腳步也越來越快。

走了好一會兒，任菲菲就泛起噁心來，「我胃難過，想吐，」她急忙奔到一個隱蔽的角落吐了起來。她蹲在那裡，雙手用力頂住胃部。

「怎麼這樣啊？都怪我，不該來看海鷗的。」馮霞急了，急忙輕輕拍著她的背。

「啊、嗯，」任菲菲的臉上冒出大顆大顆汗珠。突然，身子一軟，就癱倒在地，不省人事。

馮霞嚇壞了，一屁股坐到地上，一邊把任菲菲拖抱在自己懷裡，一邊就大聲呼救。

立即就圍過來一群人，有的人指點著把人放平，有的人幫著掐人中、捏虎口，有的人要馮霞不停地呼喊任菲菲的名字……

「菲菲、菲菲、任菲菲！」馮霞喊著。

保安忙著叫救護車，也有人忙著用手機拍照。

在馮霞含著眼淚的呼喊中，任菲菲總算醒過來了。

「好了，好了，不需要叫救護車了，她是暫時性休克，休息一下就好了。拿點水給她喝。」剛才幫掐人中那位遊客說。

「還是叫救護車吧！」有人建議。

「他就是主任醫生。聽他的。」那位好心人的同伴說。

有人遞過水來，任菲菲搖搖頭。她看了看周圍一群陌生的臉孔，又無力地閉上眼睛，兩行淚水奔流而出。

「菲菲，你不要嚇我啊！」見任菲菲這模樣，馮霞眼淚又婆娑起來。

醫生檢查確定任菲菲沒有大恙之後，就讓她出院了。但是她的情緒更加不好，酒吧又成了她每天固定的活動場所。

喝醉的時候，「秦川」這個名字就會在回憶裡出現，任菲菲閃過些許的心痛，特別是想到秦川這麼久簡直斷了聯繫，一定是享受著愛情的甜蜜，心中像是有百般糾纏的樹根，錯綜複雜，辯駁不清。她最終還是忍不住撥通了秦川的電話。

「喂，你好！」還是那個熟悉的聲音，可是語氣明顯已經很陌生了。

任菲菲握著手機，靜靜地聽著，她突然不知道對著這個陌生的語氣該說什麼，而對方也靜靜地等待著。就在這安靜的幾秒裡，任菲菲的內心世界是無比的喧嘩，過往的時光像電影一樣，快速地播放著。

任菲菲沒有自行車，楊菊芬每天都給她準備幾毛錢，讓她坐公車，然而秦川每天都在學校出來不遠的第一個路口等著她，載她回家。她總是把錢攢下來，買流行的小說看，亦舒、痞子蔡、衛慧都曾是她追從和購買的對象。秦川在前面賣力地蹬著車，他知道任菲菲喜歡這樣的速度，風迎面吹，把他開著穿的白襯衫吹的飄了起來，也把任菲菲深藍色的校裙吹得鼓了起來。任菲菲放心秦川的車技，因為她知道秦川不捨得讓她受傷，她一隻手輕輕扶著秦川的腰，一隻手握著新買的小說，如饑似渴地讀著，時而仰起頭，眯著眼睛看看被霞光染成橘色的天空，也許這就是所謂的給一點陽光就能燦爛的美好日子。

那片陽光似乎還覆蓋在任菲菲的心上，「你好嗎？」任菲菲終於問了一句最最普通的話，她是那麼真心想知道他好不好。

「秦川，是誰啊？快點，你爸爸要上廁所。」電話那邊傳來遠處一個女聲，女人的敏感告訴任菲菲，那是小娟的聲音。

「對不起，我掛了。」

「你爸他……」

電話那頭已經是斷線的聲音。這讓任菲菲本來因為要不要打這通電話而糾結不已的心更加地緊張，雖然小娟的聲音讓她心裡有那麼一點嫉妒，但是，她更多地在想到底秦川的父親怎麼了？那個身材瘦削的中年男人，有著一雙炯炯有神的眼睛，總是笑眯眯地，這樣一個和藹的父親，到底怎麼了？一種不祥的感覺讓任菲菲的酒意醒了一半。

「你爸爸怎麼了？如果你有什麼需要我幫忙的，請一定讓我知道。」任菲菲知道再打去電話，會讓秦川為難，於是發了簡訊。

一個晚上的等待，讓任菲菲不能很好地入眠，放在床頭的手機，她看了一遍又一遍，始終沒有等到回覆。簡訊就是這樣，發出的人只能被動等待，接收到的人，歡喜又正好有空的，立刻回覆；歡喜但沒空的，一有時間，就會趕快回覆；不歡喜又沒空的，看都不看完，直接刪除；不歡喜但是有空的，也許會耐著性子看完，然後不回覆。猜測的永遠是那個不知別人內心的發送者。

任菲菲還是沒有忍住，再次拿起電話，打了過去，這一次，沒有人接聽，不祥的感覺淤積在心頭，越發明顯。電話突然響了，顯示的是「秦川」，「喂，秦川，到底怎麼了？」

「你是任菲菲？」

任菲菲聽出來，是小娟的聲音，而且語氣極不友善，「我是。」她只好把音調調試下來，力圖讓它聽起來從容一些。

「你打電話來有事嗎？哦，對了，就算有什麼事，我想秦川也不可能去幫你了，他不是你請的貼身保鏢，你也不用再濫用他對你的感情，那些都是過去的事了，雖然我不知道你要不要臉，但是請你給自己留點面子，以後不要再打電話來。」小娟不等她回答，就把電話掛了。

任菲菲有些來不及反應，半張的口，沒有做任何的辯駁。在她緩過神來之後，她是釋然的，是真的覺得虧欠，能有一個人這麼心疼秦川，而來責怪自己，任菲菲是覺得安心的，有了這樣的一個人，有再大的困難，秦川都可以和她同患難了。

「總算有種力量，讓我長久以來不安的心得到一絲慰籍。總算有顆心，讓你失衡的情感找到一個停泊的港灣。」任菲菲在自己的ＱＱ簽名上寫下這段話。很久沒有登錄，很多陌生人發來交友請求，不停地閃動，任菲菲一一拒絕，到最後，一個熟悉的頭像也在閃動，是秦川。

「菲菲，我今天跟你說說小娟吧。她是個很可愛的女孩，率真，敢愛敢恨，她從專縣上來，很珍惜現在的這個工作，很努力，我想，跟她在一起我可以過一個有自尊的正常生活，不被當作替補、不被當作後備輪胎。我沒有責怪你的意思，一切都是我自願的，只是我終於明白這樣的感情是得不到回報的。菲菲，真的要從心裡戒掉你了，男子漢說出口的話，一句頂千斤，你心裡有你的夢，而這個夢，我無法實現。再見吧，讓我可以好好繼續我自己的生活。祝福你實現你的夢想，也祝福我自己。對了，我曾經跟你說過會當你的騎士，在遠處默默看著你，只要你需要，我一定會出現，我想，我還是會那麼做的，就算是上帝的安排，讓男人必須盡保護女人的職責吧。」

看著這段文字，任菲菲眼眶濕潤了。她第一次徹底地面對秦川的內心，她曾自私地以為秦川是不會拋棄自己的，她曾自負地以為秦川是捨不得自己的，她似乎忘了，每一份付出，並不是天經地義的，擁有的時候，覺得得來的太容易，就會忘記它本身的珍貴。如果分開真的是一個說放棄，另一個也願意罷手的話，世界上就沒有那麼多的愛恨情仇了。連電話都不願接，他還會盡什麼職責呢？

當任菲菲確切感到秦川的心真正離她而去的時候，頓時如五雷轟頂，痛不欲生。雖然，她知道這結局是不可避免的，但從小的情誼失去了，再沒有這樣一個好哥哥了，沒有人這樣關心自己，沒有人這樣保護自己了；沒有人分擔自己的痛苦，也沒有人真正分享自己的快樂了；沒有人可以讓自己耍小孩脾氣，也沒有人容忍自己的撒潑和無賴了……哭了，誰來哄我？醉了，誰來管我？天啊，自己從小依靠的那座大山崩塌了，好像被孤獨的拋到天上，又重重地落在大海中，波濤滾滾，黑暗無邊。

生活中失去了秦川的存在，任菲菲好像失去了魂魄，心被什麼掏空了。她與秦川從小到大的一切，又像電影一樣在她的腦海裡一幕一幕的放映，一刻不停地放映。只是已經放過太多次的過往，讓影片開始泛黃發舊。

她累了，也想休息，強迫自己不去看這些早已發黃的鏡頭，然而，沒用。真正是「才下眉頭，又上心頭。」

她開始整夜整夜地失眠。

29

咖啡淡了
是因為冰塊溶了
沒怎麼了
淡了就是淡了
擱在桌上還要不要

不再愛了
是因為感情壞了
你怎麼了
壞了就是壞了
沒有什麼大不了
我們不快樂
快樂後不再快樂
就在最後的一秒

抱了吻了哭了
快樂不快樂
沒什麼不快樂
就在最後的一秒
我們的關係就這樣了

秦川的離她而去，真是讓任菲菲變成了另一個人。經常失眠，使她精神無法集中，幹什麼都沒意思，無心上班，無心打扮，連吃飯也可有可無，更沒有與王總親親我我的興趣。

為了擺脫這煩惱，她約馮霞去KTV。

空空的包房裡面，馮霞懶懶地唱著歌，臉上透著淡淡的憂愁。任菲菲在一旁倒著酒喝，傻乎乎地像個儲酒的容器，從瓶子裡把酒倒出來，然後又灌進自己的身體裡。

半醉半醒的時候，任菲菲的內心是最清醒的時候，只有這個時候她才能真實地面對自己的情感。對趙旭，她已經完全沒有一點愛意，只剩下對朋友的同情和關心；對秦川，她有著超出朋友的愛，但是又達不到愛情，她心疼他，心底始終保留著問候；對王總，她有想跟他一起生活的衝動，但她知道她終究只能得到一份殘缺的感情，她的幸福到底在哪裡？她是如此渴望上帝能給她指引方向。

「菲菲，別喝了，你喝了不少了。」

「沒事，這裡晚上有代駕服務，」任菲菲見空又喝了一口。紅酒，總是有種迷人的微酸的香氣，像帶著法國波爾多陽光一般，引誘傷心的人忍不住多喝，「我說阿霞同學，你能不能別唱這首歌，我心裡怎麼越聽越難受呢？」

馮霞看得出，自從見到秦川和小娟拍婚紗照之後，任菲菲就開始心神不寧，喝完酒，更是有意無意地數落秦川的種種不是，說他不再關心她，說他沒有愛心，沒有良心。

「你跟我說過的呀，沒有一個人有義務承擔你的痛苦，何況他從來就不是你的男朋友，他憑什麼為你付出那麼多？」這是馮霞聽完任菲菲所有傷心的抱怨之後，說的唯一的話。

秦川他憑什麼要對自己好？不用馮霞說，任菲菲也反復問過自己這個問題，他曾經對自己的好，自己回報了什麼給他？時間老去，誰該為誰等候？他沒有錯，自私的是自己，一味地接受著他的關愛，心安理得地從未想過付出。難道要他一再地為自己而錯過該停留的站口嗎？一再地強求，只是讓一個愛自己的人傷得更徹底。

所以，當馮霞試探著問：「是不是給秦川打個電話，問問他？就算是結婚，也應該通知一下好朋友啊！」

她很清醒，也很果斷地拒絕了，在秦川面前，不想丟下這最後的自尊。

關於任菲菲的生活和感情，如果她自己不說，馮霞從來不多問，任菲菲是個自我保護意識很強的個體，在她保護的領地之外，她可以很好地被相處，但是一旦她敏感的神經探測到一點點逾越的危險，捆綁在這道保護牆上的紅外感應線會全部啟動，沒有誰可以輕易地進入她保護的這塊領地。

回憶像個說書的人用充滿鄉音的口吻
跳過水坑繞過小村等相遇的緣分
你用泥巴捏一座城說將來要娶我進門
轉多少身過幾次門虛擲青春

小小的誓言還不穩
小小的淚水還在撐
稚嫩的唇在說離分
我的心裡從此住了一個人曾經模樣小小的我們
那年你搬小小的板凳為戲入迷我也一路跟
我在找那個故事裡的人你是不能缺少的部份
你在樹下小小的打盹小小的我傻傻等

任菲菲聽著，沒有說話，這樣美好的感情，要堅持談何容易，從相識到相愛，從相愛到相守，這一段一段的路程是多麼遙遠而艱辛，像上帝精心製造的人類，二〇六塊骨頭和六三九塊肌肉組成一個個精密而複雜的個體一樣，看起來普通，卻個個神奇，愛情難道不是一樣的嗎？

「阿霞，你想過，你渴望的是怎樣的感情？」任菲菲突然很嚴肅地問，像是要得到一個很重要的答案，她坐得筆直。

「細水長流，平平淡淡吧！到老了，還能一起回憶過去。當然，這要兩個人都有這樣甘於平淡的共識，有同樣的願望，才有可能實現，不然，不同心的兩個人，就像殘缺的雙腿，只有一隻腳前行，另一隻腳不肯動的話，那隻前進的腳總會有累倒放棄的一天。」馮霞唱完歌，很認真地說著，臉上的表情仿佛在回答老師的問題。

這次，任菲菲皺著眉，搖了搖頭：「難啊！」

「菲菲，你長得漂亮，又很聰明，這就是你的資本，你可以用它來實現你很多的夢想。而我，找一個普普通通的老公，然後過完平平淡淡的一輩子，沒有大風大浪，沒有大病大災，我就謝天謝地了。」

「資本？有的時候也許是害人的毒藥，我們這個社會是很現實的。門當戶對、經濟基礎、文化教養甚至親戚朋友都可能是婚姻的枷鎖，就算兩個人再怎麼相愛，最終都是空中樓閣，隨時會崩潰垮塌。」

任菲菲也知道，平平淡淡的一生，也許是最幸福的一生，只是她還不甘心。

有兩個多月了，任菲菲感受著人生從未有過的痛苦，她恍恍惚惚睡著，又明明白白的清醒。秦川與自己的過往，屁大點事都一次次地佔據著思維的空間，她想擺脫這些糾纏，卻始終趕它們不走，她不能入睡，白天去轉公園，可惜海鷗飛回西伯利亞了，那就去歌廳、去逛街，不行，一有空，秦川的事又鑽進腦海；晚上就更難熬，或起床去洗澡，或看天空數星星，甚至到社區的花園裡，整夜整夜地散步……，她已無法控制自己的思維，仿佛聽見來自另一個世界的呼喚。

她真的病了！

她真的是病了。

王總急了，陪她去看醫生，結論是精神分裂症前期。

醫生建議，除藥物治療，最好的辦法是讓病人脫離現在的環境，比如到外地旅行一段時間，一般來說，及時治療，沒什麼問題。

30

「你出去走走吧！我給你安排了去歐洲。」一天，王總把任菲菲叫到辦公室，他們已經有很長一段時間沒有在任菲菲的住處見面了，

「歐洲？」任菲菲有些驚訝，轉而又有些感激，她知道這是為她治病，醫生也對她說過。

任菲菲接過已經為她準備好的護照，順從地低下缺乏光澤的眼睛，「謝謝！」

「我們之間就不用客氣了。何況你現在這個樣子，我不負全責，但也還是有一定責任的。」王總笑了一聲，不如從前那樣爽朗。

「我知道。」任菲菲點點頭，「是我不好。」她清楚王總給不了她心裡缺失的那個部分，但是一直以來，王總還是以一個好情人的形象存在著。

「你準備一下，不是跟團遊，是自由行。你想到哪裡就去哪裡。」王總補充說。

「這我可遊不了，你不是在開玩笑吧？」任菲菲這才認真地查看手中的旅遊資料。

「我會害你嗎？到了歐洲，會有人陪你的。」王總也很認真。

十多個小時的飛行，任菲菲幾乎沒睡，就算是閉上眼睛，每個人的臉孔都像是演戲一般不停地跳出來，辛苦的母親、冷酷的父親、調皮的弟弟、憂鬱的秦川、可愛的小娟、軟弱的趙旭、霸道的包小志、嬌嗲的包小妮、精明的王哥、善良的金超、單純的馮霞……她突然明白，人的命運無法選擇，無法抵

抗，她不能選擇出身，她不能選擇在人生路上遇到怎樣的人，她不能預知明天，她不能改變過去，她能做的，只是控制好自己的情感，讓自己的處境在可預見的範圍內變得更好，讓自己的家人過得更好。所以，她雖然喜歡秦川，也只能放棄；她喜歡趙旭，努力了，最後只能離開；她也喜歡王總，委曲求全，畢竟也不是長久之計。她在一步步地成長和變得實際。

她再聰明理智，也沒有料到，一個秦川的離開竟會讓自己的脆弱暴露得如此徹底。她完全清楚，在這次旅行裡，一定要將他的印象淡漠，要讓自己好起來，但她卻又懷疑能不能做到。

到達因斯布魯克的時候，已經是晚上了，從空中俯瞰下來，城市是在群山之間，像是被阿爾卑斯山脈懷抱著的一塊玲瓏的水晶。從舷窗往外看，城市的燈光並不那樣通明霓虹，不強烈的橘黃色燈光，像夜空的星星，疏疏密密地佈滿大地。任菲菲不清楚是不是歐洲的城市都是這樣給人安靜平和的感覺。不遠處的雪山上，還看得到纜車的中轉站。因斯布魯克雖然是不大的城市，卻也舉行過四屆冬季奧運會。下了飛機，任菲菲拉了拉衣領，雖然已是四月了，這裡夜晚氣溫依然很低。

她拖著行李箱從機場出來，心裡有些忐忑，有些緊張地四下張望，看到已經有人舉著牌子在等她，她的心才放下。他是個子很高的洋人，年紀不小，應該有四十來歲，深棕色的頭髮，面帶著和藹的微笑，應該還算帥吧，他介紹自己叫法蘭西斯科。

「謝謝！你中國話講得很好！」任菲菲感謝法蘭西斯科幫她把行李搬上車。

「不客氣，馬馬虎虎！」法蘭西斯科很有紳士風度，微笑著回答完了之後，還朝著任菲菲俏皮地眨了眨眼睛。

「一會兒到了酒店，我們一塊兒喝杯啤酒吧，當我歡迎你來，你住的這家酒店自釀的啤酒很不錯。」法蘭西斯科一邊開車，一邊邀約道。

任菲菲點點頭，不過心裡多少還是有些納悶這洋人還真是隨意。法蘭西斯科幫任菲菲辦妥了入住手續，任菲菲獨自回到房間，顧不上休息，就披上一條厚厚的羊絨披肩下樓赴約。

聊天才知道，法蘭西斯科是義大利人，已經五十出頭了，他是這次帶任菲菲在奧地利旅行的司機兼導遊，精通義大利語、德語、法語、英語。慈眉善目，說話總是笑眯眯的，濃濃的眉毛總會隨著語氣的變換而上下跳動，像是另一個精靈。任菲菲覺得他很有親切感，還忍不住誇他看起來很年輕，大概是因為他快樂的性格。他對菲菲很友善，也許這是源自他曾經的一段中國情節。

法蘭西斯科說他曾經帶過一個中國團，那個時候他已經離婚二年，接團的第一天就愛上了團裡的一個女生，簡直是一見鍾情，烏黑又直的長髮，笑起來，眼睛會眯成彎彎的一條，帆布鞋、牛仔褲，到現在，他都能記得清清楚楚，他甚至都不知道她的年齡，就瘋狂地愛上了她，後來他才知道，其實這個女生的孩子都已經讀大學了。女人的年紀比自己還大，也不會說英文，那時，他的中文也不怎麼好，兩個人在一起大部分的時候就是雞同鴨講，女人根本無法理解法蘭西斯科對她的愛，她只覺得也許外國人只是好玩而已。不過他沒有介意，也絲毫沒有減弱對這個女人的愛慕，他知道這個女人也已經離婚，他當即決定要跟這個女人求婚，當著整個團三十多個人的面，他送上了一枚戒指和一束紅得仿佛可以滴血的玫瑰花，女人收下了玫瑰，拒絕了戒指。整個團的人都在笑，可是他的心在滴血。但是他還是沒有放棄，女人回國後的一個月，他也飛了過去，那是他第一次踏上中國的土地，是為了心中的愛。直到看見他的那個時候，女人才真的意識到，眼前的這個義大利男人是動了真情，而那個時候，法蘭西斯科也才真的明白，當時那些人的笑其實是因為不相信他的誠意。他告訴女人，他在西西里島上有一棟向海的房子，他們結婚以後就到那裡去過平靜簡單的生活，他一定會很愛她。

「喔，聽起來很浪漫。後來呢？」任菲菲撲閃著大眼睛，很好奇。

「浪漫？不，一點也不浪漫，她家開始很歡迎我，後來把我趕走了。」法蘭西斯科收起了笑容，難掩憂傷。

「為什麼？」

「她有父母，有孩子。要與她結婚的條件，第一，要給她父母贍養費一百萬，第二要給她兒子的撫養費一百萬，我說，我哪裡有這麼多錢啦，她父母說，這不多，不是美元，是人民幣。我急了，就把那女的拉到一邊說，我是和你結婚，關你父母什麼事？」

「那你就不懂中國嘍！」任菲菲說。

「對，他們家的人聽了這話，很憤怒，馬上就把我趕出她家，還罵我。」

「罵你？罵你什麼？」任菲菲問。

「罵我們老外，沒人情味，太自私。把我氣得呀！」

「這家人也太過分了，婚姻不成，人情在嘛！」

「回到國內，我的朋友們都不服氣，說真正是中國人最自私。有了錢，不僅要管自己，還要上管祖宗，把墓修成宮殿；還要下管兒子，兒子的兒子，想要子子孫孫都享福。那要多少錢？無底洞啊。所以，你們中國歷來貪官多，從上到下，一串一串的。」

任菲菲鼓起掌來，她覺得法蘭西斯科講的很有道理。

「對不起，你家不是當官的吧？」

「不是。」

「那就對了！不過，這些話，其實是我在義大利的中國朋友告訴我的。」他說後，開懷大笑。

「那你對婚姻的看法呢？」任菲菲覺得，這個老外對中國還真有瞭解。

「婚姻就是兩個人的事。即使有孩子，18歲以後，他們也是自己管自己，只管我們兩個人的生活幸福，就簡單多了，簡單才會自由。你們的婚姻，約束太多，非常不簡單，所以就不可能自由。」

真是旁觀者清！任菲菲再次鼓掌。這剛出國門，就遇到中西文化的碰撞，而且一碰就碰出火花。她從心底感到，這次旅行將會有很多收穫。

任菲菲看著法蘭西斯科帶著微笑的臉龐，知道他心裡還是帶著遺憾和憂傷的，因為當他描述起這段往事時，是那麼甜蜜。

「這麼些年就沒有再遇到動心的了？」任菲菲問。

「一夜情有，但是走進這裡的，沒有。」法蘭西斯科指了指心臟的位置，倒也坦白。

「唉，人總是那麼不順心。」任菲菲說。

說來奇怪，此刻她看到可愛的法蘭西斯科，竟然想起了久違的青也，不知道遠在日本的他是否安好。而困擾她的那個秦川，卻開始有點淡忘了。

「不過，你不要為我難過。我們西方人愛就會大膽說出來。不行的話，我們就再來。這，你們得向我們學習。」

任菲菲點頭稱是。

「呵呵，我怎麼見面就跟你聊了這麼多秘密？」法蘭西斯科大大地喝了一口啤酒，笑了笑自己有些不可思議的行為。

「緣分！」菲菲笑了笑，也喝了一口啤酒。

酒店的酒吧，人不多，只三三兩兩地坐了六、七個人，因為不是旅遊旺季，但是他們自釀的啤酒果然清冽，任菲菲和法蘭西斯科坐在吧台的右邊，還有三個年長一點的女人坐在吧台的正面，大家喝著啤酒相視一笑，然後便寒暄起來。她們都不會說英文，法蘭西斯科用德語和她們交流，知道她們是從瑞士來的。

酒保也來湊趣，開玩笑地說：「她們都是我的女朋友！」

這是個很活潑的酒保，留著落腮鬍子，但是下嘴唇的下方的鬍子又是被精心剃掉一塊，像是長滿荒草的曠野裡突然出現一塊空地，很是特別。

「為什麼要把它剃成這樣？」任菲菲好奇。

「沒有，它天生就長這樣。哈哈哈！」酒保做了個怪樣。

喝到高興了，彼此又唱起自己國家的經典情歌。是法蘭西斯科起的頭，雖然聽不懂歌詞，但是任菲菲被感染著，她跟著節拍鼓著掌，她想法蘭西斯科應該也給他愛慕的那個中國女人唱過這首歌吧，接著是瑞士的幾個女士也哼起歌來，酒保也獻唱了奧地利的情歌，最後輪到任菲菲了，法蘭西斯科在一旁用幾乎標準的普通話發音，唱起了《月亮代表我的心》。

你問我愛你有多深
我愛你有幾分
我的情也真
我的愛也真
月亮代表我的心
你問我愛你有多深
我愛你有幾分

我的情不移
我的愛不變
月亮代表我的心

任菲菲正和法蘭西斯科聊得高興，法蘭西斯科接了個電話，然後轉頭告訴任菲菲有人在飯店大堂等她。

讓她萬萬沒有想到的是，等她的人正是那個讓她思念已久的日本小夥青也。

「怎麼是你？」任菲菲喜出望外。

「你好，菲菲！對不起，我來晚了，對不起！」青也熱情地把她緊緊地摟在懷裡。

「真是你呀！」任菲菲掙脫出來，向他伸出雙手。

「哦，對不起。」青也紅著臉鬆開了任菲菲。

「哪來那麼多抱歉？」任菲菲也被他的禮貌弄得不好意思起來。

這時，青也才告訴她，是王總安排了這一切。包括青也的費用也是由王總承擔，但要求是，必須讓任菲菲樂而忘返。

其實，這也是王總和任菲菲的主治醫生研究後，精心策劃的治療方案，青也說接到王總電話的時候他也驚訝極了。

在青也去總台辦理手續的時候，任菲菲撥通了王總電話。

「謝謝你，」話才出口，就止不住哭起來。

「菲菲，現在才打電話，我好擔心。見到青也了嗎？」王總說。

「你在跟我開玩笑嗎？」任菲菲問。

「菲菲，這件事我是認真的，我應該把你應有的幸福還給你！」

「啊？你說什麼？再說一遍。」任菲菲不相信自己的耳朵，只有滿眼淚花。

「菲菲，你聽好了，我要把你應該有的幸福還給你，」王總聽到任菲菲的泣啜聲，又說：「別哭啦，和青也好好玩！」

未等任菲菲回答，電話就斷了。

「哭什麼呢？」青也過來，看到滿臉淚水的任菲菲，感到很不理解。

「就是想哭，」她突然撲向青也，感到血液在沸騰，意識被重新喚醒，靈魂又回到體內，潛藏的青春欲火再次噴發……

兩個年輕人相互擁抱，熱切狂吻。

當天晚上，任菲菲竟然睡得很香。

青也陪著任菲菲在這個城市閒逛。這裡有馬克西米利安一世和皇后看戲的黃金屋頂，還有很多以前的皇室貴族留下來的宮殿、墓地。巴羅克式的建築風格，讓人整個都覺得精緻起來。不時會遇到一些街頭音樂表演，有孤獨的小提琴手，有幾個走朋克路線的年輕人，都吸引著他們駐足觀看。

不遠處走來一個年輕的母親，穿著一身休閒運動服，清晰的面部輪廓，面帶著笑容，她把孩子用背帶綁在自己胸前，孩子應該就只有幾個月大，頭靠在她的胸口，沉沉地睡著，她快步向前走去，其實就是一個生活在現代先進的社會裡很普通的母親形象，但是她享受的是沒有污染的自然環境，吃的是不用擔心是否放了太多農藥或者催熟劑的蔬菜，餵給孩子的是沒有三聚氰胺的新鮮牛奶，在這樣如花園般的城市裡，她隨時可以面帶微笑。

奧地利的水晶有名，任菲菲要給家人朋友帶些回去，任菲菲的心情已經開朗許多了，她有些牽掛家人和朋友。在水晶店裡，各種各樣璀璨奪目的水晶讓任菲菲眼花繚亂，每一件飾品，都是那麼精緻玲瓏，讓人愛不釋手。她根據每個人的性格愛好，精心挑選。她給母親挑了一個水晶的胸針，給馮霞挑了一條項鍊。她給自己挑了一副天鵝形狀的耳環。天鵝是施華洛世奇水晶的標誌，天鵝也是一種可以飛得很高的鳥類，據說飛行高度可以越過珠穆朗瑪峰，而牠們對伴侶又極其忠誠，出雙入對，如果一方死亡，另一方會為之「守節」而孤獨終老。

晚上，法蘭西斯科帶他們去品嘗了地道的奧地利大餐，還有醉人的白葡萄酒。任菲菲愛極了這個歐洲美麗的小國，因河貫穿著整座城市，像帶著靈動的生命，處處都是童話裡的風景，家家的陽台上都搭著栽花的架子，種著彩色的花朵，都不是名貴的品種，但是五彩繽紛的，讓人看了很是喜歡，免不了要感歎生活在這裡的人是多麼熱愛生活。

「明天你們就去義大利了，那裡是我的故鄉，相信你們會很愉快的。青也、菲菲，希望你們幸福！」法蘭西斯科用他迷人的義大利微笑跟他們擁抱告別。

「謝謝你，法蘭西斯科，中國有句古語，與君一席話，勝讀十年書，我這次體會到了，真誠的謝謝你！」也許法蘭西斯科並不太明白這意思，但他深情的給任菲菲一個擁抱。

威尼斯的陽光是那麼慷慨，把整個水面都照得波光粼粼，忙碌的貢朵拉來回穿梭著，穿著條紋衫的船夫大都健壯而帥氣，但是脾氣好像不是太好，初來乍到的遊客心情激動，在窄窄的船上拍照留念，有的時候動作危險，會被船夫大聲地呵斥。也許是遊客實在是太多，讓他們本來應該享受咖啡、美食和足球的生活，現在卻不得不每日不知道多少次地要划著船穿梭在那熟得不能再熟的水路上，的確有些鬱悶，不過他們會用自己當地的語言，在兩船相遇的時候，彼此交流一下。聖馬可廣場上的和平鴿來回踱著方步，像是在巡視來往的人群。青也和任菲菲擁吻在歎息橋下，是哪裡的傳說，情侶只要在歎息橋下接吻，就永遠不會分開。

任菲菲一直覺得佛羅倫斯叫「翡冷翠」更好聽，文藝復興時期的輝煌，讓這個城市閃耀著大師們的光芒。徐志摩的《翡冷翠一夜》曾給過她無限的嚮往，只是如今再讀起來，除了詩裡的惆悵，她更嚮往成為一個螢火，和天上那顆星，通著戀愛的靈犀。

……

天呀！你何苦來，你何苦來……

我可忘不了你，那一天你來，

就比如黑暗的前途見了光彩，

你是我的先生，我愛，我的恩人，

你教給我什麼是生命，什麼是愛，

你驚醒我的昏迷，償還我的天真。

沒有你我哪知道天是高，草是青？

你摸摸我的心，它這下跳得多快；

再摸我的臉，燒得多焦，虧這夜黑看不見；

愛，我氣都喘不過來了，
別親我了；我受不住這烈火似的活，
這陣子我的靈魂就像是火磚上的熟鐵，
在愛的槌子下，砸，砸，火花四散的飛灑……
我暈了，抱著我，
愛，就讓我在這兒清靜的園內，
閉著眼，死在你的胸前，多美！
……

剛到羅馬的時候，在西班牙廣場的旁邊正好有一對正在拍婚紗照的新婚夫妻，穿著現代婚紗的新娘在宏大的羅馬建築群的襯托下，顯得少了些柔美，多了些剛毅。青也和任菲菲重溫了《羅馬假日》裡的場景，真理之口、特拉維夫噴泉、萬神殿、……他們還在街邊喝了咖啡，吃了冰淇淋，任菲菲的心情早已像公主安妮那樣，飛舞到了羅馬的每一個角落。

帶著羅馬的輝煌，青也和任菲菲又來到了神聖的希臘，那個高高在上的派特農神廟和雅典衛城，宙斯、雅典娜、蘇格拉底、柏拉圖、《荷馬史詩》、奧林匹克、……都牽動著希臘的每一根神經，經歷了千年的洗禮，那些屹立不倒的石柱，精美的雕塑，讓雅典籠罩在一份神秘又厚重的面紗之下，反倒讓人心生眷戀。坐船出海，在蔚藍的愛琴海上，回眺雅典，該來一場寂靜又深刻的人生思考和心靈對話。青也和任菲菲迎著海風，閉著眼睛，他們都在進行著怎樣的思考和對話？

31

從歐洲回來，任菲菲已徹底擺脫了病魔的折磨。浪漫的歐洲遊，已經讓她領悟到了真愛是給對方幸福和簡單樂觀面對生活的道理。

誰說福不雙降，回到昆明，任菲菲家裡也傳來喜訊，回遷房已開始分配，幾百萬的拆遷補助款已簽字畫押，馬上就落實到賬。離別了幾年的鄉親們又重聚在一起，全村人像做夢一般，每家都成為百萬富翁啦！村委會也變成社區臨時業主委員會，雖然不是春節，還是照以前農村過大年一樣，請來城裡的花燈團在社區的廣場上演了八天八夜的大戲。任菲菲也沒去上班，而是整天和家人在一起，享受著改革帶來的快樂與幸福。

「你以後就搬回來住，啊？你和你弟弟都各有一套新房。」任菲菲的爸媽一再這樣嘮叨。

「知道啦，你們都說過幾百遍了！」任菲菲看著一下年輕了許多的他們，心裡也有了新的打算。

回到公司，任菲菲提出了辭職報告，並把房子和汽車的鑰匙還給王總。

「菲菲，這都是我送給你的，你留著吧！」王總說。

「謝謝，不用啦！託改革開放的福，我家很快也有錢了，這些東西，我們家都買得起！」

王總對她家發生的變化，自然清清楚楚，點點頭說：「好，但是有一筆錢，是你應該拿的。」王總打電話給財務主管，吩咐他算一算任菲菲這幾年應得的獎金。任菲菲知道，王總公司給每一位正常離開公司的骨幹人員，都有每年五至十萬元的獎金，離開時一筆支付。

任菲菲得到二十萬元。

任菲菲在財務處辦完有關手續，又來到王總辦公室。當真的要與王總告別時，她還是免不了有些惆悵。

「謝謝你，最後再叫你一次王哥吧，謝謝你這幾年對我的呵護！」任菲菲的聲音有些顫抖。

「對不起，菲菲，你別恨我，祝你幸福！」王總微笑有些勉強。

任菲菲搖著頭，又點點頭，她忍住眼淚。

他們約定此別之後誰也不再找誰。

「再見，保重！」他們沒有擁抱，而是把雙手握在了一起，此刻，兩人的感覺卻是那麼陌生而又遙遠。

常言道：男兒有淚不輕彈。在任菲菲轉身的那一剎那，王總的淚水還是忍不住奪眶而出。

煤礦爆炸案有了定論，趙副市長被判入獄十年，林淑靜也因為貪污，被判了三年，因身體狀況，緩期執行。包小志的爸爸被判死緩，包小志被判三年，趙旭和包小妮的新房已經換了主人，偶爾經過他們樓下的時候，人們還是忍不住會抬頭看一眼，流動的白雲總會讓人覺得一陣暈眩。

林淑靜被趙旭從醫院接回家裡休養。像一個受了驚的鴕鳥，她把自己封閉起來，她甚至狹隘地認定，就是因為包家，才害得自己引以為傲的老公鋃鐺入獄。整天像個孩子一樣，處處看包小妮不順眼，毫無顧忌地謾罵指責。一個曾是集萬千寵愛於一身的大小姐，怎麼可能忍受如此的待遇，看著婆媳關係惡化下去，趙旭夾在中間也難做人，可惜他也是個軟弱而寧願選擇逃避的人，這讓包小妮徹底的心灰意冷，回到了娘家。據民間傳說，令林淑靜最傷心欲絕的是，丈夫趙國燦居然在外面還包養著幾個情人！最後，不堪折磨的林淑靜在浴室裡上吊身亡。

馮霞的事，通過警方的努力，早有了結果。欺騙馮霞的這個男人通過婚介網路，已經騙了很多女孩，玩弄感情還騙取錢財，最終這個十惡不赦的混蛋被緝拿歸案。

馮霞經過這麼一場歷練，也成熟了許多。先後有幾個州縣的同學來看過她，其中，有一位她最要好的同學，已是一所中學的副校長，說學校雖在鄉下，但是離省城也不遠，而且風景秀麗，世外桃源，就缺教師。於是，馮霞決定到那裡去當老師，任菲菲勸她要三思而行，她說，知道這樣的生活會很清苦，但是她要用她的能力和愛去澆灌農村的孩子們，這樣的精神生活應該是富足的。

時光從冬轉春，雖然滿屋的陽光，卻還是蓋不住整個冬天積累下來的寒冷。紅嘴鷗快要離別遠去了，任菲菲帶著全家人在海埂痛痛快快的餵了幾次海鷗，又把那首《緣》寄給青也，讓彼此的心神與之一起自由飛翔——

一次偶遇
註定烙下一生的眷戀
難憶相見何處
不曾寂寞是糾結的纏綿

懷念過去
醞釀著重逢的溫度
夢中決定出發
便已成全最艱難的旅途

天地無常
千里之外惹心疼仰望
不待拂去淩亂
心中的遠方別來無恙

來回之間
可曾體會轉角存彷徨
低頭搖曳湖光
不敢揮手是離別感傷

O

三年後，已經和包小妮離婚的趙旭完成學業，從澳大利亞回到國內。回來的第一件事，就是尋找任菲菲。

他是在兩年前，突然與她失去聯繫的。他去過任菲菲在過的珠寶公司，不僅沒見到她，就連王總據說也移民到加拿大去了。他又去任菲菲的老家找她。國內發展的快速，讓趙旭驚訝，那裡已是高樓林立。老舊髒亂的城郊結合部已經被美麗漂亮的新社區取代。幾經周折，趙旭才打聽到，任洪斌一家變賣了房子和菜攤，早就搬走，不知去向了。

無奈他想到金超，就電話約他在那間忘不了的酒吧見面。

「原來在這裡唱歌的那個歌手呢？」趙旭早早來到這裡。

「哪個？」酒吧的老闆娘陳姐皺了皺眉頭，好像已經忘記這個曾經的貴客。

「就是那個，感覺很孤獨的那個。」

「她呀，說是在外地出車禍，去世好久了。深夜被疾馳而過的汽車撞倒的。唉，可惜啊，我們這裡好多客人都喜歡聽她唱歌，後來換了好幾個歌手，都不如她。」

「真是人生無常啊。」趙旭自然很感傷。一個不算很漂亮的孤獨的歌者，有著怎樣的五官，或許來聽她的歌的人沒有幾個能準確記得清楚，因為總是會被酒精灌醉。但是她的聲音卻是那麼動人心弦，讓聽過的人都會記得。在午夜異鄉的街頭，無人目睹的街道上，沒人知道為什麼她會在那個時候那個地點出現在那裡。

「聽說她很快就要和相戀了五年的男朋友結婚了。」老闆娘輕輕歎著氣，哀婉這樣一個逝去的生命。

「相戀五年？」趙旭有些不敢相信，「可為什麼她的歌聲聽起來那麼寂寞？那種淒涼的感覺是從內心發出來的。」

「別說你，她在我這裡唱歌有好幾年了，從來沒有見過她的男朋友，有的時候唱完，我邀她喝幾杯，喝醉過一次，哭得很厲害，後來也是她其他的朋友來接她，男朋友沒有來。」

「哦」趙旭淡淡地應了一聲，無數的猜想在他腦海裡閃過，是怎樣的一個奇女子，他多想和她交談交談，走進她的世界，因為他們都有著孤獨的靈魂。

他要了個私密的角落，又要了一打啤酒。

「你以前那個很漂亮的女朋友經常一個人坐在這裡。」老闆娘說道。

「是嗎？」趙旭有些驚訝，一種莫名的愁緒湧上心頭，「那最近呢？」

「很久沒來了，應該也有快兩年沒見過她了吧！」陳姐漫不經心地回答道。

「這裡，在這裡，金超。」趙旭終於等來了他。

一杯酒才下肚，還來不及寒暄，趙旭就忙著打聽任菲菲的情況。

「老兄，我跟你說實話，我有兩年多不知道她的情況了。」金超的話讓趙旭發毛。

「你也是兩年前和她斷了聯繫？我也是，這是怎麼回事？」

金超才說起兩年前發生的一件事——

大約是任菲菲從珠寶公司辭職後不久，發生了一件轟動全市的新聞，各媒體都以頭條位置刊登一篇《孝子捐腎救父》消息。說一個失業老工人得了尿毒症，兒子決心要捐出自己一個腎臟給父親換上。但是，因家庭貧困，他們無力擔負昂貴的手術費用，希望好心人捐款，幫助他們。

「你說，那個兒子是誰？就是秦川。」

「秦川？後來呢？」趙旭問。

「過了一天，媒體就報導，有一匿名女子通過一媒體捐了二十萬元，幫秦川父子換腎。這個匿名女子還說，如手術後還需要錢，她可以繼續資助。」金超停了停又說，「你應該猜出她是誰了？」

「任菲菲？那她為什麼不直接把錢交給秦川呢？」趙旭問。

「估計她不想讓秦川家知道。」金超說，「沒想到，事與願違呀，糟糕的是人們想要找到這位無名英雄，全市的線民就開展了人肉大搜索，結果任菲菲被曝光。一些媒體用《無名英雄原來是「小三」》為題，報導了她被珠寶老闆包養的詳細情況。接著媒體一哄而上追蹤報導，還以此為題開展討論。

「輿論的壓力太可怕了！趙旭，」說著，金超從口袋裡拿出一頁東西遞給趙旭，「這是她最後發給我的電子郵件。」

金超：

收拾好所有的行李，看看窗外灰色的天空，突然覺得淒涼得可笑，從小生活在這個城市，臨要離開了，竟沒有什麼可告別的人，思來想去，也只有你一個了。所以這封郵件，既當作是對你的道別，也當作是對這裡最後的紀念。

這段時間各種媒體上的文章，我不想理會，儘管這已經對我造成了很大的傷害。我走，不代表我怕他們深挖出什麼，只是明知道會弄傷自己，幹嘛不躲開？橫眉冷對千夫所指，又能換得多少人的理解？我活著，不是為了忙碌地證明自己，從而獲得別人同情和理解。瞭解我的人，不必多解釋，不瞭解我的人，再多解釋也無濟。但是，至少我走了，讓事情逐漸平息下來，可以讓秦川和他們一家得到寧靜。

當我決定要離開這裡以後，我化妝成老太帶上墨鏡，去了翠湖、盤龍江、海埂和大觀河，整整幾天獨自餵著海鷗。在這乍暖還寒的季節，只有這裡仍然充滿著人們的愛。置身其中，我才能忘掉與論帶給我的壓力和羞辱，感到了暫時的快樂和溫暖。不知為什麼，在翠湖，我去向「餵鷗老人」吳師傅的雕像告別時，就想起了「獨腳」和「獨眼」來，忽然我覺得現在的我，像極了可憐的牠們。那種悲涼頓時讓我雙腿一軟，跪倒在他的雕像面前。那時，我幾近崩潰的心，再也承受不了一絲一毫的煎熬了，淚水不停地湧出眼眶，不顧一切地失聲大哭，想要把心中擁堵的痛苦吶喊出來。

我模糊記得，在人們的亂哄哄中，我被兩個公園保安架走，他們一邊分開圍觀的人群，一邊嚷著：「讓開、讓開，一個老瘋子，有什麼好看的？」

我從不認為我是一個高尚的人，我曾經非常庸俗地羨慕著有錢有勢的人，為了改變自己和家庭的命運，像個白癡傻子一樣地去依附這些人，這當然就會有意無意地傷害別人，傷害自己。雖然造成的惡果並不是出自我本意，我也不責怪命運布下的局，儘管我在這場局裡面，傷過、怨過、癡過、恨過、瘋過，一切都像是一場夢。

人世間太多的紛繁複擾，亂花迷眼，會讓人失去對內心本源的追尋。每個人都會經歷自己的百慕達，經歷的時候，周圍的人都知道你的靈魂已經失蹤，但自己卻還覺得深刻地活著，等從裡面出來的時候，周圍已經物是人非。也或許，再也不從裡面出來，倒也以為活出滋味來了。所以，我希望你們每一個人，秦川也好、趙旭也罷，包括王總，我都希望你們能夠幸福。而我，請你相信，也應像一隻真正的海鷗，會飛越寒冷的冬季，迎向幸福吧！

謝謝你，金超，你一直是我相信過的美好中，最真實和最值得信賴的，我很慶倖，在這個時候，還有個貼心的人能讓我說說心中的話。你體諒我的一切，一直默默地幫助我，我深存著感激，或許有一天，我在遠方想起你，電話接通的時候，希望你還能記得我的聲音。也或許，我一輩子也不會再打擾你，而你的笑容會一直留在我的心底。

菲菲

信未看完，趙旭已淚流滿面。

「那些日子，我真為任菲菲擔心，可電話、ＱＱ都無法聯繫到她。唉！」金超沮喪地歎了口氣。

「唉，人們怎能這樣對待她？說到底，還是我對不起她，是我害了她。」趙旭流著淚，狠狠地灌了自己一瓶啤酒。

金超告訴趙旭，他這兩年也四處打聽，都沒有任菲菲確切的消息。

「我一定要找到她，哪怕耗費我一生的時間和精力。」趙旭是在發誓。

「現在有這必要嗎？」金超反問。

「菲菲她太善良了！她太委屈啦！我要補償她，你不懂嗎？」趙旭瞪了金超一眼。

「我明白。」金超點點頭。

「那你剛才還說什麼屁話，說不必要……你也覺得她當過『小三』，她很卑賤是不是？」趙旭有些醉了。

「我不是那……意思。」金超說：「現在整個社會的價值觀出了問題，人們沒有信仰、缺乏道德，很多人都成了無頭蒼蠅，才釀成了無數的人間悲劇，包括你家，包小志家，當然也包括任菲菲，都成了犧牲品。」

「她是我心裡，」趙旭用拳頭捶著胸口，「最最……好的女人。知道嗎？」趙旭只顧自己宣洩，哪管金超的道理。

「是，我懂。由於各種原因，有些人可能會暫時喪失自立和自尊，但他們並非都是壞人，甚至還有非常好的人；而那些缺少善意和良心的人，才是最卑鄙的傢伙。」金超說完，也猛灌下一瓶酒。

「對，對。卑鄙的是我，是我們家的人。金超，菲菲真是好人，她受的委屈太多了啦！」

「知道，知道。」金超也有些醉，他心疼任菲菲，就順著舌頭打哇哇。

趙旭邊哭邊說，悔恨地把酒潑到自己臉上，抬起雙手使力抽打自己的耳光，任眼淚和著酒水順著脖子往下淌。

釀文學145　PG0986

眩光
——錢怡羊長篇小說創作

作　　者　錢怡羊
責任編輯　林世玲
圖文排版　詹凱倫
封面設計　袁亞雄、秦禎翊
封面圖片提供　李衛翔

出版策劃　釀出版
製作發行　秀威資訊科技股份有限公司
114 台北市內湖區瑞光路76巷65號1樓
電話：+886-2-2796-3638　傳真：+886-2-2796-1377
服務信箱：service@showwe.com.tw
http://www.showwe.com.tw
郵政劃撥　19563868　戶名：秀威資訊科技股份有限公司
展售門市　國家書店【松江門市】
104 台北市中山區松江路209號1樓
電話：+886-2-2518-0207　傳真：+886-2-2518-0778
網路訂購　秀威網路書店：http://www.bodbooks.com.tw
國家網路書店：http://www.govbooks.com.tw
法律顧問　毛國樑　律師
總 經 銷　創智文化有限公司
236 新北市土城區忠承路89號6樓
電話：+886-2-2268-3489　傳真：+886-2-2269-6560
博訊書網：http://www.booknews.com.tw

出版日期　2013年7月　BOD一版
定　　價　300元

國家圖書館出版品預行編目

眩光：錢怡羊長篇小説創作 / 錢怡羊著. -- 一版. -- 臺北市：釀出版, 2013.07
面；　公分. -- (釀文學 ; PG0986)
BOD版
ISBN　978-986-5871-61-1 (平裝)

857.7　　102010025

讀者回函卡

感謝您購買本書，為提升服務品質，請填妥以下資料，將讀者回函卡直接寄回或傳真本公司，收到您的寶貴意見後，我們會收藏記錄及檢討，謝謝！

如您需要了解本公司最新出版書目、購書優惠或企劃活動，歡迎您上網查詢或下載相關資料：http:// www.showwe.com.tw

您購買的書名：____________________

出生日期：________年________月________日

學歷：□高中（含）以下　□大專　□研究所（含）以上

職業：□製造業　□金融業　□資訊業　□軍警　□傳播業　□自由業

□服務業　□公務員　□教職　□學生　□家管　□其它_____

購書地點：□網路書店　□實體書店　□書展　□郵購　□贈閱　□其他

您從何得知本書的消息？

□網路書店　□實體書店　□網路搜尋　□電子報　□書訊　□雜誌

□傳播媒體　□親友推薦　□網站推薦　□部落格　□其他__________

您對本書的評價：（請填代號　1.非常滿意　2.滿意　3.尚可　4.再改進）

封面設計____　版面編排____　內容____　文／譯筆____　價格____

讀完書後您覺得：

□很有收穫　□有收穫　□收穫不多　□沒收穫

對我們的建議：____________________

____

____

____

請貼
郵票

11466
台北市內湖區瑞光路 76 巷 65 號 1 樓
秀威資訊科技股份有限公司 收
BOD 數位出版事業部

（請沿線對折寄回，謝謝！）

姓　　名：＿＿＿＿＿＿＿＿＿　年齡：＿＿＿＿　性別：□女　□男

郵遞區號：□□□□□

地　　址：＿＿＿＿＿＿＿＿＿＿＿＿＿＿＿＿＿＿＿＿＿

聯絡電話：(日) ＿＿＿＿＿＿＿＿＿＿　(夜) ＿＿＿＿＿＿＿＿＿＿

E-mail：＿＿＿＿＿＿＿＿＿＿＿＿＿＿＿＿＿＿＿＿＿＿